講談社文庫

炎上チャンピオン

横関 大

講談社

炎上チャンピオン

BURNING CHAMPION

「最近、どうだ？」

児玉雅夫《こだままさお》は返答に窮《きゅう》した。どうもこうもない。何をやってもうまくいかないし、仕事も長くは続かない。先週、ガードマンの仕事を馘《くび》になったばかりだ。

「世知辛《せちがら》い世の中だよ、まったく」溜《た》め息をついて児玉雅夫はジョッキの生ビールを一口だけ飲む。昔は生ビールなんて水のようにガブガブ飲むものだった。「で、そっちはどうだ？　俳優業は順調なのかよ」

児玉雅夫がそう訊《き》くと、目の前に座っていた松嶋光《まつしまひかり》が竹輪の磯辺揚げを口に放り込み、それを咀嚼《そしゃく》しながら答えた。

「さっぱりだ。エキストラみたいな端役《はやく》ばかりで、交通整理のバイトをしながら食い繋《つな》いでる。どっちが本業かわからねえよ」

松嶋光は陽に焼けていた。会うのは一年振りくらいか。錦糸町《きんしちょう》にある安い居酒屋で、周囲は喧騒《けんそう》に満ちている。客は会社帰りのサラリーマンがほとんどだった。自分たちはうまくこの店に溶け込めているのだろうか。あの茶色い髪をした若い男の店員が、さっきから俺の方ばかり見ているような気がする。もしや俺の正体に気づいたのではないか。

「心配ねえよ、誰にも気づかれちゃいねえ」

松嶋光が言う。長い付き合いだけのことはあり、児玉の胸中を察してくれる。

松嶋光は児玉の背後をちらりと見た。「俺たちじゃなくて、あれを見てるんだ」

児玉は振り向いた。ちょうど児玉たちが座っているテーブル席の背後は座敷席になっていて、若い男女がはしゃいでいる。一番手前に座っているのが何とも肉感的な美女で、しかも少し酔っているのか彼女のスカートが太腿のあたりまでまくれ上がっている。

「もうあれから十年もたったんだ。十年だぞ。俺たちのことなんて誰も憶《おぼ》えているわけがねえ」

断言するように言い放ち、松嶋光は生ビールを飲んだ。児玉と同じく、松嶋光の飲みっぷりも豪快と言えるものではなく、残ったビールと財布の中身を照らし合わせながら飲んでいるようだった。

「そういえばファイヤーさん、日本に帰ってきてるらしいぜ」

松嶋光の言葉に、児玉は訊き返す。

「ファイヤーさんが？　あの人はアメリカ行ったはずだろ」

「噂《うわさ》だよ。何かこっちで商売始めるつもりらしい。あの人だってもういい年だからな。あっちでトップを張ってんのも大変なんじゃねえの」

「なあ、松嶋。たとえばだぞ、俺たちがアメリカ行ってたらどうだったと思う？　成功できたか？」

「できっこねえよ。十年前ってことは、俺たちは四十歳だったんだ。肉体的にも下降線を辿《たど》っていた頃だぞ。それにな、児玉。ファイヤーさんは別格だよ」

「まあ、そうだよな」

十年前まで児玉はプロレスラーだった。松嶋光はタッグパートナーで、長年一緒に試合をしてきた。コダマとヒカリ。二人の名前をもじって新幹線コンビと言われ、前座試合ではあったが、二人の息の合った連携攻撃は常に観客を魅了した。カナダ出身のオーウェン・ブラザーズとの死闘は今でもいい思い出だ。

「そろそろ行くか」

松嶋が生ビールを飲み干し、テーブルの上の伝票を見る。児玉も伝票に目を向けた。三千二百円だ。

「俺が二千円出す。お前、千二百円な」

「いいのか？」

「ああ。無職の男と割り勘なんて気分が悪いや」

松嶋はそう言って千円札を二枚出し、テーブルの上に置いた。児玉も財布をとり出して、中から千円札を一枚出した。小銭もあったので、ちょうどぴったりだった。

昔は割り勘なんてしたことがなかった。というより、飲み屋などで金を払うという概念すらなかった。金を払うのはタニマチと呼ばれるスポンサーか、もしくは先輩のレスラーだった。どちらもいない場合は身銭《みぜに》を切ることもあったが、店にツケておいてあとで会社に払わせることも多々あった。

「ありがとうございました」

店員の声に送られ、店から出た。じとりとした蒸し暑さを感じる。関東地方が梅雨入りしたことを今朝のお天気キャスターが伝えていたことを思い出す。

松嶋が店の前に停めてあった自転車にまたがった。ここからほど近い安アパートに住んでいることは知っていた。児玉は新小岩《しんこいわ》に住んでおり、本来なら電車で帰るところなのだが、歩いて帰ることにした。少しでも金は節約したい。

「じゃあな」

そう言って歩き出した児玉の背中に、松嶋が声をかけてくる。

「待てよ、児玉。ちょっとな、気になる噂を聞いたんだよ」

「噂って何だよ」

「よくわからねえけど、ここ最近、元レスラーが立て続けに襲われているらしい。レスラー潰《つぶ》し。そう呼ばれてるみたいだ」

初めて耳にする話だった。しかしそんなことはニュースでもやっていない。馘になってから時間を持て余しているので、テレビのワイドショーはよく見ている。

「レスラーが襲われたなんてかっこ悪いだろ。面子《メンツ》もあるし、被害届を出さねえもんで、でかい騒ぎになってないんだろ。お前も気をつけた方がいいぞ」

「気をつけるって、いったいレスラーを襲って何の得になるんだよ」

「知らねえよ。でも襲われてんのは事実なんだよ。俺が聞いた話だとゼファー鈴木《すずき》もブラック・オニオンもやられたって話だ」

二人とも知っているレスラーだ。しかし児玉は腑《ふ》に落ちない。俺たちレスラーを襲うことに意味などない。プロレスラーという地位はそれこそドン底まで落ち、これより下はないほどだ。

「念のために忠告しただけだ。まあ、二人がたまたま恨まれてただけかもしれないしな。そういや児玉、ノゾミちゃんは元気か？」

望《のぞみ》というのは児玉の一人娘だ。十年前に離婚して、今は母親と一緒に暮らしているはずだ。今年で二十五歳になり、今は母親と同じく美容師をしている。

「ああ、元気だよ。最近滅多に連絡をとらないけどな」

「たまには電話してやれよ。向こうだって待ってるかもしれねえから。じゃあ気をつけろよ、児玉」

「お前もな」

自転車で走り去る松嶋の姿を見送ってから、児玉は夜道を歩き出す。携帯電話を懐のポケットから出し、望の連絡先を呼び出した。二年前に会って以来、顔を合わせていなかった。来月は望の誕生日だった。たまには連絡をとってみるのもいいかもしれない。

発信ボタンを押す。十回ほどのコール音のあと、電話は留守番電話に切り替わった。まだ夜の九時だ。仕事中なのかもしれない。そう思って携帯電話をしまおうとすると、いきなり着信音が鳴り出した。液晶画面を見ると、そこには『望』という文字が読める。

電話を耳に当てたそのときだった。肩に何かが当たり、その拍子に児玉は持っていた携帯電話を落としてしまう。乾いた音が聞こえ、携帯電話が路面に転がる。

「てめえ、何しやがる」

思わず児玉は振り返っていた。男が一人、そこに立っている。謝ろうともしない。児玉は自分の視線が上に向かっていることに気づき、わずかに驚く。俺よりもでけえってか、この男。

男はパーカーのフードを頭にすっぽりと被《かぶ》っている。暗いので男の顔はよく見えない。しかし並々ならぬ殺気だけは伝わってくる。

「やるのか、てめえ」

児玉は男に向かって言う。腕に鳥肌が立っていることに児玉は気づいた。怖がっている？　この俺が？　馬鹿な――。

一瞬にして間合いを詰められた。頰《ほお》のあたりに衝撃を感じ、火花が散った。自分が殴られたことに気づいたが、その強烈なパンチで児玉は何が何だかわからなくなっていた。視界がぐらぐらと揺れている。今度は腹に重い鉛を打ち込まれたような痛みを感じる。相手の膝《ひざ》がみぞおちに入ったのだ。

それでも児玉は何とか反撃に出る。腕を振り回すが、かすりもせず、相手を捕まえることすらできない。また殴られる。何度も何度も殴られる。膝が入る。吐き気がした。

路面に落ちた携帯電話は、まだ鳴り続けている。

※

「相席させてもらっていいですか？」

蜂須賀《はちすか》小梅《こうめ》が顔を上げると、三十代後半くらいの男性が立っていた。髪は茶色で軽薄そうな印象を受けるが、そこそこいい男だ。イケメンといって差し支えないだろう。紺色の制服のようなものに身を包んでいる。身長は百八十センチほどで、かなり筋肉質だ。

小梅は店内を見回す。新宿駅《しんじゆく》南口近くの喫茶店だ。たしかに店は混んでいて、席はほとんど埋まっていた。小梅が座っているのは四人がけのテーブルだった。店に入ってきたときは空《す》いていたので気にならなかったが、こうして混雑している店内を見ると、一人で四人がけのテーブルを占領しているのは何だか気が引ける。

「いいですよ、どうぞどうぞ」

小梅が勧めると、イケメンの男が店の入り口の方に向かって言った。「こっちですよ」

するとニ人の男が店内を横切ってきた。イケメンと同じ紺色の制服を着ている。二人ともかなりでかく、身長は百九十センチを軽く超えていそうだった。肉体も鍛えられていて、胸などは女の子のように膨れ上がっている。一人は五十代くらいで、もう一人は二十代くらいに見える。年配の方が長髪を後ろで束ねており、若い方は坊主頭だった。

男たちは無言のまま、両手に持っていたトレーをテーブルの上に置く。ベーグルが山のように積まれている。多分三十個くらいはあるだろう。小梅は唖然《あぜん》とした。何だか怖くなってくる。当たり前だ。紺色の制服を着たマッチョ軍団に囲まれてしまったのだから。休憩中のガードマン、といったところだろうか。それより早くベーグルを食べてしまおう。この席から一刻も早く立ち去るのだ。

そう思って小梅がベーグルを手に持ったとき、信じられないことが起きた。目の前に座っていた長髪の男が、いきなり隣に座っている坊主頭の顔をビンタしたのだ。

「てめえ、オドチ。俺より先に食うんじゃねえ。何度言ったらわかるんだよ」

「す、すみません。お腹、空いていましたので」

「腹が減ってるのはわかる。でもな、お前はこの中で一番下っ端だ。先輩より先に箸《はし》をつけちゃいけねえんだよ」

「私は箸を持っていません」

「馬鹿かてめえ。箸をつけるってのは食い始めるって意味なんだよ。まったく最近の若い奴は躾《しつけ》ってもんがなってねえぜ」

長髪の男は不満げに言い、ベーグルにかぶりつく。三口ほどで食べ終え、また次のベーグルを手に持った。それを見た坊主頭の青年が恐る恐るといった感じでベーグルを食べ始めた。食べるというより、口に放り込むといった感じだった。ブラックホールに吸い込まれるようにして、トレーの上のベーグルが次々と消えていった。

五分ほどですべてのベーグルを二人の男は食べ尽くした。最後に坊主頭の青年がLサイズのグラスに入ったレモネードを飲み干し、グラスを置いてからげっぷをする。すると隣にいた長髪の男が坊主頭の青年の首に手を回し、両手でロックしてからぐいぐいと絞め上げる。

「オドチ、レディの前だぞ。はしたねえ」

「す、すみません。苦しいです」

「ギブか？」

「ギブです。ギブアップです」

長髪の男が手を離すと、オドチと呼ばれた坊主頭の青年が首のあたりを押さえて荒い呼吸をしていた。そんな騒ぎなどお構いなしといった感じで、小梅の隣に座ったイケメンはコーヒーを飲みながら文庫本を読んでいる。夏目漱石《なつめそうせき》の『こころ』だった。

いったいこの男たちは何者なのだ。疑問と恐れを同時に抱き、小梅は席を立とうとした。しかしトレーを持った瞬間、今度は背後から声をかけられる。

「やあユリアちゃん。偶然だね」

振り返ると銀縁の眼鏡をかけた神経質そうな男が立っている。鈴木という、店の客だ。小梅は歌舞伎町《かぶきちょう》のキャバクラで昨日まで働いていて、店で何度か指名されたことがある。ユリアというのは源氏名《げんじな》だ。

「たまたま通りかかったら、ユリアちゃんの姿を見かけたんだよ。偶然ってあるもんだねえ」

白々しく鈴木は言う。偶然なわけがない。多分ずっと尾行されていたのだ。鈴木は世に言うところのストーカーというもので、小梅はかなりの被害をこうむっている。昨日、小梅は店を馘になったばかりなのだが、それも鈴木の仕業だ。

た。小梅が客相手に売春行為を働いている。そんな噂が流れたのは一週間前のことだっ
まった。店側から事情を訊かれ、小梅は必死になって否定したのだが、結局馘になってし
は鈴木のはずだった。そういう噂が流れること自体、店側にとっては大きな損失らしい。噂の出所

「ところでユリアちゃん、この方々はいったい……」

「たまたま相席しているだけです。それより鈴木さん、私のことは放っておいてくれませんか？」

「放っておけるわけないだろ」鈴木は眼鏡に手をやって言う。「店を馘になっちゃったんだろ。大変だね。僕にできることがあったら何でも協力するから。できれば僕と一緒になって、家庭に入ってくれるのが一番だ。絶対に不自由させないから」

　鈴木はIT企業に勤めているサラリーマンで、スマートフォン向けのゲームアプリなどを開発しているらしい。接待で訪れたときに小梅を見て、一目惚《ぼ》れしたという。彼が開発したゲームのヒロインが小梅によく似ていて、運命的なものを感じたというが、そんなことは知ったことではない。

「今度食事に行こう。恵比寿《えびす》に隠れ家的なしゃぶしゃぶ屋を見つけたんだ。また連絡するから」

そう言って鈴木はトレーを手にしたまま、窓際にあるカウンター席に向かっていく。カウンターに腰を下ろした鈴木だったが、その視線はちらちらとこちらに向けられていた。

「お嬢さん、困ってるなら相談に乗るぜ」

いきなり長髪の男が言った。男があごをしゃくると、小梅の隣に座っていたイケメンの男が文庫本を置き、ポケットから一枚の名刺を出して小梅の前に置く。名刺を見ると、そこには〈便利屋ファイヤー〉と書かれていた。

「見たところストーカー被害って感じだけど、やっぱりそうなの？」

イケメンが訊いてきたので、小梅はうなずいた。「ええ、まあ……」

小梅は話し出した。いったん話し始めると小梅の口は止まらなかった。それだけあの鈴木という男に腹が立っていたのだ。あいつのせいで店を馘になったのだし、再就職の目途《めど》も立っていない。噂というのは流れるのが早いので、当分の間は歌舞伎町で働くことはできないだろう。

「信じられます？　ポストの中に婚約指輪が入っていたんですよ。まさか放っておくわけにいかないから、ポストから出して保管していたんです。そしたらメールがきて、『僕の気持ちを受けとってくれて嬉しい』ですって。ふざけんじゃないわよ、って感じですよ」

「二千円」

「はあ？」

「だから二千円」イケメンの男が手帳をとり出しながら言う。「本来なら四千円だけど、たまたま相席になったという縁もあるから、特別料金にしてあげる。いいですよね、ファイヤーさん」

イケメンの男がそう言うと、目の前にいた長髪の男がうなずいた。意味がわからず、小梅はイケメンに訊いた。

「だから二千円って何のことですか？」

「ストーカー撃退の料金。今回は相手の正体もわかっているし、しかも相手がすぐ近くにいるから、格安の料金で請け負うよ」

「ストーカーを撃退するって、どうやるんですか？」

「方法はいくらでもある。どうするの？　やるの？　やらないの？」

たった二千円払うだけで、あの鈴木という男を追い払うことができるなら安いものだ。半信半疑ではあるが、小梅は話に乗ることに決めた。これが二万円なら考えるが、二千円なのだ。

　ハンドバッグから財布を出し、千円札を二枚出してテーブルの上に置いた。「じゃあ、お願いします」

「話が早いぜ、お嬢さん」目の前の長髪の男が紙幣をとり、それを懐にしまった。

「よし、リッキー。お前に任せたぜ、この仕事」

「了解です」

　軽い口調でリッキーと呼ばれたイケメンは立ち上がり、鈴木の座るカウンターに向かっていく。いきなりここで始めるとは思ってもいなかったので、小梅は呆気《あっけ》にとられてリッキーと呼ばれた男を見た。鈴木と一言二言言葉を交わしてから、二人は連れ立って店を出ていってしまう。

「大丈夫なんですか？　どこに行ったんですか、あの二人」

　不安に駆られて小梅がそう言うと、ファイヤーという長髪の男が言った。

「心配要らねえ。それより領収書は必要かい？」

「結構です」

「お嬢さん、あんまり男に色目を使うんじゃねえぞ。これはな、お前が蒔《ま》いた種でもあるんだ。男っつうのは勘違いする生き物なんだぜ。オドチ、お前も肝に銘じておけ。女っていうのは魔性の生き物だぞ」

「肝に銘じる、とはどういうことでしょうか？」

「たく、まずは日本語の勉強から始めねえとな。肝に銘じるというのはな、注意するってことだ」

ファイヤー、リッキー、オドチ。いい年した男たちがニックネームで呼び合うなど気持ちが悪い。しかし小梅はそれを口に出すことはなかった。

「おっ、来た来た。さすがリッキー、仕事が早いぜ」

リッキーと呼ばれる男が戻ってきて、再び小梅の隣の椅子に座る。リッキーは冷めてしまったコーヒーを飲み干してから、当然といった口調で言った。

「任務完了。金輪際《こんりんざい》、あの男が君に付きまとうことはない」

「ど、どうやったんですか？」

「別に難しいことじゃない。話したらわかってくれたよ」

本当だろうか。あんなにしつこかった鈴木がそう簡単に諦《あきら》めてくれるとは到底思えない。小梅はもう一度名刺を見る。事務所は五反田《ごたんだ》にあるようだ。

それにしてもこの男たちは何者なのだ。街を歩いているだけで目立つような巨漢が三人も揃っているのだ。ただ、不思議なことに悪い気分ではなかった。どこか懐かしいというか、三人に囲まれているだけで安心している自分がいた。

「ねえ、あなたたちっていったい……」

小梅の声を遮《さえぎ》るようにリッキーが言った。

「俺たち三人、実は元プロレスラーなの」

「プ、プロレスラー？」

「しー、声がでかいって」リッキーが慌《あわ》てたように周囲を見回し、誰にも会話を聞かれていないことを確認してから言った。「そう、プロレスラー。今はわけあって便利屋をやってるんだ」

リッキーが片目を瞑《つむ》った。道理で、と小梅は納得する。ファイヤーとかリッキーというのはリングネームだったのだ。

急に不安になってきた。プロレスラーに囲まれているというだけで、犯罪に加担しているような気分になってくる。さきほどまで感じていた安心感が嘘のように消え去っていた。

「失礼します」

小梅はそう言って席を立ち、振り返ることなく店を出た。ちょうど店を出たところでパトロール中の警察官の姿が見え、そんなわけは絶対ないのだが、なぜか自分が追われているような気分になり、小梅は新宿の雑踏を逃げるように駆け出した。

※

「こら、そんなことしているとプロレスラーみたいになっちゃうわよ」

主婦仲間の一人がそう言って自分の息子を注意すると、その場にいた全員が一斉に笑った。白崎真帆《しらさきまほ》も息子の駿《しゅん》の姿を目で追いながら、一緒になって笑った。駿は今、ブランコに乗って遊んでいる。

ここは近所の公園だ。夕方、塾のない日はこうして駿を連れ、ここを訪れている。駿は小学校四年生だ。ブランコに乗って遊ぶ駿はそれほど楽しそうではない。本当は家でゲームをしたいはずだが、ゲームは一日一時間までと決まっている。

「そろそろ夕飯の支度しないと」

「そうね。そういえば駅前のスーパー、来月で閉店みたいよ」

「うっそー。じゃあ早めにポイント使い切らないと」

ちょうど夕方の五時を過ぎ、母親たちは自分の子供の名前を呼び、手をとり合って帰路に就いていく。真帆もブランコに向かい、駿の手をとって歩き出した。家はここから歩いて五分もかからない。

「ねえ、ママ。プロレスラーって何？　何で悪いことするとプロレスラーになっちゃうの？」

駿が訊いてくる。駿はプロレスを知らない世代だ。

「とにかく悪いことをしたら、プロレスラーになっちゃうの。そういうことになってんだから」

「ふーん。怖い人なのかな、プロレスラーって」

「多分ね」

自宅に辿り着いた。五年前に購入した一戸建てだが、中古物件とは思えないほど綺麗で、購入当時はまるで新築のようだった。最寄りの駅は小田急線の経堂《きょうどう》駅で、渋谷《しぶや》まで二十分弱と交通の便もいい。しかし結婚してから渋谷に足を運ぶことなどほとんどない。たまに洋服などを買いにいくときは、渋谷を通り越して銀座《ぎんざ》まで足を延ばすからだ。

すでに夕食は作り終えている。駿の好きなカレーライスだ。温めるだけでいいので簡単だ。鍋を火にかけようとしたところでスマートフォンが鳴った。見ると一件のメールを受信しており、夫の真一郎《しんいちろう》からだった。『すまない。今日も遅くなる』と短いメッセージが入っている。

　夫の真一郎は法務省のキャリア官僚だった。毎晩のように帰りは遅く、深夜零時を過ぎることも当たり前だった。そのうえ朝も早く、午前六時に出勤していくこともある。

「パパ、今日も遅いって？」

　メールの受信音が耳に入ったのか、リビングでテレビを見ていた駿が訊いてくる。

「うん、遅いみたい」と返してから、ＩＨヒーターのボタンを押した。しかしいつも点滅するはずのランプが光らない。故障だろうか。

　何度も試してみたが、ＩＨヒーターが温まる気配はなかった。どうやら故障のようだ。仕方ないので、電子レンジを使うことに決め、真帆は鍋のカレーを器によそい、それをレンジの中に入れてボタンを押す。ブーンという音とともに、中で器が回り始める。

　夫の真一郎と出会ったのは合コンの席だった。今から十二年ほど前のことだ。当時、真帆は大手不動産会社の受付嬢をしていて、同僚の女の子に誘われ、仕方なく合コンに足を運んだ。チャラい男どもに辟易《へきえき》していたのだが、その席で出会った真一郎はあまり場馴《ばな》れしておらず、実直そうな感じが新鮮だった。名前に真が入っているという共通項もあり、どこか運命めいたものを感じた。すぐに交際に発展し、一年後には結婚した。真帆の家柄を知ったときは真一郎も驚いたが、それが結婚の障害になることはなかった。結婚して一年後に駿が生まれ、それから真帆は専業主婦として家庭に入ることになった。

電子レンジのブザーが聞こえたので、真帆はレンジを開けて中から器をとり出した。手早くジャーからライスをよそい、そこにカレーをかける。冷蔵庫からサラダやドレッシングをとり出して、「ご飯できたわよ」と駿を呼ぶ。

「いただきます」と言ってから、駿がカレーライスを口にする。子供用に甘口に作ってある。一口食べてみると、悪くない出来だった。しかしやや温める時間が短かったせいか、ジャガイモの芯のあたりに冷たさが残っているような気がする。しかし駿は気にすることなく美味《おい》しそうに食べているので安心した。

駿が汗をかいていることに気がついた。誰に似たのか、駿は食事中にやけに汗をかく。新陳代謝が活発で、少し羨《うらや》ましい。

「暑そうだね、駿。エアコンつけるね」

季節は六月に入ったばかりで、湿度の高めの日々が続いている。エアコンのリモコンを手にとって、除湿のボタンを押したがエアコンはうんともすんとも反応しない。

リモコンを何度か手で叩いてみたのだが、全然反応しなかった。

「いいよ、ママ。そんなに暑くないし」

「そう？　だったらいいけど」

エアコンといいＩＨヒーターといい、使いたいときに使えないなんて腹立たしい。溜め息をつき、真帆はスプーンを口に運ぶ。やはりジャガイモは芯がまだ温まっていなかった。


「ただいま」

真一郎が帰宅したのは午後十一時過ぎのことだった。駿はすでに眠っており、真帆もそろそろベッドに入ろうとしていたときだった。冷蔵庫からビールを出しながら真一郎が訊いてくる。

「腹減った。何かある？」

「カレーならあるけど」

「自分で温めるからいいよ。真帆はもう寝ていいから」

「ＩＨヒーター壊れてるからね。電子レンジで温めて」

真帆の言葉を聞き、真一郎は何度かＩＨヒーターのボタンを押した。しかしヒーターは作動しないようだった。真帆は続けて言う。

「ねえ、エアコンも壊れてるみたいなの」

「どれどれ」

ビールを飲みながら、真一郎はエアコンのリモコンを手にとった。エアコンの方に向けてリモコンを操作したようだが、エアコンはいつまでたっても動かない。真一郎は首を傾《かし》げ、リモコンを手の平で叩いてから、またボタンを押す。しかしエアコンは作動しない。

「何度も叩いたわよ。でも動かないの。どうしようかしら。これからどんどん暑くなるし、お料理だってできないじゃない。ＩＨヒーターとエアコン、どこで買ったんだっけ？」

「さあ、どこだったかなあ」真一郎はビールを飲みながら言った。「このあたりの電器屋さんに修理を頼んでみたらどうだろう。多分すぐに直してくれるんじゃないかな」

簡単に言うが、このあたりに電器屋さんなどない。たしかに駅前の商店街で昔ながらのこぢんまりとした電器屋があることはあるが、最新式のエアコンやＩＨヒーターを直してくれる技術があるとは思えなかった。

「電器屋なんて駄目よ。やっぱりこういうときは買ったお店に頼むのが一番いいんじゃないの」

「そう言われてもな……」

真一郎はカレーを電子レンジで温めている。まだ半分ほどビールを飲んだだけだと思うが、すでに頬が紅潮していた。アルコールに関しては真帆の方が遥かに強い。真帆の肝臓、いったいどうなってんだろうね。二十代に飲み歩いていた頃、つるんでいた友達によくそう言われたものだった。

「あっ、そうそう」そう言って真一郎は財布から紙片をとり出した。名刺大の紙片だった。それをテーブルの上に置きながら、彼は言う。「便利屋だって。何だってしてくれるらしいぜ。同僚が試しに依頼してみたら、すぐに解決してくれたみたい」

「便利屋？」

真帆は名刺大の紙片をとり上げた。〈便利屋ファイヤー〉という社名が記されており、それから事務所の所在地と電話番号が書かれている。『どんな依頼でも引き受けます』という頼もしいキャッチフレーズが躍っている。

「で、あなたの同僚は何を依頼したの？」

「クロスの貼り替え。子供が家の壁紙を汚しちゃったみたいで、その便利屋に頼んだみたいなんだ。すぐに貼り替えてくれたってさ。値段も良心的だったようだよ」

「ふーん。便利屋ねえ」

電子レンジのブザーが鳴った。レンジの中からカレーの入った器を出しながら、真一郎が背中を向けたまま言った。

「もう寝ていいよ、真帆。あとは適当にやっておくから」

「うん。じゃあお休み」

すでに歯も磨いているし、お肌の手入れも終わっているので、真帆は二階の寝室に向かった。一番奥の部屋が真帆と駿の寝室で、その手前が真一郎の寝室だった。新婚当時は真一郎と同じ寝室だったのだが、真一郎の帰宅が遅いことから、数年前に寝室を別にした。

真帆が寝室に入ると、ベッドの上で駿が寝息を立てていた。その隣に真帆は横になる。そして深い溜め息をつく。

そろそろ離婚かな。

真帆が離婚を真剣に考え始めたのはここ最近のことだった。仕事に熱心なのはわかるが、まともな会話などほとんどなく、今夜はまだ会話があっただけマシな方だ。「おはよう」と「行ってらっしゃい」以外の言葉を使わない日もある。

よく芸能人が離婚したり別れたりするとき、すれ違いが原因になったとかいう週刊誌の記事を目にすることがある。昔、真帆はこう思っていた。愛し合っている二人が一緒になって、すれ違うってどういうことなのよ。

でも今は違う。同じ屋根の下に暮らしていても、夫とすれ違っていることを真帆は実感していた。離婚に関しては何の問題もない。夫が海外赴任することになった。周囲にはそう言って、引っ越してしまえばいいだけだ。心機一転、イギリスかアメリカあたりで駿と二人で暮らすのも悪くない。そう思い、最近になって真帆は大学時代の同級生で、今はロンドンで働いている友人とメールのやりとりをするようになった。

真帆の実家は裕福だった。明治時代から造船会社を経営している由緒ある家柄だ。実家は品川《しながわ》区高輪《たかなわ》にあり、かつては広大なお屋敷だったが、今はタワーマンションに建て替えられている。そのマンションの最上階のペントハウスが真帆の実家だった。

慰謝料なんて要らないし、どうせだったらこの家のローンだって実家の父に頼めば何とかしてくれるはずだ。あとは決定打だった。すれ違っている、という理由だけで離婚を切り出すのは躊躇《ためら》われた。たとえば真一郎に浮気の兆候があったのなら、即離婚という決断を下すはずだったが、仕事熱心の真一郎からその兆候を読みとることは難しかった。

真帆は〈便利屋ファイヤー〉の名刺をベッドサイドのテーブルの上に置き、それから手を伸ばしてスイッチを押し、明かりを消した。

※

「おい、兄ちゃん。この店で一番高い酒、持ってこいよ」

テーブルに座る強面《こわもて》の客がそう言った。四人連れの男たちだ。前園光成《まえぞのみつなり》はぎこちない笑みを浮かべ、頭を下げて答えた。「はい、ただいまお持ちしますね、お客様」

前園はホールを歩き、厨房《ちゅうぼう》の中に入った。レモンサワーを作っていた大学生バイトの松田《まつだ》に声をかける。

「松田、磯自慢《いそじまん》の純米大吟醸、三番テーブルに持っていって」

「店長代理、なぜ俺が……」

「だってお前、ドリンク係だろう。いいから持っていってよ」

「店長代理が持っていけばいいでしょうが。だって頼まれたのは店長代理なんでしょ」

「僕は忙しいんだよ。そうだ、出汁《だし》巻き玉子を作らないと」

言い訳がましく前園は言い、厨房の奥に向かった。出汁巻き玉子用のフライパンを火にかけ、それから玉子を割って準備にとりかかる。

ここは渋谷の居酒屋〈串ダイニング炎三号店〉だ。渋谷といっても繁華街から離れたところにあり、若者ではなく近くのサラリーマンなどで賑《にぎ》わう店だ。名物は焼き鳥で、備長炭《びんちょうたん》を使って丁寧に焼き上げる焼き鳥が好評を博している。しかしこのところ格段に売り上げが落ちていた。理由は三番テーブルに座る四人組にある。

四人組は消費者金融の回収屋だった。この店の店長がギャンブルで数十万円の借金を作り、その回収のために店を訪れたのがきっかけだった。金を用意できない店長が、つい会計をただにしてやったのがいけなかった。以来、毎晩のように店を訪れるようになってしまったのだ。しかも肝心の店長は一週間前に体調を崩し、そのまま長期休養に入ってしまい、有り難いことにもっとも古参の前園が店長代理という大役を仰《おお》せつかった。

三日前に社長が店に来たとき、それとなく相談してみたのだが、社長は笑ってとり合ってもくれなかった。心配ないって、そのうち来なくなるから。渋谷駅近くにある一号店と二号店が忙しく、三号店のことなど眼中にないといった様子だった。

「出してきましたよ、磯自慢」

不貞腐《ふてくさ》れた顔をして、松田が厨房に入ってきた。「ありがとな」と礼を言い、出汁巻き玉子を作り始めたところで松田が話しかけてくる。

「店長代理、すっげえお宝ＤＶＤが手に入ったんだけど、観ます？」

「どんなの？」

「マスク・ド・リッキーが覆面剝《は》がされた試合。意外にリッキーってイケメンなんすよ」

「それ、現場で観てた。たしか日本武道館だろ」

「すっげえ、店長代理。やっぱリアルタイムには敵《かな》わないっすよ。俺も生でプロレス観たかったなあ」

「声でかいって。誰かに聞かれたらどうすんだよ」

「す、すみません。つい……」

急に落ち着きをなくしたように松田はあたりを見回してから、空いたグラスを洗い始めた。いい感じにフライパンが温まったので、前園は溶いた玉子をフライパンに流し込む。

プロレスが世間から姿を消して早いもので十年がたつ。十年前まで前園はプロレス週刊誌の編集者をしていた。東大を卒業してプロレス雑誌の編集者はないだろ。そんな家族や友人の猛反対を押し切って、プロレス週刊誌の編集者になった前園だったが、後悔は微塵《みじん》もなかった。好きなプロレスを商売にできるのだ。これほど楽しいことはほかにはない。

しかし、まさかプロレスがない世界が来ようとは思ってもいなかった。きっかけは十一年前のことだった。毎年、クリスマス当日に若い女を殺害し、その殺害の模様をネットで配信するという狂った殺人鬼が検挙され、世間は大騒ぎになった。その男の自宅から大量のプロレスのDVDや雑誌が押収されたことが話題となり、クイズ番組で見かける教育学者などが先頭を切り、プロレスバッシングを始めた。教育上、プロレスを子供に見せてはならないし、プロレスを観ている大人にろくな人物はいない。そんな論調だった。

どうせすぐにバッシングは収まるだろう。前園自身もそう楽観していたが、事態は思わぬ方向に進んでいくことになった。

プロレス＝悪、そんな世論が生まれつつある中、ウェブ上の短文投稿サイトなどを利用して、プロレスラーの不祥事が次々と暴かれることになった。不祥事といっても他愛のないもので、たとえば飲み屋で酔い潰れてしまったプロレスラーの醜態とか、駐車違反をして警察官に文句を言っているプロレスラーの姿とか、その程度のものだった。しかしそれらの様子は大袈裟《おおげさ》に誇張され、ネット上を風評が飛び交った。「下品極まりない人たちね」「暴力的だし、最低だな」

プロレスラーたちの蛮行はＮＨＫの朝のニュース番組でも特集が組まれるほどになった。たとえば出世払いと称して飲食店で金を払わないレスラーたちがいることが明らかになり、体をビルドアップするために違法すれすれの薬物に手を出しているレスラーの存在も報道された。

そんな中、決定打となったのは新宿で発生したコンビニエンスストア立て籠《こ》もり事件だった。ある日の深夜、一軒のコンビニエンスストアに男が立て籠もるという事件が発生した。早朝、警官隊の突入によって事件は解決したのだが、その立て籠もり犯がプロレスラーだったのだ。

プロレス界はすぐにその男を永久追放処分にするという決定を下したが、世間は黙っていなかった。プロレスバッシングは最高潮に達することになり、プロレスの禁止を求める一部の有識者たちも現れ始めた。しかし政府が特定のスポーツを禁止にすることなどできるはずがない。

いずれ騒ぎは収まるはずだ。前園はそう楽観していたが、破滅はスポンサーの撤退から始まった。プロレスはメジャー団体から小規模団体にいたるまで、すべてスポンサーからの資金提供なくして存続が難しいのが現状だ。一斉にスポンサーから撤退されたプロレス界は、もはや風前の灯《ともしび》となった。そんな中、最大メジャー団体の帝国プロレス代表、ファイヤー武蔵《むさし》が記者会見を開き、厳粛な表情でこう言った。「我々、プロレス界は当面の間、興行を自粛します」。これが世に言うプロレス自粛宣言だ。

以降、これまでの十年間、プロレスの興行がおこなわれたことはなく、プロレスラーという言葉は野蛮で凶悪で下品な人間をさす代名詞となっている。

「店長代理、出汁巻き玉子、焦げてますよ」

松田の声で我に返る。フライパンの上から黒い煙が昇っている。慌てて火を止めたが、時すでに遅しだった。出汁巻き玉子は黄色というより茶色になってしまっている。

溜め息をつく。ふと目を上げると、棚の上に置いた携帯電話のランプが光っていた。

「よう、前園。よく来たな」

前園が部屋に足を踏み入れると、一人の男がソファに座って煙草を吸っていた。すでに狭い部屋には煙草の煙が充満している。男は生ビールを飲んでいた。

「井野《いの》さん、お久し振りです」

「本当だな。半年振りくらいか」

ここは渋谷円山町《まるやまちょう》のカラオケ店だった。男の名前は井野といい、十年前まで前園が編集者として携わっていたプロレス週刊誌〈週刊リング〉の副編集長だった。さきほど仕事中に届いたメールは、仕事が終わってからでもいいから会えないかという内容だった。

「それでお前、今は何してんだよ」

井野にそう訊かれ、前園はドリンクのメニューを見ながら答えた。

「居酒屋で店長をやっています」

本当は代理だが、見栄《みえ》を張りたかった。井野は嘆くように言った。

「まったく世知辛い世の中だ。東大卒のお前が居酒屋で店長やってるなんてよ。編集長が聞いたら泣くぞ」

「井野さんこそ、何していらっしゃるんですか？」

「俺か？　俺はあれだよ。適当に暮らしているよ」

井野の血色はよくない。〈週刊リング〉時代に較《くら》べ、二十キロほどは体重が増えているように見受けられる。頭はほとんど白髪といった状態だ。自分がファイヤー武蔵と同じ年であることに誇りを持っていたことから、今年で五十八歳になるはずだ。年齢以上に老けて見えるのは日頃の不摂生が要因だろうか。

「それより話って何ですか？」

電話の子機で生ビールを注文してから、前園は井野に訊いた。大事な話がある。メールにはそう書かれていた。

「そんなに焦るな、久し振りに会ったんだからよ」

深夜一時を過ぎているがカラオケ店は盛況で、周囲の部屋の歌声が響き渡っている。井野と会うのはもっぱらカラオケ店だった。こういう場所だと誰かに話を聞かれる心配がないからだ。

生ビールが運ばれてきた。店員が立ち去るのを待ってから、井野が言った。

「お前、レスラー潰しって知ってるか？」

「レスラー潰し？　何ですか、それ」

「いやな、ここ最近、次々と元レスラーたちが襲われているらしい。襲われたレスラーはかなりの数に及ぶそうだ。ついた渾名《あだな》がレスラー潰し。一部の者たちの間で話題になりつつあるようだ。俺の聞いた話によると、児玉雅夫もやられたようだ」

児玉雅夫。新幹線コンビで名を馳《は》せたレスラーだ。何度か取材をしたことがあるが、プロレスラーの割には礼儀正しい男だった。

「全身打撲。全治一ヵ月の重傷らしい」

「マジですか？　レスラー襲って何の得があるっていうんですか？」

「知らねえよ、俺だって。でもかなり腕の立つ野郎の仕業だろうな。普通、プロレスラーに喧嘩《けんか》売らねえだろ」

プロレスはショウであるため、プロレスラーは純粋な格闘家ではない。ただし、その多くの者が柔道や空手、アマチュアレスリングをバックボーンにしているので、喧嘩だってそれなりに強いはずだ。

「可哀想だと思わないか？」井野が嘆くように言う。「ただでさえプロレスがなくなって、奴らは職を失ったんだ。それに加えて襲われたんじゃ奴らもたまらねえよな」

その通りだ。一部の人気レスラーを除き、多くの元レスラーたちが辿った末路は悲惨なものだと聞いている。ただでさえ辛い人生なのに、そのうえいきなり襲われるなんて同情に値する。

「警察は捜査をしないんですか？　だってほら、立派な傷害事件じゃないですか」

「多くの者が被害届を出さないらしい。面子の問題もあるんだろうな。仮に被害届を出したとしても、レスラーが襲われた事件を警察が真剣に捜査するわけねえだろ。おい、前園。生ビールをもう一杯頼んでくれ」

電話の子機で注文する。しばらく待っていると若い男の店員が生ビールを運んできた。彼が立ち去るのを待ってから、井野が身を乗り出した。

「ここからが本題だ。流小次郎《ながれこじろう》が出所するらしい」

「マジですか？」

前園はごくりと唾《つば》を飲む。流小次郎。帝国プロレスのエース、ファイヤー武蔵の永遠のライバルと評されるプロレスラーだ。そのリングネームの通り、武蔵と小次郎の一騎打ちは帝国プロレスの看板試合として、二人は幾度もの死闘を積み重ねていた。前園自身、何度もリングサイドで、テレビの中継で二人のファイトに酔いしれた。

しかし流小次郎の名前がプロレスファン以外にも広く知れ渡るようになったのは十年前の事件だった。コンビニエンスストアに立て籠もったプロレスラーというのが、ほかでもない流小次郎その人なのだ。

「出どころは知らんが、たしかな情報らしい。明日、千葉県内の刑務所から出所するそうだ」

流小次郎は人質強要処罰法違反や銃刀法違反の罪などに問われ、懲役九年の実刑判決が言い渡されていた。ようやく服役を終え、出所してくるのだろう。それが明日なのだ。

「で、流小次郎の出所をなぜ僕に？」

「お前、流のファンだったろ」

「ええ、まあ」

プロレスファンはファイヤー派と小次郎派に分かれるが、ファイヤー武蔵の方が圧倒的な支持を受けている。

ファイヤー武蔵は二十歳でアメリカに武者修行に旅立った。大抵の場合、海外で前座試合などをしながら二、三年修行をして帰ってくるのが普通なのだが、ファイヤーは違った。アメリカで頭角を現し、メインイベントを務めるまでになったのだ。だからアメリカ仕込みのファイヤーの試合は派手で、観客を魅了する。

一方、流小次郎は若手の頃から伸び悩んでいた。ただし同じ年のファイヤー武蔵に対して強烈なライバル意識を持っていた。ファイヤーが帰国して二年後、流小次郎はファイヤーを挑発し、一騎打ちを実現させた。結果は六十分時間切れのドロー。流小次郎の名が格段と高まった一戦だった。小学生だった前園はその試合を実家のテレビで観ていた。それ以来、前園はプロレスの虜《とりこ》となった。

「お前、明日千葉に行け」

「えっ？　千葉に行ってどうするっていうんですか？」

困惑気味に前園が訊くと、井野がにやりと笑って言う。

「決まってんだろ。何とか流とコンタクトをとって、独占取材を申し込むんだよ。あれほど世間を騒がせた男だ。出版社だって黙っちゃいない。ベストセラーは確実だ」

※

お前の父ちゃん、プロレスラー。お前の父ちゃん、プロレスラー。

蜂須賀小梅は憶えている。よく小学校からの帰り道で、クラスの男子にからかわれたものだ。

子供の頃は父親がどういう人物なのかはっきりとはわからなかった。父親は小梅が物心つく前に家を出ていってしまったからだ。ただ、どの世界にも詮索《せんさく》好きな人間はいるもので、どこからか小梅の父親がプロレスラーだという噂が洩《も》れ伝わり、クラス中に知られることになってしまったのだ。

幼い小梅は武蔵小金井《むさしこがねい》駅の近くで小料理屋を切り盛りしていた母に訊いた。ねえ、お母さん。私のお父さんってプロレスラーなの？

　返ってきた答えはこうだ。そうだよ、小梅。あんたの父親はプロレスラーだ。最低で最悪の男だったよ。だからあんたも父親のことで苦労するかもしれない。でもね、小梅。母さんはいつまでもあんたの味方だから、父親のことなんて忘れるんだよ。だから小梅にとって、プロレスラーというのは世間一般のイメージ以上に近寄り難く、また忌避すべき存在だ。今も母は武蔵小金井で店を営んでいるが、たまにふらっと立ち寄って好物のモツ煮込みを食べていると、カウンターの中で必ず母は言う。小梅、あんた絶対にプロレスラーとだけは関わるんじゃないよ。絶対に付き合っちゃ駄目だからね。

　しかし今、小梅は右手に携帯電話、左手に〈便利屋ファイヤー〉の名刺を持って、カーテンの隙間《すきま》から窓の外を覗《のぞ》いている。さきほどゴミを捨てに外に出たとき、表に不審なワンボックスカーが停まっていることに気がついた。もしや鈴木ではないか。そう考え始めると急に不安になり、それから窓からワンボックスカーを観察している。

　かれこれもう一時間はたつが、ワンボックスカーが動く気配はなかった。うっすらと白い排気ガスが立ち昇っていることから、中に人が乗っているのは確実だ。

ええい、と思い切って名刺の電話番号を入力し、スマートフォンを耳に当てる。すぐに相手は電話に出た。

「はい、こちら〈便利屋ファイヤー〉です」

「は、蜂須賀です。蜂須賀小梅。昨日……」

「おお、小梅ちゃんか。俺、リッキー。憶えているかな」

昨日の今日だ。忘れるわけがない。挨拶《あいさつ》は抜きにして小梅は言った。

「実は大変なんです。自宅のマンションの前に怪しい車が停まっています。多分鈴木さんです。彼が報復を考えているんだと思います」

「それはないよ。百パーセントないって断言できる」

「どうしてそんなことが言えるんですか？」

スマートフォンを耳に当てながら、小梅はカーテンの隙間から外の様子を見た。思わず息を呑んでいた。ワンボックスカーの運転席のドアが開き、一人の男が降り立ったからだ。

「き、来た。お願いです。すぐに助けにきてください。お金なら払います」

「落ち着きなよ、小梅ちゃん。俺だよ、俺」

「えっ？」

窓の外を見る。ワンボックスカーから降り立った男がこちらに向かって手を振っていた。遠目だったが、彼が携帯電話を耳に当てているのが見えた。

「ど、どういう、ことですか？」

「いやね、念のために一晩見張ることにしたんだ。鈴木って人にはかなりきつく言い含めておいたけど、いけないことを考えたらマズいからね。これ、ファイヤーさんの命令だから」

そうなのか。ここまでアフターケアをしてくれるとは思ってもいなかった。小梅は窓を開け、五十メートルほど下に見えるリッキーに向かって頭を下げる。

「ありがとうございます。私、てっきり……」

「いいんだよ。それより昨日の話だと、小梅ちゃん、お店を馘になっちゃったんだよね。もしよかったらでいいんだけど、俺たちの仕事を手伝ってくれないかな？」

「私が、ですか？」

「そう。小梅ちゃんが。これもファイヤーさんのご希望なんだよ。うちって女性の従業員がいなくてね、ずっと探していたところなんだよ。体験入社じゃないけど、ちょっと手伝ってくれると有り難いな」

いきなり便利屋を手伝ってくれと言われても、困惑するだけだった。しかし暇を持て余しているのも事実なわけで、今日だってこれといった予定は一切ない。

「小梅ちゃん、十五分待つ。覚悟ができたら降りてきて。あっ、できれば汚れてもいい格好でね」

通話は切れた。あんた、プロレスラーとだけは付き合っちゃいけないよ。母親の言葉が耳によみがえる。何も私はプロレスラーと付き合うわけじゃない。仕事を手伝うだけだ。それにしても汚れていい格好とはどういうことだろう。二十二歳のかよわき乙女に汚れてもいいファッションなどあるはずがない。

そう思いつつも、小梅の足は自然とクローゼットに向かっていた。


ゴミ、ゴミ、ゴミ。ゴミの山だ。小梅の目の前はまさにゴミの山だった。こんなに大量のゴミはこれまでの人生で見たことがない。

リッキーから教えられた中野《なかの》区の住所には一見して綺麗な感じの一軒家が建っていたのだが、中に入ってみて度肝を抜かれた。そこはいわゆるゴミ屋敷というやつだった。

「多いんだよね、ゴミ屋敷の掃除の依頼ってさ。あっ、小梅ちゃん。そんな格好じゃ駄目駄目駄目。しょうがないなあ、あのバンの中でこれに着替えてきてくれる」

「着替えてくるって、なぜ私が……」

強引に作業着のような紺色の上下を手渡される。汚れてもいい格好と言われて悩んだ結果、小梅がチョイスしたのはヴィヴィアン・ウエストウッドのジーンズとシャツだった。

「だって汚れたら嫌でしょ。このあたりだって病原菌がうようよしているかもしれない。早く着替えた方がいいよ、絶対」

急に悪寒《おかん》がしてきて、小梅は慌てて家の前に停まっているバンに乗り、上から作業着の上下を着た。車から降りると、家の中からでかい男が二人、出てくるのが見えた。ファイヤーという長髪の男と、オドチという坊主の男だ。ファイヤーが手袋を外しながら言う。

「こいつはひでえぜ。だがいいトレーニングになりそうだな。おい、小娘。デビュー戦にしちゃまああの相手だ。お前には寝室を任せる」

ファイヤーは一方的に言い、自分は手袋とマスクを装着してからゴミ屋敷の中に突入していく。オドチもあとに続いた。無理だ、無理に決まってる。

「はい、これ」

リッキーから手渡されたのは分厚い手袋と防塵《ぼうじん》マスクだった。わけもわからぬまま、マスクと手袋を装着する。リッキーに背中を押されて、ゴミ屋敷の中に足を踏み入れた。

マスク越しに異臭が漂ってくる。酷《ひど》い有り様だった。玄関の奥に見えるリビングは足の踏み場もないほどで、弁当の食べ残し、衣類、空のペットボトル、雑誌や新聞などが散乱している。

「小梅ちゃんは二階の寝室ね。依頼人の許可はとってあるから、今日は土足で大丈夫。ほら、早く」

玄関のすぐ近くにある階段を上る。階段の途中にもゴミは散乱していて、なぜかモヤシに似た植物が階段の途中に大量に生えていた。

「小梅ちゃんにはこの部屋を頼むから」

そう言ってリッキーが二階の一番手前のドアを開ける。中を見て、小梅は啞然とした。床一面にビールやチューハイの空き缶が散乱していた。空き缶の山は軽く五十センチは積み上げられている。ドアを開けただけで空き缶がぼろぼろと廊下にあふれ出てしまうほどだ。

「この袋に空き缶を入れる。瓶と燃えるゴミはちゃんと分別するように」

半透明のゴミ袋を数枚、リッキーから手渡された。半ば呆然《ぼうぜん》と部屋の中を見ながら、小梅はリッキーに訊く。

「こ、この部屋が寝室なんですか？」

「うん、そう」とリッキーがうなずいた。「家主の寝室みたいね。ほら、あそこに少し窪《くぼ》んでいる場所があるだろ」

リッキーの指さした方向に目を向けると、そこは窓際の一角で、たしかにそこだけは空き缶が落ちていない。タオルケットのようなものが置いてあるのが見えた。

「あそこで寝ていたんだろうね。ほら、小梅ちゃん。作業を始めないと日が暮れちゃうよ」

そう言ってリッキーは小梅に背中を向けて、廊下を奥へと去っていった。彼は別の部屋を掃除するのだろう。なぜ私がゴミ屋敷の清掃に参加しなければならないのか。そんな疑問を感じつつも、小梅は廊下に落ちているビールの空き缶を一つ拾い、半透明のゴミ袋に入れる。溜め息が出るほど、大変な作業になりそうだ。

大掃除というのは日本人の闘争心のようなものを駆り立てるものなのかもしれない。年末になると自然に日本人は張り切って掃除に精を出してしまう。小梅も例外ではなく、母と一緒に店の隅々までピカピカにした。その頃の記憶を思い出しながら、次々と空き缶を拾っていった。

最初の頃には吐き気を催しながら空き缶を拾っていたのだが、なぜか一時間もすると吐き気はどこかに消え失《う》せてしまい、さらに一時間が経過して床が見えてくるようになるとわずかながら達成感を覚えるほどだった。すでに空き缶をパンパンに詰め込んだ袋は六袋に及んでいる。

「小娘、休憩にするぞ」

一階からファイヤーの声が聞こえてきたので、小梅は作業を中断して一階に降りた。外に出て、まずは水道の蛇口で手を洗う。石鹸《せっけん》を使い、ここ近年記憶にないほど入念に洗った。

「おい、オドチ。てめえ、馬鹿か」

ファイヤーの怒鳴り声が聞こえたので、ハンカチで手を拭《ふ》きながら顔を上げる。ファイヤーがいきなりオドチに向かって飛びかかり、オドチを首投げで投げた。そのまま首をロックしたまま、ファイヤーが言う。

「誰がホットコーヒー買ってこいって言った？　冷たいやつに決まってんだろうが」

「コーヒーは温かい方が美味しいです」

「お前の好みなんて聞いていねえ。国に帰すぞ、この野郎。ギブか？　おい、ギブか？」

「ギブアップ」

唖然としながら二人の様子を見ていると、いつの間にか隣に立っていたリッキーが言う。

「いつものことだから気にしないで」

リッキーが缶コーヒーを手渡してきた。たしかに温かい。六月上旬、しかも肉体労働のあとに温かい缶コーヒーを飲む気にはなれない。

「あのう、オドチさんって外国の方だったんですね」

「そうだよ」リッキーが缶コーヒーを啜《すす》りながら答える。「モンゴル出身。本名はオドンチメル・オルガーバートル。略してオドチ。元々は相撲部屋にいたんだけど、今はわけあってファイヤーさんの付き人をしている。付き人というより、ファイヤーさんの玩具《おもちゃ》だね。それより小梅ちゃん、作業は順調かい？」

「ええ、まあ。ところでこの家の住人って、いったいどんな人たちなんですか？」

ここまでゴミを放っておく神経が小梅にはわからなかった。どんな人たちが住んでいるか、気になるのは当然だ。

「普通の人だよ。一家四人でこの家で暮らしているみたい」

「一家四人って、その人たちの頭の中はどうなっているんですか？」

「別に普通だよ。小梅ちゃん、偏見はよくないよ。この家の人たちにも事情があるんだからさ。でも俺の経験では、ここまで散らかすってことは家族の中の誰か——多分お父さんかお母さんだと思うんだけど、精神を病んでいる可能性が高い」

「うつ病、みたいなもんですか？」

「そうとも言う。一つの可能性だけどね。でも俺たちの仕事はこの家を綺麗にして、ギャラをもらうことなんだ。なぜこうなってしまったのか。それを詮索するのは俺たちの仕事じゃない」

さきほど二階から降りてきたときに少し覗いてみたら、一階のゴミはかなり減っていた。その代わり、外にはゴミが詰まった袋が山のように積み重ねられている。やはりプロレスラーだけあって力仕事は得意のようだ。

「そういえばファイヤーさん」リッキーが風呂敷包みをファイヤーに渡しながら言った。「こんなものが見つかりました。この家のご主人、かなりのマニアだったみたいですね。ほかにもいろいろ見つかりましたけど、これだけはファイヤーさんに渡しておいた方がいいと思って」

ファイヤーは包みを開いた。重そうなベルトだった。ボクシングの試合などで見たことがある。これはチャンピオンベルトというやつではないだろうか。

「おお、懐かしいぜ」ファイヤーは満面の笑みを浮かべた。「GDO世界ヘビー級のベルトじゃねえか。よく見つけたな、リッキー。お手柄だ」

ファイヤーは立ち上がり、ベルトを腰に巻いた。ライオンのような顔が金加工で彫られている。ファイヤーは嬉しそうな顔つきで言う。

「こういうのは持ち主のところに戻ってくるもんだな。リッキー、こいつは俺様がいただく。家主に話をつけてくれ」

「了解です」

「いやあ、こいつは嬉しいぜ。おい、小娘。お前は知らんだろうがな、このベルトはプロレス界の頂点を意味するんだ。数々の激闘の歴史がこのベルトには刻まれているんだよ」

そんなこと言われてもさっぱりわからない。第一、小梅はプロレスなんて観たことがない。ルールだって知らないほどなのだ。それでもファイヤーは喜色満面で続けた。

「初代から第二十四代までのチャンピオンのうち、その半分がこの俺様、ファイヤー武蔵だ。俺がどれほど強かったか、お前にはわからんだろうな」

わからないし、わかりたくもない。今はただ不思議なことに、あの部屋を片づけてしまいたいという変な義務感だけがあった。それを察したのか、ファイヤーが真面目《まじめ》な顔に戻って言った。

「よし、仕事に戻るぞ。夕方までには終わらさねえとな。おい、小娘。このベルト、車の助手席に置いておいてくれ」

いきなりベルトを渡される。重くて、両手でなければ持てないほどだ。ちょうどベルトは裏返しになっていて、金加工された表面の裏側が見えた。そこには歴代のチャンピオンの名前が彫られていて、ファイヤー武蔵と流小次郎という名前がほとんど交互になって並んでいる。

※

「おい、まだなのかよ。もう十分もたってるじゃねえか」

五十嵐《いがらし》は苛立《いらだ》ち気味に腕時計に目を落として言った。隣にいるＡＤが困ったような顔つきで答えた。

「楽屋に入ったのは間違いないっす。俺、新しい台本渡しにいきましたから」

「見てこい、もう一回。これ以上待たせるわけにいかねえからな」

目の前にはセットが組まれていて、俳優陣もそれぞれの位置にスタンバイしている。

「遅いよ、五十嵐ちゃん。日が暮れちゃうよ」

主演を務める俳優がおどけた口調で言うと、その場にいる誰もが一斉に笑った。その主演俳優は以前はイケメン俳優としてドラマや映画に引っ張りだこだったが、四十歳を過ぎたあたりから仕事が激減した。本人も焦ったのか、最近はこの手の二時間ドラマを精力的にこなし、徐々に人気も回復傾向にある。

「すみません。今、捜させているところなんで」

五十嵐はそう言って額の汗をぬぐう仕草をする。実際には汗などかいていないが、そうでもしないとこちらの気持ちが伝わらないと思ったからだ。今、待っているのは無名の新人俳優、松嶋光だ。オーディションで彼を選んだのは、ほかならぬディレクターの五十嵐だった。

一ヵ月ほど前のことだった。すでに主要な配役は決まっており、脇役を決めるオーディションをおこなった。台詞《せりふ》も少ない脇役で、応募してくるのは大抵がエキストラ感覚の素人《しろうと》や無名の劇団員などだった。そんな中、五十嵐はその男に目をつけた。一際大きい男で、名前は松嶋光といった。

その顔に見憶えがあった。かつて五十嵐はプロレスファンで、週刊誌は欠かさず買っていたし、たまに会場に出向いてプロレス観戦をすることもあった。しかし十年前の例の騒ぎのあと、五十嵐は自分がプロレスファンであることを公言するのをやめた。今では家族が寝静まったあと、ひっそりとプロレスのＤＶＤを観ることを趣味としていた。

松嶋光というのは間違いなく、元プロレスラーだった。児玉雅夫との新幹線コンビで名を馳せ、帝国プロレスの前座試合には欠かせない名レスラーだった。その松嶋が今、五十嵐の目の前で緊張した様子で周囲をきょろきょろと見回しているのだった。

履歴書を見ると、そこにはプロレスラーであったということは一切書かれていなかった。高校卒業後、肉体労働に従事したあと、一念発起して役者を志したと書いてあった。自分がプロレスラーであったことは知られたくない過去なのだろう。プロレスが自粛されるようになってから、レスラーたちの人生は厳しいものになったと聞いていた。

五十嵐は自分の一存で松嶋光に役を与えることに決めた。主人公に因縁をつけるヤクザ役で、彼にうってつけの役柄だ。台詞も「ふざけんな、この野郎」の一言で、Ｎ

Gを出すような難しい役でもない。台本合わせのときも一発でOKをもらっていたので、五十嵐も安心していた。できれば撮影後に話をして、松嶋と飲みにいく約束をしたいものだった。帝国プロレスの激戦の数々。それらの裏話を聞けたらどんなに楽しいことだろう。昨夜は興奮と緊張であまり眠れなかったほどだ。

「い、五十嵐さん、大変です」

ADの声で我に返る。真っ青な顔をした若いADが立っていた。五十嵐は鋭い口調で訊く。

「松嶋さ、いや、松嶋はいたか？」

「いました。こっちです」

そう言ってADは背中を向け、足早に歩いていく。なぜ連れてこないんだよ。そんなことを考えながら、五十嵐はADの背中を追った。

ADが向かったのは地下だった。地下は倉庫になっていて、セットの備品などが大量に保管されている。地下通路にあるトイレの前でADは足を止めた。

「松嶋さんが地下に降りていくのを見た人がいて、捜してたんです。そしたら……」

ADはそこまで言ったところで口を押さえた。まるで吐き気をこらえるかのように、胸を上下させている。いったいトイレの中に何があるというのだ。わずかな恐怖感を感じつつ、五十嵐は男子トイレの中に向かった。

最初に感じたのは臭いだった。血の臭いだ。トイレの中に向かうにつれ、その臭いは徐々に強まっていく。引き返したいという思いにも駆られたが、五十嵐は何とかトイレの中に足を踏み入れた。

酷い有り様だった。そこら中に血のあとがこびりついている。しかも蛍光灯は割れて散乱しているし、トイレのドアは外れて床に転がっていた。モップなどの清掃用具も床に落ちている。

見た限り、誰もいない。しかしここで想像を絶する格闘がおこなわれたことは明らかだった。どういうことだ。何があったというのだ。

呻《うめ》き声が聞こえた。その声は個室トイレから聞こえてくる。ドアは半開きになっている。恐る恐る足を進め、五十嵐は個室トイレの中を覗き込んだ。

一人の男が便器に座っていた。顔面は血だらけだったが、それが松嶋光であることはすぐにわかった。衣服もところどころが破れており、指などは変な方向に曲がっていた。顔を猛烈に痛打されたようで、原形をとどめていないほどだった。首がどす黒く変色しており、ヒューヒューという苦しげな呼吸が聞こえてくる。どうやら死んではいないらしい。

「ま、松嶋さん。大丈夫ですか、松嶋さん」

五十嵐がそう声をかけても、松嶋光は何も答えない。ただ浅い呼吸をしているだけだ。五十嵐はポケットから携帯電話を出し、一一九番通報をしようとした。が、地下の奥まった場所に位置しているせいか、電波がほとんど届かない。

「きゅ、救急車だ。おい、早く救急車を呼べ」

トイレの外にいるＡＤに向かって五十嵐は声を張り上げた。

※

まったくの無駄足だった。わざわざ千葉県内にある刑務所まで足を運んでみたはいいものの、前園は流小次郎を見つけることはできそうになかった。流小次郎が本日をもって出所することはマスコミにも洩れているようで、彼の口から一言インタビューをとろうとマスコミ数社が刑務所前で張っていて、とても前園のような元編集者につけ入る隙はないように思われた。それでも前園は刑務所の前で待ち続けていた。

流小次郎が逮捕されたのは十年前のことだった。その日のことを前園はよく憶えている。ちょうど雑誌の校了の日にあたり、前園は代々木《よよぎ》にある出版社で徹夜で編集作業に追われていた。ようやく仕事を終えた朝の六時、そのニュースが飛び込んできたのだ。

事件が発生したのは午前二時。新宿にあるコンビニエンスストアに男が押し入った。銃器のようなものを店員に突きつけて金を要求し、今もなお客を人質にとって立て籠もっているというのだった。最初に押し入った際に銃声のような音が聞こえたらしい。

その最初の報道を朝の六時台のニュースで見てから、前園は帰宅した。いつものように近くのコンビニエンスストアでビールと唐揚げを買い、会社の近くに借りたワンルームマンションに帰った。テレビを点《つ》けると、さきほどの立て籠もり事件が生中継で流れており、事件現場が映されていた。ちょうど警察が突入する寸前のようで、店の前に黒っぽいバスのような警察車輌が停まっているのが見えた。「あっ、突入しました。突入した模様です」と緊迫した声で現場のレポーターが叫んでいたが、前園は興味がなかった。

現場の中継とスタジオ内のキャスターのコメントが交互になされる形でニュース番組は進み、前園が二本のビールを飲み干してそろそろ寝ようかと思った頃、いきなり現場のレポーターから衝撃的な発言が出た。「今、入ったニュースです。警察関係者の証言からコンビニに押し入った犯人は流小次郎、帝国プロレス所属のプロレスラー、流小次郎とのことです」

その言葉で眠気が吹っ飛んだ。そこから先、前園の記憶はやや曖昧《あいまい》だった。気がつくと会社に来ていて、電話の対応に追われていた。他の編集者も同じように電話にかじりついていた。多くの電話はマスコミからの問い合わせで、流小次郎の写真や映像の使用許可の申し入れや、過去のインタビュー記事の閲覧などだった。電話での対応に追われながら、先輩編集者がつぶやくように言った。「ヤバいぜ、プロレス。何してくれてんだよ、流小次郎」

流小次郎がコンビニエンスストアに押し入ったのが午前二時で、警察が突入したのが午前七時三十分のことだった。五時間半にわたり、流小次郎は店内に立て籠もっていたことになる。人質は三人で、一人は店員である中国人留学生で、残りの二人は客だった。逮捕された流小次郎は酔っていて何も憶えていないと繰り返したが、彼の犯行であることは疑いようがなく、世間では連日のようにこの事件を報道した。

先輩編集者のつぶやきは現実のものとなり、プロレスに対するバッシングは過熱した。当時の東京都知事は定例記者会見の場において、東京都内でプロレス興行を禁止する条例を定める意向を示し——実際にはその条例が制定されることはなかったが、東京都民の関心を集めた。テレビのワイドショーに登場するコメンテイターも軒並みプロレスに対して嫌悪感を露《あら》わにした。事件が発生した翌日、帝国プロレスは流小次郎を解雇したことを発表したが、それだけで収まる事態ではなく、事件発生から一週間後、ファイヤー武蔵がプロレスの自粛を宣言した。前園にとって、いやプロレス界にとっても悪夢と言える一週間だった。

流小次郎の裁判がどのように進められたか、前園はほとんど知らない。プロレスの消滅はつまり〈週刊リング〉の存亡にかかわる危機で、当時はプロレス人気も低迷していたため、そのタイミングを見計らったように〈週刊リング〉に携わっていた者の大半が解雇された。前園もその一人だった。自分の身の振り方を考えるのに精一杯で、流小次郎の裁判の行方など追っている暇などなかったのだ。ただ、流小次郎は控訴せずに、懲役九年の実刑判決を受け入れたことだけは、ハローワークの待ち時間に新聞で読んで知った。

その流小次郎がもうすぐ姿を現そうとしているのだ。前園だけではなく、居座る報道陣も今や遅しと彼の登場を待ちわびているようだった。

すでに流小次郎は裏口から出所したかもしれない。

そんな噂が流れたのは午後一時を過ぎた頃だった。前園は朝の八時から待っていたので、かれこれ五時間ほど刑務所の前で待っていることになる。前園は刑務所の前に停まっているワゴンタイプの車に近づいた。スマートフォンを見ている男性に話しかけた。

「あの、流小次郎って、もう出所したかもしれないって本当ですか？」

「ん？　みたいだね」ちらりと前園を見て、男は答える。前園のことを同業者だと思ったようだ。「空振りもいいところだよ、まったく。インタビューをとろうと張り切ってやって来たのにさ。おたく、どこの社？」

「フリーみたいなもんです」

前園はそう言って男のもとから離れた。やはり自分のような元編集者が流小次郎から独占インタビューをとろうというのは無謀なのだ。そんなことを思いながら、前園は帰路に就くことにした。

しばらく歩いていくと、バス停の前に五人ほど並んでいるのが見えた。案内板で確認すると、三分後にやってくるバスに乗れば、最寄り駅まで行けそうだとわかり、前園はバス待ちの列の最後尾に並ぶ。並んでいるのは高齢者ばかりだった。ふと気配を感じ、後ろを振り返ると、そこに一人の男が立っていた。パーカーのフードをかぶっているが、それが流小次郎であることは一目見てわかった。心臓が早鐘《はやがね》のように打ち始める。なぜこんなところに流小次郎がいるのだ。裏口から出所したのではなかったか。だがバスという公共の乗り物は意外に盲点かもしれない。まさかあの流小次郎が公共バスに乗っているとはマスコミの人間も思うまい。

バスがやってきたので、順番に乗りこむ。前園はなかほどの席に座った。流小次郎は後ろの方の席に座ったようだった。バスの車内は空いており、乗客は十人にも満たなかった。

どうやって流小次郎と接触を図ろうか。前園はそればかり考えていた。やはりここは正攻法で行くしかないかもしれない。当たって砕けろの精神で、独占インタビューを申し入れるべきだ。いや、とりあえず今日は尾行をして、彼の居所を知るのが先決か。居所を知るだけでも大きな収穫と言えるだろう。

「動かないでください」

いきなり耳元で言われ、前園は硬直した。隣の座席に流小次郎が座っている。考えごとをしていたせいか全然気がつかなかった。脇腹に何かが押し当てられるのを感じ、見ると流小次郎が上着の下から銃に似た突起物を押し当てている。

「誰の差し金ですか？　やはりファイヤー武蔵ですか？」

「ち、違います」前園は首を横に振る。「誰の差し金でもありません。通りすがりの一般人です」

「そうは見えません。あなたは私の正体を知っているように見えます。マスコミの方ですか？」

その丁寧な言葉遣いに少々戸惑う。もともと流小次郎は大のマスコミ嫌いとして有名で、基本的にインタビュー取材などを受けるレスラーではなかった。試合後の記者会見でも「そうだ」とか「ああ」とか短い言葉しか発することはなく、マスコミ泣かせのレスラーでもあった。だから流小次郎と個人的に話したことがある記者などいない。

「まあ、そうです。〈週刊リング〉の編集者です。といっても雑誌の方は潰れてしまいましたけど。元編集者です」

「お名前は？」

「前園です。前園光成といいます」

「お名前は雑誌で見たことがあります。いい記事を書いておられましたね」

そう言って流小次郎は上着の下から手を出した。思わずのけぞりそうになったが、流小次郎の手に拳銃など握られておらず、手で拳銃の形を作っているだけだった。流小次郎が笑って言う。

「すみません、驚かせてしまって。敵が多いもので、どうも疑ってかかってしまうんですよ」

ブザーの鳴る音が聞こえ、車内アナウンスで次の停留所が駅であることが告げられた。ほどなくしてバスは減速し、駅前のバスターミナルの中で停車した。ほとんどの乗客が降りるようだった。流小次郎も降りていったので、慌てて前園も彼のあとを追う。

「流さん」

そう呼んで流小次郎の背中を追いかける。流小次郎が振り向き、困ったような顔をして言った。

「前園さん、私と関わり合いにならない方がいい。世間が私のことをどう思っているか、自分でもわかっているつもりですから」

「せめて」前園は財布を出し、その中から名刺を出した。店の名刺だ。「せめてどうか、今夜にでもこの店にお越しください。お願いします。僕にご馳走《ちそう》させてください」

流小次郎は受けとった名刺を目を細めて眺めてから言った。

「わかりました。考えておきましょう」

そう言い残して流小次郎は立ち去っていく。やはり周囲の人たちより頭一つ飛び抜けているので、彼の姿は嫌でも目立ったが、それでもやがて流小次郎の姿は駅の雑踏の中に消えていった。

※

白崎真帆はソファに座っている。時刻は午後五時になろうとしていた。今頃、駿は塾に行っていることだろう。

室内は暑かった。七月上旬並みの気候になるという朝の天気予報は的中し、気温はぐんぐん上昇した。今は夕方なので暑さは収まっているが、昼には部屋にいるだけで汗ばむほどだった。

朝から部屋中を探してみたのだが、エアコンとＩＨヒーターの保証書や操作説明書は見つからず、仕方がないのでネットで調べ、一番近くにある経堂の電器屋に連絡をとったのだ。昼過ぎに部屋に現れたのは人のよさそうな老人だった。彼の姿を見ただけで、真帆は不安に襲われた。

真帆の予感は当たった。エアコンの前面カバーを開けて何やら一時間ほど作業をしていたが、やがて電器屋は椅子から降りた。それから無念そうな顔をして年老いた電器屋は言った。

「奥さん、申し訳ありませんね。この型は私の手には負えませんよ。メーカーに直接修理を依頼した方が早いと思いますよ。あっ、お代は結構ですから」

当たり前だ。直せなかったくせに代金を請求されたらたまったものではない。メーカーに問い合わせようとエアコンとＩＨヒーターの製品名とメーカー名をメモした。それぞれ違うメーカーなので、両方のメーカーに修理依頼をするしかなさそうだ。スマートフォンでメーカーの電話番号を問い合わせようとしたところで、真帆は思い出した。昨夜、夫の真一郎に渡された名刺だ。腕の立つ便利屋らしい。ネットで調べるとちゃんと実在しており、少ないが好意的な口コミも寄せられていた。

一瞬だけ悩んだ真帆だったが、すぐに便利屋に電話をすることに決めた。頼んで無理ならメーカーに電話するまでだ。昔から決断力だけは人一倍早い真帆だった。たとえばレストランなんかでメニューを決めるとき、まさに即断といった感じで真帆はオーダーを決める。その決断力の早さは祖父譲りだと思っている。幼い頃、家族で食事に行ったときなど、最初に頼むものを決めるのが祖父で、二番目が真帆と決まっていた。

「はい、便利屋ファイヤーです」

すぐに便利屋は電話に出た。軽薄そうな感じの声だったので不安になる。それでも真帆は説明した。家のエアコンとＩＨヒーターが故障したみたいなので修理してもらえないか、と。

「いいっすよ」と電話の向こうで男が言った。「ただね、今は銭湯にいるんですよ。風呂から出たら駆けつけるんで、それまで待っててもらえますか？」

どうせ真一郎の帰りも遅いことだし、待つのは全然問題ない。どうせ明日になるだろうと思っていたので、むしろ嬉しいほどだった。ただしさきほどの年老いた電器屋の例もある。喜ぶのは直ってからだと真帆は自分に言い聞かせる。

「住所、教えてくださいよ」

男に住所を教えて、通話を切った。それから一時間がたとうとしている。どこの銭湯にいるのか知らないが、そろそろ着いてもいい頃だろう。お茶の用意でもしておこうかと真帆が立ち上がったところでインターホンが鳴った。一応モニターで確認すると一人の男がレンズを覗き込んでいる。真帆は玄関に向かってドアのロックを解除した。

「お待たせしました、便利屋ファイヤーです」

真帆は男を見上げた。年は三十代後半で真帆とそれほど変わらないように見えるが、かなり筋肉質な体型だ。軽薄そうな茶色い髪をしていて、イケメンの部類に入る顔立ちをしていた。

「し、白崎です。よろしくお願いします」

思わず声が裏返っている。驚かされたのはイケメンの背後に控える二人の男だ。二人とも身長がかなり高く、街を歩いていてもこれほど大きな男は滅多に見かけることはないだろう。一人は年配で、もう一人はかなり若い。

「ええと、エアコンとIHヒーターの修理でしたよね。早速拝見してもよろしいですか」

「ええ。ど、どうぞ」

男たちが靴を脱ぎ、部屋に上がり込んでくる。本来であれば便利屋だと名乗っても屈強な男三人を部屋に上げるのは躊躇われるところだったが、それを許可したのは男たちの背中に隠れて一人の女の子が立っていたからだ。男三人と同じくその女の子も紺色の制服のようなものに身を包んでいる。割と可愛らしい顔つきをしており、多分年齢は二十代前半といったところだろう。渋谷あたりを歩いていそうな女の子だ。

「まずはエアコンから始めますね」

イケメンの男がそう言ってテーブルの上のリモコンを手にとった。作動を確かめるように、リモコンの赤外線送信部を覗き込んでいる。リモコンを置き、イケメンの男は言った。

「リモコンは問題なし。奥さん、椅子をお借りしますね」

「はい、どうぞ」

「奥さん、どうぞご安心ください」

男の声に振り向く。年配の男が許可した憶えはないのにいつの間にかソファに座っている。男は長髪をかき上げて言った。

「こいつはこう見えても電器屋の倅《せがれ》なんですよ。手先も器用だし、大抵のものは直しちゃいますから」

長髪の男は足を組み、ソファにふんぞり返って豪快に笑う。その隣には坊主頭の若い男と、渋谷系の女の子が所在なさそうに立ち尽くしている。長髪の男が二人に向かって言う。

「ここはリッキーに任せて、二人とも座ったらどうだ？」

やけに偉そうな男だ。そう思って何度か男の顔をちらちら見ていると、長髪の男がにやりと笑って言った。

「奥さん、俺の顔に何かついてますか？」

「い、いえ。別に」と誤魔化して、真帆はエアコンの修理をするイケメンの背中に目を向けた。


「お待たせしました。〈ピザ・アルバトロス〉です」

なぜか一時間後、真帆の家には宅配ピザが届けられていた。長髪の男が「腹が減ったな、おい」と喚《わめ》き出し、宅配ピザを頼むことになったのだ。他人の家で宅配ピザを注文するなんて非常識にもほどがあるが、すでにエアコンの故障は直っていて、それに気をよくして長髪の男の提案を受け入れることにした。それに実は今夜の夕食を考えていなかったので、たまにはピザもいいなと便乗することにしたのだった。

「よし、食うか」

長髪の男がピザの箱を開けると、チーズのいい香りが部屋に漂った。頼んだピザは合計四枚で、その内訳は便利屋たちが三枚で、白崎家のものが一枚だ。どうやら男たちは一人一枚ピザを食べるようだった。

「おい、リッキー。お前も休憩したらどうだ？」

長髪の男がキッチンの方に声をかける。すでにエアコンを直し終えたイケメンはIHヒーターの修理に移っていた。作業の手を休めずにイケメンが答える。

「もうすぐ終わりそうなんですよ、ファイヤーさん」

この一時間、便利屋たちの会話に耳を傾けていて、いくつかわかったことがある。一番年配の長髪の男は「ファイヤー」と呼ばれており、修理担当のイケメンは「リッキー」で、でかい坊主頭は「オドチ」、そして若い女の子は「コウメ」と呼ばれていた。コウメはともかく、ほかはニックネームだろうと想像がつく。彼らのセンスを疑ってしまうほどダサい。

すでにファイヤーとオドチは膝の上にピザの箱を置き、次々とピザを口に運んでいた。Lサイズのピザを一人で食べる人間を見たのは初めてで、真帆は彼らの食べっぷりに圧倒される思いだった。

「おい、小娘。お前も腹が減ってんだろ」

ファイヤーがそう言い、箱の上蓋《うわぶた》を破った。その上にピザを一切れ置き、コウメという女の子の前に差し出す。「おい、オドチ。お前もだ」と言われ、オドチという坊主頭の男が反論する。

「私は一人で一枚ピザを食べたいのです」

「うるせえ、俺に逆らうのか」

ファイヤーがピザの箱を置き、立ち上がった。オドチの背後に回り込み、いきなりオドチの首を絞め上げた。

「く、苦しいです」

「ギブか？　おい、ギブか？」

「ギブアップです」

オドチがファイヤーの腕を叩くと、ファイヤーが手を離した。それから悠然とした足どりでソファに戻り、再びピザを食べ始める。オドチが名残り惜しそうな顔つきで一切れのピザをコウメの前に差し出した。

「遠慮するな。あれほど労働したんだ。腹減ってるだろ」

ファイヤーにそう言われ、困ったようにコウメは自分の前に置かれたピザを見ている。この子だけはまともというか、常識的な感覚があるようだ。他人の家で宅配ピザを頼み、それを遠慮なく食べる。普通の感覚では到底無理だ。

コウメと目が合ったので、真帆は彼女の目を見てうなずいた。するとコウメはぺこりとお辞儀をしてから、小さな声で「いただきます」と言い、目の前にあるピザを食べ始めた。

「奥さん、直りましたよ」

リッキーというイケメンがリビングに戻ってきた。真帆はキッチンに向かい、ＩＨヒーターのボタンを押す。問題なくヒーターが作動するのを確認してから、真帆はリビングに戻って礼を言う。

「ありがとうございます」

「いえいえ、仕事ですから。お代は四千円になります」

四千円という金額が高いのか安いのかよくわからない。でも真帆にとっては安いように感じられた。電話一本で駆けつけてくれて、エアコンとＩＨヒーターを直してしまうのだ。真帆は財布から紙幣を出し、テーブルの上に置いた。

「本当にありがとうございます。助かりました」

「奥さん、エアコンですけどね」リッキーが自分の分のピザの箱を膝の上に置きながら言う。「ちょっとフィルターが汚れているみたいです。今日は道具を持ってきてないから無理ですけど、本格的に暑くなる前に一度洗浄しておいた方がいいですね。また電話してくださいよ」

「そうなんですか。わかりました」

電話の着信音が聞こえた。真帆のスマートフォンだった。かけてきたのはママ友の一人で、彼女の息子と駿が小学校の同じクラスなので、割と頻繁に連絡をとり合う仲だ。

「もしもし、白崎さん？　大丈夫？」

いきなりそう言われ、真帆は戸惑う。体調を心配されるようなことはないはずだ。それでも電話の向こうで彼女は続ける。

「多分電話に出ないだろうと思っていたから正直驚いた。今、病院？　それとも家？」

何が何だかわからない。真帆は不審に思いながら訊いた。

「何の話かしら？　病院ってどういうこと？」

「えっ？　白崎さん、交通事故で病院に運ばれたんじゃなかったの？」

交通事故になど遭《あ》っていないし、今日は一歩たりとも部屋から出ていない。いったいどういうことなのだ。電話の向こうでママ友が続けた。

「彰彦《あきひこ》から聞いたのよ、私」彰彦というのは彼女の息子だ。「五時間目の授業中、駿君が呼び出されたんだって。そのまま駿君は先生に連れられて、どっかに行ったみたい。お母さんが交通事故に遭ったから、病院に連れていった。先生はそう言っていたらしいわ。今、彰彦が塾から戻ってきて、話を聞いて驚いて電話をしてみたの。ねえ、白崎さん。本当に大丈夫なの？」

駿が……駿が連れ出された？　私は交通事故になど遭っていないし、駿を呼び出してもいない。これってどういう——。

「ごめん、いったん切るね」

そう言って通話を切ってから、真帆は駿の電話番号を呼び出す。今年の春から駿には携帯電話を持たせている。子供用の通話とメールしかできない携帯電話だ。

駿の携帯電話は通じなかった。もう一度かけてみたが結果は同じだった。どうしたら……どうしたらいいのだろうか。まずは学校か。学校に詳しい事情を聞くべきだ。そう思ってスマートフォンを操作しようとしたが、指が震えてうまくいかない。頭の奥でキーンという音が鳴っている。

突然、電話の着信音が聞こえ、思わず持っていたスマートフォンを床に落としてしまう。鳴っているのは家の固定電話だった。「ただいま留守にしております」というメッセージが流れる。家の固定電話はほとんど使うことがないので、いつも留守番電話に設定している。

メッセージが流れ終え、ピーという発信音が鳴る。すると男の声が聞こえてきた。くぐもったような声だ。

「息子さんを誘拐した。明日の正午までに現金で三千万円用意しろ。さもないと息子さんの命はない」

※

奥さんは悲鳴を上げ、その場に座り込んでしまった。蜂須賀小梅はピザを手にしながら、その光景をぼんやりと眺めていた。誘拐ってどういうことだろう。

「奥さん、しっかりするんだ」ファイヤー武蔵が立ち上がり、奥さんのもとに向かって言う。「ただの悪戯《いたずら》ってことも考えられる。本当に子供と連絡はとれないのか？」

「え、ええ。わ、私が交通事故に……」

かなり狼狽《ろうばい》しているようで、奥さんの声は震えている。どうやら子供が学校から連れ出されたことは間違いないらしく、塾にも行っていないようだ。携帯電話も繋がらない様子だった。

「こいつは大変だ。奥さん、あんたがうろたえていたら駄目だ。息子さんはきっと助かる。そう信じるんだよ」

「で、でも……」

「でもヘチマもねえ。まずは警察に電話。それから旦那に帰ってくるように伝えろ」

「は、はい」

奥さんはスマートフォンをとり出し、電話をかけ始めた。「じ、事件です。息子が誘拐されたようなんです。……本当です。嘘じゃありません。場所は……」

何だか大変なことになってきた。小梅はそう実感していた。誘拐事件の現場に遭遇するなんて思ってもいなかった。食べかけのピザを箱に戻し、小梅は奥さんの様子を窺《うかが》った。一一〇番通報を終え、今度は旦那に電話をしているようだった。しかし相手は出ないらしく、奥さんはスマートフォンの操作を始めた。メールを打っているようだったが、傍目《はため》にもその指は震えている。当然だ。息子が誘拐されて冷静になれというのは無理な相談だ。ようやくメールを打ち終えたようで、真っ青な顔をして奥さんは言う。

「主人は……主人は仕事中のようです。メールを見たら連絡をしてくると思います」

当然だろう、と小梅は思う。息子が誘拐されたと聞いて、駆けつけない親などいないはずだ。ファイヤーが腕を組んで言う。

「あとは警察が何とかしてくれるはずだ。まあ日本の警察も馬鹿じゃないからな。エアコンもＩＨヒーターも直ったようだし、俺たちは失礼させてもらうぜ。おい、引き揚げるぞ」

ファイヤーの声にオドチが腰を上げた。リッキーは猛烈な勢いでピザを口の中に押し込みながら立ち上がった。この状況で奥さんを一人にして出ていくのは可哀想だ。いったんリビングを出たファイヤーだったが、立ち止まった。しばらくその場に立ち尽くしていたが、やがて再びリビングに戻ってくる。ファイヤーが奥さんに向かって言う。

「奥さん。万が一のことを考えて、保険をかけておくっていうのはどうだ？」

「保険？　保険って何ですか？」

「決まってるじゃないですか」ファイヤーが胸を張る。「俺たち、便利屋ですぜ。どんな依頼でも断らないのが俺たちの流儀なんだよ。息子さんを助けてほしい。そう依頼されれば、俺たちは全力で息子さんを捜し出す。考えてもみてくださいよ、奥さん。警察っていうのは頼りになるが、所詮は税金で働く公務員だ。その点、俺たちは違う。報酬のためには命を投げ出す覚悟だってある」

命を投げ出すというのはいくら何でも大袈裟だ。しかしファイヤーの言葉には自信が漲《みなぎ》っている。押し出しの強さというか、根拠のない自信のようなものがこの男には備わっているようだ。そんなファイヤーを上目遣いで見て、奥さんは訊いた。

「報酬というと、どのくらい？」

「前金は要りません。成功報酬として百万円でどうでしょうか？」

「わ、わかりました。お願いします」

「そうこなくっちゃ」

溺《おぼ》れる者は藁《わら》をも摑む、とはこのことだろう。息子を誘拐された母親にとって、百万円という報酬は安いものなのかもしれない。ファイヤーはやけに上機嫌になり、手をパンパンと叩いて言った。

「よし、お前たち。仕事だぞ、仕事。おい、リッキー。奥さんに訊いておくことはあるか？」

リッキーはまだピザを食べている。口元をぬぐってからリッキーは言う。

「息子さんの携帯番号、それから息子さんの写真。通っている小学校と塾の名称。あとは……奥さんの携帯番号と、息子さんが日頃立ち寄りそうな場所も教えてくれると助かります」

「奥さん、わかりましたか？　今の質問の答え、全部紙に書き出してください」

「は、はい」

奥さんはリビングに向かい、引き出しを開けてノートのようなものをとり出した。慌てた様子で奥さんはペンでノートに記入を始めた。

まったく何て一日だ。小梅は内心溜め息をつく。便利屋軍団に呼び出されてゴミ屋敷の掃除を手伝わされ、お次は世田谷《せたがや》の閑静《かんせい》な住宅街の一軒家で家電の修理を見ながら宅配ピザを食べ、今度は誘拐事件だ。まるで自分が夢の中にいるかのような気分だった。一昨日までは歌舞伎町のキャバクラ嬢だったのに。

「よし、善は急げだ。すぐに行動に移るぞ。小娘、それからオドチ。もたもたするな。置いていくぞ」

奥さんからノートを受けとり、ファイヤー武蔵は颯爽《さっそう》と部屋から出ていった。プロレスラーというのはなぜこうも無駄にバイタリティに溢《あふ》れているのだろうか。悄然《しょうぜん》としている奥さんに向かって頭を下げてから、部屋から出た。外に出ると、三人の便利屋集団が小梅を待っている。

「遅いぞ、小娘。そんなことじゃ便利屋としてやっていけねえぞ」

何も私は本気で便利屋になろうとしているわけではない。そう反論している暇もなく、小梅は路肩に停車しているバンの中に押し込まれる。

それから二時間後、小梅はワンボックスカーの後部座席に座っていた。何だか眠い。眠くて仕方がない。まだ午後九時で、キャバクラ嬢をしていた頃は宵《よい》の口といった時間だ。多分ゴミ屋敷の掃除で体力を消耗してしまったのだ。

助手席に座るファイヤー武蔵もさきほどから鼾《いびき》をかいて寝ている。小梅の隣に座るオドチも眠っている。運転席に座るリッキーだけは起きており、たまに缶コーヒーを口にしたりしていた。小梅はリッキーに訊く。

「あのアパートに住んでる人が犯人なんですか？」

「さあね」リッキーは首を傾げた。「確証があるわけじゃない。でも怪しいんだよ、何となく。もともと俺は落ちこぼれだったから、教師って人種が好きじゃないんだ」

ここは祖師谷《そしがや》だ。誘拐された白崎家のある経堂とはほど近い。小梅が乗っている車の前方百メートルのところに一軒のアパートがあり、その部屋の監視をしていた。二階の角部屋に住んでいるのが誘拐された白崎駿の担任教師、飯田宏司《いいだこうじ》だった。

白崎家を出たあと、便利屋軍団は白崎さんの息子が通う小学校に向かった。どこから調達してきたのか、地味なスーツに身を包み、リッキーとファイヤーは小学校に潜入した。自分を刑事だと偽って飯田から話を聞いたらしい。

飯田の話はこうだった。五時間目の授業がおこなわれている午後二時近く、職員室の電話が鳴り、男性の声で「世田谷中央病院の者ですが、白崎駿君の担任の先生に繋いでもらいたい」と言ったらしい。電話をとったのは教頭で、疑うことなく校内放送で飯田を呼び出した。職員室にやってきた飯田は電話で話をして、「白崎君の母親が交通事故に遭ったようなので、白崎君を病院まで連れていきます」と教頭に言い残し、白崎駿を連れて学校を出た。

飯田が小学校に戻ってきたのは一時間後のことだった。病院の前で白崎駿の父親なる男が待っており、彼に駿を引き渡して、乗ってきたタクシーでそのまま学校まで戻ってきた。父親の話によると、白崎駿の母親は自宅の近くで轢《ひ》き逃げに遭い、病院に搬送されたとのことだった。大腿骨を折る怪我をしているが命に別状はなく、ただ「駿に会いたい」とベッドの上で懇願するので、仕方なく学校に連絡を入れたのだと父親は説明したらしい。

「それのどこが怪しいんですか?」

リッキーの話を聞き終えた小梅は疑問を口にした。飯田という男のとった行動は教師として無難なものであるように思われた。

「問題はそのあと」リッキーが前を見たまま言う。「俺、詳しい話を聞こうと思って、校門の前で待ち伏せしてたの。午後の八時くらいだったかな。警察の事情聴取も終わったみたいで、飯田が出てきたんだ。できれば住所を突き止めたいと思って尾行したわけ。そしたらあの飯田って教師、どこに行ったと思う？　駅前のパチンコ屋に入っていったんだぜ」

勤務時間外をいかに過ごすかは個人の自由とはいえ、教え子が誘拐されているというのにパチンコ屋に入るのは教師として相応《ふさわ》しくない行動のように思えた。小梅はリッキーに同調する。

「たしかに怪しいですね」

「だろ？　だから見張っているんだよ。幸いなことに飯田をマークしているのは俺たちだけだ。いくら警察だって担任教師が誘拐に関与しているなんて夢にも思っていないはずだからね」

アパートに動きはない。小梅はリッキーに訊いた。

「ところでリッキーさんたち、何で便利屋をやっているんですか？」

素朴な疑問だった。プロレスラーという職業と便利屋稼業がまったく結びつかないからだ。リッキーは答える。

「プロレスが自粛されるようになって、俺たちレスラーは転職せざるを得なかった。今までプロレスばかりやってきた俺たちみたいな馬鹿が就ける職業なんてあまりない。で、ファイヤーさんが言い出したんだよ、ある日突然ね。『便利屋をやるぞ、お前たち』って。それで決まり。やってみたら意外に俺たちに向いてるんじゃないかって思い始めた。だって体力なら誰にも負けない自信があるし、俺は電器屋の倅で手先が器用だったし、力仕事はオドチに任せればいい」

「……てめえ、小次郎。ぶっ殺すぞ」

いきなり助手席のファイヤーが大声を上げたので小梅は驚く。しかし目を閉じているので、どうやら寝言らしい。運転席のリッキーが苦笑混じりに言う。

「小次郎っていうのはファイヤーさんの永遠のライバル、流小次郎のこと。夢の中でも闘っているんだよ、ファイヤーさんは」

「仲、悪いんですか？」

「悪いなんてもんじゃない。犬猿の仲ってやつだよ。そもそも十年前に小次郎さんが事件を起こさなきゃプロレスは今も存続していたかもしれない。つまり小次郎さんはプロレスを潰した張本人なんだ。ファイヤーさんは本気で小次郎さんを殺したいと思っているはずだよ」

十年前の事件というのがどんな事件なのか、小梅は知らない。当時は小学生でプロレスなんかに興味もなかったし、ニュースもほとんど見なかった。一部の男子が騒いでいたような気もしたが、小梅にはまったく関係のない話だったし、そもそもプロレスは忌避すべき存在だった。

「小梅ちゃん、寝ていいよ。俺が見張っているから」

「ありがとうございます」

車の後部座席は決して寝心地のいいものではなかったが、睡魔には勝てなかった。目を閉じた途端、すとんと小梅は眠りに落ちた。

※

「て、店長代理、大変です」

そう言って大学生バイトの松田が厨房に駆け込んできたのは午後九時を過ぎた頃だった。

「大変って、いったいどうしたんだよ」

平静を装って前園は言ったが、内心は嬉しくて飛び上がりたいほどだった。

「来たんです。本物です。な、な、な」

「流小次郎。だろ？」

「店長代理、どうしてそれを……」

驚く松田を無視して、前園は厨房を出た。やはりだった。カウンターに流小次郎が座っている。名刺を渡したのは正解だったようだ。

「ようこそお越しくださいました、流さん」

前園がそう言って近づいていくと、流小次郎が照れたように笑って言う。

「お言葉に甘えて来てしまいました。前園さん、見たところお仕事中のようですが、差し支えはないのでしょうか？」

流小次郎が穏やかな顔で訊いてくる。その柔らかな表情といい、丁寧な口調といい、鬼神《きしん》と畏《おそ》れられたリング上の流小次郎とは別人のようだ。

「ええ、構いません。料理は適当に出しますので、飲み物だけ選んでください」

「そうですか。じゃあ生ビールをお願いします」

前園自ら生ビールサーバーでビールを注ぎ、ジョッキを流小次郎の前に置く。小次郎は拝むように両手を合わせてから、ジョッキのビールを半分ほど飲んだ。うなずきながら小次郎が言った。

「旨《うま》い、旨いです。アルコールを飲んだのは十年振りです」

「そうですか。それは何よりです」

厨房に戻ろうとしたそのときだった。ホールを歩いている一人の男がカウンターの前で足を止めた。例の回収屋の一人だった。男は酔って呂律《ろれつ》の怪しい口調で言う。

「おっ、もしかして流小次郎じゃねえの。なあ、そうだよな、流小次郎だよな」

小次郎は答えない。静かにジョッキを傾け、一杯目のビールを満足げな表情で飲み干した。無視されても男はなおも小次郎に話しかける。

「あんた、刑務所に入っていたはずだろ。いつ出たんだよ。いや俺ね、実はファイヤー武蔵の大ファンでよ、ざまあみろって思っていたんだよ。おい、お前たち。流だぞ、流小次郎がいるぞ」

男は三番テーブルの方に声をかけ、仲間たちを呼んだ。すると三人の男たちが立ち上がり、カウンターに向かって歩いてくる。まずい、これは大変なことになってしまった。そう思ったが前園には何もできず、黙って成り行きを見守っているしかなかった。

「な、本物だろ。本物の流小次郎だろ」

「うわっ、思っていた以上にでけえ」

「そうだ。あれやってよ、燕返《つばめがえ》し」

燕返しというのは小次郎の必殺技で、ファイヤー武蔵を倒すために比叡山《ひえいざん》に籠もって小次郎が開発したものだった。

「でも少し痩《や》せちまったんじゃねえか。ムショ暮らしが長かったせいで。昔はもっとでかかったような気がするけどな」

そう言って男の一人が馴れ馴れしく小次郎の肩に手を置いた。すると小次郎が肩に置かれた男の手首を持ち、そのまま立ち上がる。手首を握ったまま、小次郎がにこやかに笑って言った。

「よろしかったらやりましょうか、燕返し。でも命の保証はしませんよ。覚悟、あるんですね？」

笑みを浮かべているだけに、むしろ変な迫力があった。男の手首は早くも鬱血《うっけつ》し、額には汗を浮かべていた。男が震える声で言う。

「冗談だよ、冗談ですって。真に受けないでくださいよ、もう」

小次郎が手を離した。男は自分の手首を押さえ、血が通っているのを確かめるように何度も手を握ったり開いたりを繰り返した。男が仲間に向かって言う。

「引き揚げるぞ」

男たちが慌ただしく店から出ていった。前園は気分が高揚していることに気がついた。やはり流小次郎、ただ者ではない。筋者《すじもの》でさえも追い払ってしまうほどの迫力だ。凄《すご》いものを見た。

周囲の客たちが静まり返っていた。客たちの視線が小次郎に集中している。このままカウンターに小次郎を座らせておくのは得策ではない。

「流さん、店を替えましょう。僕がお伴しますので」

前園はそう言い残してから厨房に戻った。店長代理の特権を利用して、今から店を抜けることを最古参のバイトに告げ、裏にあるロッカールームに走る。着替えていると、携帯電話が鳴り始めた。かけてきたのは井野だった。

「仕事中に悪いな」

今から流小次郎と飲みにいく。そう言ったら井野は驚くだろう。しかし前園はそれを井野には告げないことに決めた。もう少し話が進んでから驚かしてやりたい。

「また一人、レスラーが襲われたらしい」

井野の言葉を聞き、思わず前園は周囲を見渡していた。「えっ？　例のレスラー潰しってやつですか？」

「ああ。今度はニュースになるかもしれん。実はな、お前も知ってると思うが、俺は今でもプロレスファンとの交流を続けているんだ」

その話なら知っていた。世間から隠れ、今も定期的に集まってプロレス談義に花を咲かせる。井野がそういう秘密のサークルめいたものに入っていることは聞かされていた。

「仲間の一人が某テレビ局でディレクターをやっているんだが、そいつが襲われたレスラーをスタジオ内のトイレで発見したようだ。ほぼ半殺しの状態だったらしい。すぐに病院に運ばれて、警察が傷害事件として捜査を始めたみたいだ」

前園は唾を飲み込む。レスラーを半殺しにする。いったい何の目的があってそんなことをするのだろうか。前園は声を低くして訊いた。

「それで、襲われたレスラーって誰なんですか？」

「松嶋光だ。今は役者をしているらしい。といっても出演作はほとんどないけどな」

松嶋光というのは帝国プロレスの中堅レスラーだ。強面だが玄人《くろうと》好みの技巧派レスラーだ。

「松嶋光は高校時代は演劇部だったから、第二の人生を役者業に求めたとしても不思議はない」

〈週刊リング〉の元副編集長だけあり、レスラーの高校時代の部活まで知っているのはさすがだった。

「犯人はまだわかっていない。一部のプロレスファンの間では噂になり始めているようだ。お前には知らせておこうと思ってな。また何か情報が入ったら連絡する。邪魔したな」

通話が切れた。前園はしばらくその場で固まっていた。どこか不穏な感じがしてならなかった。流小次郎が出所し、そしてレスラーが次々と襲われている。何かが動き出している。そんな気がした。

※

「では白崎さん、我々は外の車の中で待機しておりますので、何かあったら連絡してください」

そう言って刑事たちは頭を下げ、廊下を去っていった。夫の真一郎の背中に隠れ、真帆は刑事たちを見送った。周囲の目を配慮してか、刑事たちは全員がラフな私服だった。

先にリビングに戻り、ソファに座る。ちょうど午後十時になろうとしていた。テーブルの上にはパソコンなどが置かれ、そこから伸びた配線が家の固定電話に繋がれている。刑事たちが設置したもので、電話をかけてきた相手を特定するためのパソコンらしい。

「何か食べようか。食べてないんだろ」

リビングに入ってきた真一郎が言う。彼は一時間前に帰宅して、それから警察への対応などに追われていた。

「こんな状況で食欲なんてあるわけないじゃない」

「でも食べないといけないよ。俺たちが参ってしまったらまずいだろ」

「お金、どうするの？」

「三千万円なんて大金、用意できるわけがないじゃないか」

警察の話では、おそらく明日の正午に犯人から電話がかかってくるはずだから、そのときの犯人の出方を見て対応策を協議するとのことだった。金を用意する必要はない。警察はそう言っていた。

「やっぱり警察に通報したのは間違いだったかもしれないわ」

真帆がそう言うと、真一郎が驚いたような顔をして言った。

「なぜ？　駿が誘拐されたんだぞ。警察に通報するのは当たり前じゃないか」

「だって三千万円払えば、駿は解放してもらえるのよ。もし犯人が警察の存在に気づいてしまったらどうなると思う？　逆上して駿に何かするかもしれないじゃない」

有り得ることだ。真帆は内心そう思っていた。警察に通報したことが犯人に知られてしまったら、それこそ身代金の取引どころではなくなってしまうかもしれない。もしそうなったら駿はどうなってしまうだろう。想像するだけで鳥肌が立つ。

「実家の父に頼めば、三千万円くらい用意してくれたかもしれない」

「そうやって金ですべてを解決できると思っているのは君の悪い癖だ」

「いけない？　だって駿の命がかかっているのよ。三千万円なんて安いものよ」

祖父に頼めば何とかなる。真帆はそう思っていた。一九七〇年代、石油ショックのあった頃、祖父は傾きかけた会社を立て直し、さらにいくつかの電気通信会社を買収するなどして、会社の業績を飛躍的に発展させた功労者だった。

「とにかく今は駿の無事を祈るしかない。明日、俺も仕事を休むから」

当たり前だ。息子を誘拐されて普段通りに出社する父親がどこにいるというのだ。

不安や苛立ちが真帆の中でないまぜになり、その矛先は夫の真一郎に向く。

そもそも今日にしてもメールを送ってから真一郎が帰宅するまで二時間近くかかっていた。会議中だった。真一郎はそう弁解したが、途中退出してすぐに駆けつけるのが父親としての責務ではなかろうか。

電話の着信音が聞こえ、思わず真帆は体を震わせていた。鳴っているのは真帆のスマートフォンだった。祖父からだった。

「もしもし」

スマートフォンを耳に当てると、電話の向こうで祖父の声が聞こえた。

「真帆か。状況はどうなっている？」

すでに祖父には事情を説明してある。父は海外出張中のため、祖父に連絡をとったのだ。

「変わりはないわ。明日の昼に犯人から電話がかかってくるはずだから、その内容次第で対応策を考えるみたい」

「そうか。警視庁の知り合いにも連絡しておいた。駿の救出に全力を注いでくれるはずだ」

「ありがとう」真帆は真一郎を探した。リビングにはいない。洗面所の方で何やら音が聞こえる。顔でも洗っているのかもしれない。真帆は声を忍ばせた。「おじいちゃん。三千万円、すぐに用意できる？」

「ああ、実はもう用意してある。すぐに運んだ方がいいか？」

「まだいい。必要になったら連絡する」

「わかった。とにかく気をしっかりもて。絶対に駿は助かる。そう信じるんだ」

「そうだね。今は信じるしかないね」

通話を切る。ちょうど真一郎がリビングに戻ってきて、キッチンのテーブルを見て首を傾げた。

「宅配ピザ、頼んだのか？」

「うん、まあね。駿の夕食にしようと思って」

「この箱、どういうことだ。三箱もあるじゃないか」

真一郎の視線は冷蔵庫の脇にあるゴミ箱に向けられている。あの便利屋たちが食べたピザの空き箱が置かれている。ゴミ箱に入り切らないので、床に置いてあるのだ。

「お昼に食べたの。ママ友たちと一緒にね」

「それにしても随分な量だな。ちょっとしたパーティーが開けそうな量だぞ」

「悪い？　主婦の食欲を侮《あなど》ったらいけないわよ」

そういえば、と真帆は思い出す。あの便利屋に駿の救出を依頼したことをすっかり忘れていた。でかい三人の男と、可愛らしい女の子の四人組だ。でもどうせ彼らに駿の救出なんて無理に決まっている。人質の救出とエアコンの修理は違うのだ。

駿のことを考えると居ても立ってもいられなくなる。おそらく明日は長い一日になるはずだ。体のことを考えれば睡眠はとっておくべきだと思うが、眠ることなどできそうになかった。

※

「ジュリちゃん、本当に可愛いね。食べちゃいたいくらいだ。C？　うーん、Dカップはあるかな。ちょっとだけ触らせてよ、お願いだから」

「やだ、小次郎ちゃんったら。やめてよ、もう」

「いいじゃん。本当に一瞬だから。先っちょをつんつん触るだけ。ねえ、お願いだよ」

前園の目の前で信じられない光景が繰り広げられていた。小次郎を連れて夜の渋谷に繰り出した。どんな店に行こうかと迷っていると、小次郎の視線がキャバクラ店の看板に向けられていたため、「あの店にしましょうか？」と前園が冗談半分で提案したところ、流小次郎は無言のままうなずいた。店に入り、二人の女の子が前園のテーブルに座った。女の子が来ると、流小次郎の態度が一変した。

「ジュリちゃん、何歳？」

「私？　二十歳」

「だったらおじさんのことなんて知らないか」

「えっ？　おじさんって有名人なの？」

「うん、そうだよ」

「うっそー。誰？　おじさん誰？」

有名人なんてもんじゃない。マニアの間では超がつくほどの有名人だ。あの鬼神と畏れられた流小次郎がキャバクラ嬢と仲よく話しているという光景が前園には信じられなかった。

流小次郎というレスラーは孤高の男だ。ライバルであるファイヤー武蔵が陽《よう》であるなら、小次郎は陰だ。寡黙ではあるが、一度火がついたら激しいファイトで相手レスラーをなぎ倒す。それが流小次郎というレスラーだった。しかし今、前園の前に座る流小次郎には違う意味で火がついてしまっている。

「おじさんはね、実はプロレスラーなの」

思わず飲んでいた焼酎の水割りを噴き出してしまいそうになる。こうも容易《たやす》くプロレスラーであることをカミングアウトしてしまうとは思ってもいなかった。隠れプロレスファンの間では、基本的に公衆の面前でプロレスラーという言葉を発するのはタブーとされている。

「プロレスラー？　何それ？」

小次郎の隣に座るジュリという娘が言った。前園の隣に座るアンナという娘も同様に首を傾げている。小次郎が不満げな口調で言う。

「君たち、プロレスラーを知らないのかい？」

「知らないわよ。プロがつくってことは、超凄いってことなの？　プロ野球選手とか、プロゴルファーとか」

「そうだね。超凄いんだよ」

「あっ、そういえばお兄ちゃんから聞いたことあるかも。昔、プロレスっていう格闘技があったってこと」

少し悲しい気分になってくる。この娘たちは二十歳そこそことといった年齢だろう。そのあたりの年齢層ではすでにプロレスという言葉自体が死語になっているということだ。

「おじさん、がっかりだな」

小次郎が無念そうに肩を落とす。それを見たジュリという娘が小次郎の頭を撫《な》でた。

「よしよし、小次郎ちゃん。ジュリが慰めてあげる」

我が目を疑う。この娘、あの天下の流小次郎の頭を撫でるという暴挙に及んでしまったのだ。しかし前園の心配をよそに、小次郎は満面に笑みを浮かべて言った。

「うん、慰めて。ジュリちゃん」

「いいよ、小次郎ちゃん。やだ、何すんのよ」

一瞬の隙を突き、小次郎の右手がジュリの胸元に伸びた。やだ、と言っている割にジュリはそれほど嫌がる素振りを見せない。デレデレと笑いながら、小次郎は再びジュリの胸元に手を伸ばそうとしたが、その手をジュリがぴしゃりと叩く。

「駄目でしょ、小次郎ちゃん」

「ごめんね、ジュリちゃん」

この光景は何なのだ。あの流小次郎がだらしない笑みを浮かべて、二十歳そこその娘と戯《たわむ》れているのだ。たとえばこの話を井野に聞かせたとしても、絶対に信じてくれるはずがない。

「でも嬉しいなあ」と小次郎が溜め息混じりに言う。「ジュリちゃんみたいな可愛い子に出会えて、本当によかったよ。九年間我慢した甲斐《かい》があったよ」

「九年間？　小次郎ちゃん、九年間ってどういうこと？」

「実はね、ジュリちゃん。俺、九年間刑務所に入っていたんだよ」

「刑務所？　やだマジ？」

「マジ、大マジ。刑務所帰りのプロレスラーってわけ」

「マジで受けるんだけど」

ジュリは笑っている。小次郎の話を冗談だと思っているようだ。この手の与太話を受け流すのは彼女たちにとって当然のことかもしれない。

「だからね、こんな近くで女性と接するのは九年振りなんだよ」

そう言いながら小次郎が懲《こ》りずにジュリの胸元に手を伸ばし、またしてもぴしゃりと手を叩かれていた。

「すみませんね、お見苦しいところをお見せしてしまいまして」

店を出ると、小次郎が頭を下げた。規定の二時間が経過し、二人で店を出たのだ。店を出ると小次郎が態度を一変させ、礼儀正しい流小次郎に戻った。

「新鮮というか、斬新でした」

素直に前園が感想を告げると、小次郎がおでこを指でかきながら言った。

「本当にすみません。私の悪い癖です」

「二重人格みたいなもんですか？」

「ええ、多分。自分でも自覚はないんです。ああいう場所で女の子と対面すると歯止めが利かなくなってしまいます。まったく困ったものですよ」

まるで他人事《ひとごと》のように小次郎は言う。深夜一時を回っているが、渋谷の街はまだ喧騒に満ちている。飲んで酔っ払った若者たちが闊歩《かっぽ》していく中、前園は小次郎と並んで歩いていた。

前方に二十四時間営業の蕎麦《そば》屋の看板が見えた。そういえば夕飯を食べていない。

「お腹、空きません？」と前園が言うと、隣を歩いている小次郎も蕎麦屋の看板に目を向けて答える。「蕎麦か。いいですね」

二人で店内に入った。食券機の前に立ち、前園は千円札を投入した。『かけそば』のボタンを押し、背後にいる小次郎に向かって言う。「どうぞ。僕が奢《おご》りますから」

「本当に何から何まですみませんね」

そう言って小次郎は『天ぷらそば』と『大盛り』のボタンを押す。食券を手にとり、お釣りを財布の中にしまってから、小次郎と並んでカウンターの椅子に座る。店内に客の姿は少なく、絞った音量で演歌の有線放送が流れていた。

店員がすぐに蕎麦を持ってきた。七味をかけ、蕎麦を啜る。隣で小次郎が蕎麦を食べながら、感無量といった感じで言う。

「旨いですね。味の濃いのがいい」

「やっぱり」前園は声を忍ばせて言った。「刑務所内の食事って薄味なんですか？」

「ええ、そうなんです。それに量も少ないですからね。私は十キロ近く痩せました。今は百キロもありませんから」

すでに小次郎はほとんど蕎麦を食べ尽くしている。前園は箸を置き、改めて小次郎に言った。

「小次郎さん、お願いがあります。独占インタビューをとらせていただきたいんですよ。小次郎さんのインタビューなら出版社も黙っちゃいません。手記みたいな形で本が出せたら最高です。もちろん謝礼もお支払いしますし、印税も流さんに入るようにしますので」

小次郎は何も答えない。黙ったまま器を持ち上げ、直接口をつけて汁を旨そうに啜っている。前園はつけ加えるように言った。

「もちろん、小次郎さんが嫌なことは書きません。たとえば女の子を前にすると豹変《ひょうへん》しちゃうなんて、絶対に書かないとお約束します。検討していただけないでしょうか？」

「前園さん、買い被り過ぎですよ。私の手記なんて誰も興味を持たないでしょう」

「そんなことありません」思わず声が大きくなってしまい、前園は周囲を見渡してから小声で言う。「小次郎さん、僕がこんなことを言う権利はないかもしれませんが、プロレスがなくなっちゃったんですよ。その原因の一端は流さんにあるんです。だから小次郎さんは世間に対してきちんと説明する義務がある。そう思うんですよ」

プロレスが自粛されて十年がたつ。さきほどのキャバクラ嬢の反応を見ていても、すっかりプロレスというのが形骸化してしまったのがわかる。

「出ましょうか」

小次郎がそう言って器を置き、立ち上がった。前園は残っていた蕎麦をかき込むように口の中に入れてから、小次郎を追って店から出た。店の外で待っていた小次郎が言う。

「私はね、前園さん。どんなことをしてでも叩きのめしたい人間が二人、この世の中にいるんですよ」

小次郎の目は真剣だった。どこか日本刀を思わせるような鋭さと冷たさがある。咀嚼していた蕎麦を飲み込んでから、前園は恐る恐る訊いた。

「だ、誰なんですか？　その二人って」

「一人はファイヤー武蔵」小次郎は唇を嚙み締めるように言う。「あの男とだけは決着をつけたい。あの男を倒す日を夢見て、私は九年間を刑務所内で過ごしてきたようなものですから。幸いなことに時間だけはあった。日々のトレーニングも欠かすこと
はなかった」
十キロ痩せたと小次郎は語っていたが、むしろ以前にも増して研ぎ澄まされたシャ
ープな肉体をしているように思われた。
「私を豹変させるのは女の子だけじゃありません。ファイヤー武蔵もそうです。あの
男と対峙《たいじ》すると、私の中で悪魔が生まれるんです。絶対にあの男、ファイヤー武蔵と
は決着をつけたい。もっとも向こうもそう思っているはずですよ。何せ私はプロレス
を潰した張本人なんですから」
ファイヤー武蔵と流小次郎の仲の悪さは業界内でも有名だ。大抵、地方巡業ともな
ると選手全員が同じバスで移動したりするのだが、小次郎だけはファイヤーと同じバ
スに乗るのを避けたりもしていたらしい。
前園は疑問に思う。ファイヤー武蔵はわかる。永遠のライバル、現代の武蔵と小次
郎と謳《うた》われた二人なのだ。ファイヤーと闘いたい小次郎の思いは十分に理解できる。
しかしもう一人は誰なのだ。
主だったレスラーを思い浮かべてみても、小次郎がそこまで憎んでいるプロレスラ

ーというのが想像できない。たとえば帝国プロレスナンバー3と言われるバイソン蜂《はち》谷《や》にしても、そこまで小次郎との間に深い因縁はない。小次郎と激闘を繰り広げた往年の外国人レスラーの線も考えられるが、小次郎と激闘を繰り広げた往年の外国人レスラーたちは、ハンソンにしろホルガンにしろ、軒並み引退してしまっている。

「もう一人はね、私も正体を知りません」

小次郎が言った。正体を知らないというからには覆面レスラーということか。たとえば帝国プロレスの鳥人、マスク・ド・リッキー。いやマスク・ド・リッキーの正体が真鍋陸《まなべりく》であることなど、ファンなら誰でも知っている。

続けられた小次郎の言葉を聞き、前園は言葉を失う。

「真犯人ですよ。十年前、新宿のコンビニを襲った真犯人です」

「えっ？　それっていったい……」

「私は無実です。私に罪をなすりつけた人物を、私は絶対に見つけ出したい」

※

車を運転するのは五年振りだった。白崎真帆はBMWの運転席に座り、慎重にハンドルを操作している。まだ午前六時前のため、道路は空いているので運転し易いが、それでも五年振りの運転は緊張を伴うものだった。

そろそろ目的地に着く頃だった。真帆はウインカーを出しながら車を減速させ、公園の駐車場に車を乗り入れた。早朝にも拘《かか》わらず公園の駐車場には数台の車が停まっている。犬の散歩やウォーキングをする人の車だと思われた。白いワンボックスカーが駐車場の一番奥に停まっているのが見えたので、真帆はそちらに向かって車を徐行させた。ワンボックスカーの隣に車を停め、シートベルトを外す。ダッシュボードの時計を見ると、時刻は午前五時五十五分だった。

真帆が車から降りると同時に、ワンボックスカーの後部座席のドアが開いた。一人の男が降り立ってくる。ファイヤーと呼ばれている便利屋だ。

「例のものは持ってきたかい？」

ファイヤーに訊かれ、真帆は答える。「ええ。トランクに積んであります」

「オドチ、積み込め」

ファイヤーの命令に従い、オドチという巨体の男が真帆が乗ってきたBMWのトランクを開け、中に入っていたジュラルミンケースを引っ張り出す。その中には三千万円が現金で入っている。

　真帆の携帯電話が鳴ったのは、朝四時のことだった。ほとんど寝つけず、ベッドの上で駿のことを思いながら何度も寝返りを打つだけだった。するといきなりベッドサイドに置いたスマートフォンが震え始めた。かけてきたのは便利屋のファイヤーだった。

　三千万円を用意できるか。いきなりファイヤーはそう言った。理由を訊くと、どうやら犯人の一人に目星がついたようで、交渉して駿をとり戻すというのだった。そんな馬鹿な。真帆はファイヤーの話をすぐには信じることができなかった。たかが便利屋に誘拐事件の交渉などできるわけがない。

　するといったん電話が切れ、三十秒後にメールが送られてきた。二枚の画像が添付されており、一枚目は見憶えのある男が写っていて、二枚目は何と駿の画像だった。真帆は思わずファイヤーに電話をかけていた。どういうことですか？　そう真帆が問うと、電話の向こうでファイヤーが答えた。

　飯田って教師がグルなんだ。あの野郎、金に困っていたみたいでな、金をちらつかされて、犯人側に協力したんだよ。

　すでに飯田は俺たち側に寝返っている。電話の向こうでファイヤーは言う。二枚目の画像がその証拠だ。あんたの息子の写真を撮らせたんだ。俺たちが交渉して、あんたの息子をとり戻してやる。ただし三千万円が必要だ。見せ金ってやつだ。犯人を信用させるためにも現金を用意しないとならねえ。なに心配要らねえ。この金はあんたのもとに必ず返ってくるだろう。このことを警察に知らせても構わんが、俺たちの方が仕事が早いことは、この電話でわかっただろ。

　悩んでいる暇などなかった。便利屋たちの行動力に驚くと同時に感嘆した。おそらく警察は外で見張っているだけで、犯人に関する新情報などないに等しいだろう。それに較べ便利屋たちは犯人の一人を突き止め、交渉役を買って出ようとしているのだ。その心意気に真帆は瞬時にして決意を固めていた。

　着替えをしてから、真帆は家から出た。自転車に乗って走り始めたところで、背後から追いかけてくる足音が聞こえた。刑事だった。「コンビニに朝食を買いにいくんです」と真帆が言うと、刑事は納得したようにうなずいた。「くれぐれも気をつけてください。どこで犯人が目を光らせているかわかりません」あなたたちこそもっと目を光らせた方がいいんじゃないの。そんな言葉を呑《の》み込んで、真帆は自転車を走らせた。大通りに出たところで自転車を乗り捨て、タクシーを拾う。向かった先は高輪にある実家だった。

マンションの前で祖父は待っていた。タクシーの中から電話をかけ、事情は伝えておいた。マンションの前に祖父の愛車であるＢＭＷが停まっており、すでに三千万円の入ったジュラルミンケースも積まれていた。

「ありがと、おじいちゃん」

真帆が礼を言うと、祖父が真顔で言った。

「真帆、本当にお前一人で大丈夫なのか？　俺も一緒についていくぞ」

祖父、田丸雄政《たまるゆうせい》は今年で八十歳になる。今なお経済界に多大な影響を与える祖父は八十歳には見えないほど若々しく、その眼光も鋭い。しかし真帆は祖父の申し出を断った。

「大丈夫。ほかに協力してくれる人がいるから」

「そうか。金の心配はするな。三千万円で駿が戻ってくるなら安いもんだ。何かあったら連絡しろ。すぐに駆けつけるぞ」

ＢＭＷの運転席に乗り込み、ファイヤーに電話をかけた。金の用意ができた。そう言うとファイヤーが世田谷区にある公園の駐車場を待ち合わせ場所に指定してきた。経堂の家から一キロほどのところにある公園なので、場所は知っている。真帆はすぐさまＢＭＷを発進させた。

駿、あと少しよ。あと少しであなたを助けてあげる。真帆は心の中で息子に語りかけた。絶対に大丈夫だから。あの男たちなら、きっとあなたを救い出してくれるはずよ。

「奥さん、これから俺たちは身代金を持って犯人側と接触する。息子さんは必ず助け出すから心配しなくていい。よし、お前たち。出発だ」

そう言ってファイヤーが助手席に乗り込もうとしたので、真帆は慌ててそれを止めた。

「待ってください。私も連れていってください」

「無理な相談だ。俺たちはピクニックに行くわけじゃねえ。人質をとった誘拐犯に会いにいくんだ。あんたが来たら足手まといだ」

「お願いですから連れていってください。絶対に邪魔はしません」

待っているなんて絶対無理だ。気がおかしくなってしまうことだろう。たとえ自宅に戻ったとしても、何をしていたのか夫や警察に訊かれるはずだし、そうなったら何て答えていいかわからない。だったら彼らと行動をともにしていたい。

「そこまで言うんだったら仕方ねえ」ファイヤーは肩をすくめて、それからワンボックスカーのボディを平手で叩く。「おい、小娘。降りてこい」

後部座席のドアが開き、コウメという女の子が降り立った。真帆を見て、コウメがぺこりとお辞儀をしてきたので、真帆も軽く頭を下げた。彼女は今日も紺色の制服に身を包んでいる。

「小娘、お前は奥さんの車に乗れ。話し相手になってやるんだ。いいですね、奥さん。俺たちの車のあとをついてきてください。見失わないように」

「は、はい」

ファイヤーが助手席に乗るのが見えたので、真帆は慌ててＢＭＷの運転席に乗り込む。コウメという女の子も助手席に乗ってきた。シートベルトを締め、真帆は車を発進させた。Ｕターンをしてから、前方を走るワンボックスカーを追いかける。

「あのう、きっと息子さん、助かると思います。あっ、私、小梅といいます。蜂須賀小梅です」

助手席に座る小梅がおずおずといった感じで言った。小梅というのは本名だったのか。真帆は無理矢理笑顔を作って、それに応じる。

「ありがとう。私もそう信じている。あなた、もしかして昨日家に帰っていないの？」

「ええ。でも大丈夫です」

「どういうことなのかしら？　なぜあの便利屋さんたちは犯人の正体に気づいたのかしら？」

「小学校に潜入して、飯田という先生に目をつけたみたいです。尾行をしたらパチンコ屋に入っていって、怪しいと思ったようです。担任教師としてあるまじき行為だから」

「で、それから？」真帆は先を促す。「どうやって犯人側と接触したの？　今日の正午に犯人から電話がかかってくるはず。どうやってファイヤーさんたちは犯人と接触するつもりなの？」

ちらりと横を見ると、助手席に座る小梅が首を傾げた。

「私もわからないんです。寝ちゃったから。目が覚めたらそういうことになっていたんですよ。多分、私が寝ている間に動きがあったんだと思います。犯人の隠れている場所がわかったみたいです」

とにかく今はファイヤーたちを信じるしかないようだった。前方には便利屋軍団が乗るワンボックスカーが走っている。車は渋谷方面に向かっており、真帆たちが追走しているのを気遣ってか、ワンボックスカーは法定速度を守っていた。

「あなた、この仕事を始めて長いの？」

「長くないです。実は昨日からです」

「そう。なぜ便利屋なんかに……」慌てて真帆は言い直す。便利屋を見下した表現だと思ったからだ。「なぜ便利屋になったの？　あなたまだ若いし、ほかにもいろんな仕事があるでしょ」

「成り行き、みたいなもんですかね。私、キャバ嬢だったんですけど、店の客につきまとわれて迷惑していたんです。そのストーカーを撃退してくれたのがあの人たちだったんです。それでいつの間にか一緒に行動していたみたいな感じです」

キャバクラ嬢か。言われてみればそんな感じがしないでもない。着飾ればそれこそ多くの男が寄ってくるだろう。真帆の周囲にはいないタイプの女性だった。

「便利屋って凄いのね。まさか息子の居場所を捜し出してしまうとは思ってもいなかった」

「びっくりですよね。私も驚きましたもん。でも便利屋が凄いんじゃなくて、あの人たちが凄いんだと思います。私、プロレスラーを誤解していました」

小梅の言葉を耳にして、思わずブレーキペダルを踏みそうになっていた。危ない危ない。気をとり直して真帆はハンドルを握り締め、ワンボックスカーとの車間距離を確認してから小梅に訊く。

「あの人たち、プロレスラーなの？」

「正確に言えば元プロレスラーです」

道理で。真帆は腑に落ちるような気がした。あんなに立派な体格をした男が三人も揃っているなんて、そもそもおかしいのだ。エアコンの修理に訪れたかと思うと、いきなりピザを注文して食べ始めるという無礼な行いも、彼らがプロレスラーだとわかれば納得だ。

「結構有名なレスラーらしいですよ。私もよく知らないんですけど。ファイヤー武蔵さんでしょ、それからマスク・ド・リッキーでしょ。あとオドチ君はモンゴルのウランバートル出身の練習生で、何だか長ったらしい名前なんですよ」

小梅の話は真帆の耳に届いていなかった。あれは一昨日のことだったか。公園で駿を遊ばせているとき、ママ友の一人が言っていた言葉が耳によみがえる。こら、そんなことしているとプロレスラーみたいになっちゃうわよ。

皮肉なものだ。そのプロレスラーが駿を救い出そうとしているのだから。

※

「行くぞ、お前ら。気合い入れていけよ」

ファイヤー武蔵がそう言うと、ほかの二人が大きくうなずいた。小梅は確認するようにファイヤー武蔵に訊いた。

「あの、私はここで待っていればいいんですよね？」

「何を言うか、小娘。お前も一緒に来るに決まっているだろうが。奥さん、そんなに心配しなくても結構です。あっという間に息子さんを助け出してみせますから」

「お、お願いします」

ここがどこなのか小梅にはわからなかったが、電柱に貼られた住居表示から池尻《いけじり》一丁目であることがわかった。今、小梅たちはマンションの前に立っている。このマンションの一室に白崎真帆の息子が監禁されているらしい。奥さんは不安そうな面持ちでレスラーたちに目を向けている。祈るような視線だった。

「よし、リッキー。俺を張れ」

「うっす」と一礼してから、リッキーがファイヤーにビンタをする。受けたファイヤーは雄叫《おたけ》びのような声を上げ、返す刀でリッキーにビンタをした。強烈なビンタで、リッキーがよろめいた。私があんなビンタを喰らったら死んでしまうかもしれない。

「よし、次。オドチ、来い」

「わかりました」

オドチが振りかぶり、ファイヤーの頰を張った。ビンタというより張り手に近く、鈍い音が聞こえた。かなり効いたのか、ファイヤーが後ずさる。

「やりやがったな、オドチ」

ファイヤーは目を険しくして、オドチに向かっていく。二発ほどビンタをしてから、背後に回り込んで変な技をかける。コブラツイストという技なのだが、小梅はそれを知らない。絞め上げながらファイヤーが言う。「ギブか？　おい、ギブか？」

「ギ、ギブアップ」

人質が監禁されているマンションの前で、これほどの騒ぎを――しかも朝の七時前から繰り広げていていいものだろうか。小梅はそんな疑問を抱いた。通勤途中のサラリーマンらしき男が足を止め、二人のプロレスごっこに見入っている。

「よし、いいぞ。乗り込むぞ」

ファイヤーを先頭にしてマンションに入った。リッキーはジュラルミンケースを手にしている。小梅は車の前で不安げな表情をしている白崎真帆に頭を下げてから、彼らのあとに続いた。エレベーターで七階まで上る。廊下を進み、一番奥の部屋に向かって進んだ。

てっきりインターホンを鳴らすものだとばかり思っていたが、ファイヤーが懐から出した鍵でドアを開け、中に入っていく。続いてリッキー、オドチとあとに続く。どういうことなのだ、これは。玄関で逡巡《しゅんじゅん》していると、室内からファイヤーの声が聞こえてくる。

「小娘、遠慮するな。土足でいいから上がってこい」

「お、お邪魔します」

靴を脱がずにそのままフローリングの上を歩く。奥のリビングに三人のレスラーがいた。三人とも座り込み、ジュラルミンケースを開けていた。蓋を開けると中に紙幣が入っているのが見えた。そのうちの一束を手にとり、ファイヤー武蔵が満足げな表情で言う。

「意外に簡単だったな」

えっ？　小梅は耳を疑う。意味がわからなかった。身代金をちらつかせて駿君を奪還するのではなかったのか。

不意に子供の声が聞こえた。「ママ、ママ」と助けを求めているような声だ。声はリビングの奥の部屋から聞こえてくる。ファイヤーが首を横に振って言った。

「うるせえガキだな。ゲームには飽きちまったのか」

「そうみたいですね」答えたのはリッキーだった。「でもどうします？　あの白崎って主婦、下で待っているんですよ。予定だとここまで連れてくるはずじゃなかった。まさかあの女に惚れちまったとか？」

「たしかにいい女だ。でも俺は人妻ってのが趣味じゃねえ。若いピチピチした活きのいい女が好きなんだ」

ファイヤーの視線を感じる。その目は怪しく光っている。寒気がして、小梅は後ろに下がって壁に背中を当てた。

「あの白崎とかいう女は適当に言いくるめればいい。息子が戻ってきたら満足のはずだ。それとな、あの女が乗ってきたＢＭＷ、結構なレアもんだぞ。借りるとか言って、あの車でとんずらするぞ」

「さすが。そういうことだったんですね」

「当たり前だ。だからあの女がついてくるのを許したんだ」

すべてわかった。つまりこの男たちこそ誘拐犯なのだ。子供を誘拐した張本人のくせして、何食わぬ顔で人質救出を請け負ったのだ。

一刻も早く逃げ出さなくてはならない。小梅は身を翻《ひるがえ》し、走り出す。玄関のドアのノブにあと数センチで手が届くといったところで、いきなり背後から髪を摑まれ、引っ張られる。

「痛い」

そのままフローリングに転がされてしまう。上からオドチが血走った目で見下ろしている。オドチが口元のよだれを拭《ぬぐ》いながら言う。

「お前、逃がさないから」

「俺が先だ。お前はあとだ」

ファイヤーが立ち上がり、ズボンのチャックを下ろそうとしていた。必死に暴れて抵抗するが、いつの間にか両手をリッキーに押さえつけられ、身動きがとれない。

「やめて、やめてったら――」

両足をばたつかせるが、虚《むな》しく壁に当たるだけだった。

※

白崎真帆は両手を胸の前で握り締め、マンションを見上げている。お願いします、と心の中で祈る。お願いだから駿が無事でありますように。

大きな通りから一本奥まったところにあるせいか、ほとんど人通りはない。たまに通勤途中のサラリーマンが足早に通り過ぎていくだけだ。

時間が停止してしまったかのように静かだった。真帆はただただ両手を合わせてマンションを見上げることしかできなかった。朝早いせいか、ほとんどの窓のカーテンは閉ざされている。このマンションのどこかで、駿は助けを求めている。そう考えるだけで足が震えるほどの焦燥感を覚える。

時間を確認しようとスマートフォンをとり出した。しかし電源が入っていないため、時間はわからなかった。高輪にある実家を出たあたりから夫から着信が何度もあり、電源を切ることにしたのだ。今頃、自宅は大騒ぎになっていることだろう。息子だけではなく、妻までもが忽然《こつぜん》と姿を消してしまったのだから。

エンジン音が聞こえた。向こう側から赤い車が走ってくるのが見えた。あまり広い道ではなく、しかも真帆のＢＭＷと便利屋のワンボックスカーが路肩に停車しているため、すれ違うのは難しそうだ。できれば手前で曲がってほしい。そう思ったが赤い車は真帆のいる方まで直進してくる。車をどかせとか言われたら厄介《やっかい》だ。

赤い車はフェラーリだった。フェラーリは道路の真ん中で停車した。助手席のドアが開き、一人の男が降り立った。その男を見て、真帆は言葉を失った。

大きな男だった。さきほどの便利屋たちといい勝負だった。年齢は四十代から五十代といったところで、長髪をなびかせている。黒いスーツを着ており、それが量販店で売っているような安物ではなく、高級ブランドショップで仕立てた特注品であることは一目でわかった。右手にはボトルを手にしていた。ドンペリのゴールドだった。真一郎との結婚式の二次会で一度だけ飲んだことがある。

ボトルに直接口をつけ、男はドンペリを飲む。朝から路上でドンペリを飲む男を見るのは初めてだったが、なぜか違和感はまったくない。

「このマンションか」

長髪の男が言う。運転席のドアが開き、一人の男が降りてきた。その男を見て、真帆はさらに開いた口が塞《ふさ》がらなくなる。

男は裸だった。いや、正確に言えば裸ではなく、レスリングタイツを一枚だけはいている。レスリングシューズをはき、膝にはレガーズを装着していた。異様なのはその顔だった。銀ラメの龍のようなマスクをしているのだ。駿がまだ幼稚園に通っていた頃、よく見ていた特撮ヒーローを思わせるデザインだった。

「そうみたいですね。どうします？　やっぱりやめておきますか？」

「時差ボケが半端ねえ。でも行くしかねえだろ」

男はまたもやドンペリを飲む。マスクの男がフェラーリのトランクを開け、中から渦巻状に巻かれたロープをとり出し、肩にかけた。

「じゃあ俺、屋上から突っ込みますよ」

マスクの男が軽快な足どりでマンションの中に入っていく。いったい何が始まろうとしているのか、皆目見当がつかない。

「あんた、何者だ？」

長髪の男が怪訝《けげん》そうな視線を向けてくる。真帆の存在に気づいたようだ。何て答えたらいいのかわからない。まさかこのマンションに息子が監禁されているなんて言えるわけがない。

「そうか、わかるぜ」

長髪の男は何かを感じとったらしく、勝手にうなずいた。エンジン音が聞こえ、見ると向こうから一台の原付が走ってきた。乗っているのはこれまた巨漢で、原付が可哀想に思えてしまうほどだ。原付から降りた巨漢がヘルメットをとりながら、長髪の男のもとまで駆け寄ってくる。

「遅えよ、何ちんたらやってんだよ」

「すみません、ボス」

長髪の男はドンペリの瓶を口に運んだ。何を思ったか、口に含んだシャンパンを巨漢の顔に吹きかける。巨漢は表情を変えることはなかった。

「先に行け」

長髪の男にそう命じられ、巨漢が体を揺らしながらマンションのエントランスに入っていく。長髪の男はその場で腕を組み、上空を見上げた。真帆もつられて顔を上げ、思わず「えっ?」と声を上げていた。マンションの屋上から一本のロープが垂れ下がっており、そこから一人の男が壁を伝うように降りていた。遠いのではっきりとわからないが、さきほどのマスクを被った男に違いない。

「さて、俺も行くか。なあ、あんた。俺が来たからには心配ない。あとは任せておけ」

何を任せるというのだろうか。多分駿のことを言っているのだと思うが、彼らとは初対面だ。それにおそらく、この男たちは――。

「あなた、いったい……」

「ファイヤー武蔵。俺のことを知らねえ奴がいるなんて、この国も変わっちまったもんだ」

そう言い放ち、男は颯爽とマンションのエントランスに入っていく。どういうことだ。ファイヤー武蔵は二人いるのか。

上空に目を向けると、マスクの男が壁を蹴るのが見えた。男の体がふわりと壁から離れ、ロープがしなる。壁に足がつくと同時にまた壁を蹴る。そんな動作を何度か繰り返したのち、男がとある部屋の窓に衝突する。ガラスの割れる鋭い音が聞こえた。

※

ファイヤーの手が伸びてきて、小梅のはいている紺色のズボンを摑んだ。小梅は身をよじらせて必死に抵抗する。

「やめて、やめてよ」

「うるせえ女だ。ぶちのめされてえのか、おい」

「やだ、やめて」

ファイヤーの背中越しに窓ガラスが見え、その向こうがベランダになっている。その影は——鳥のように空を飛んできたとしか思えなかった。いきなり窓ガラスが割れ、一人の男が室内に突入してきた。

　ファイヤーの手がズボンから離れたので、小梅はその隙を利用してフローリングを這《は》い、壁際に逃げる。

「何だ、おい」

「捕まえろ、早く捕まえろ」

　室内は怒号が飛び交っている。侵入してきた男を捕まえようと、三人の便利屋レスラーは血走った目で侵入者を追う。しかし軽業《かるわざ》師のような動きで、侵入者は男たちの腕をかいくぐっていた。上半身が裸で、しかも銀色のマスクを被っている。

　しかし三人がかりのため、マスクの男は捕まってしまう。後ろからリッキーに捕まえられてしまったのだ。するとマスクの男は右腕で背後にいるリッキーの頬にエルボーを数発叩き込み、そのますとんと尻餅《しりもち》をつくようにリッキーの拘束から抜け出し、すぐさま蛙《かえる》のように立ち上がり、リッキーの膝にキックを放った。悲鳴を上げ、リッキーが倒れる。

　マスクの男の動きは速かった。側転をしながらリビングを横切り、玄関に向かってドアのロックを解除した。するとドアが開き、一人の男が機関車のように室内に突入してくる。オドチと同じくらいの巨漢だった。迎え撃ったオドチだったが、巨漢の張り手を二発喰らい、崩れるように倒れてしまう。オドチが口から泡を吹いているのが見えた。

「そこまでだ」

巨漢の男の背後から、一人の男が姿を現した。スーツを着たいかつい男だった。なぜか右手にはワインボトルを持っている。

「畜生、邪魔するんじゃねえ」

ファイヤーが叫ぶ。張り手を喰らったオドチは失神し、リッキーは膝を押さえて苦しんでいる。ボトルを持った男が笑みを浮かべて、ボトルの液体を一口飲んでから言った。

「勝手なことをしやがって。俺の名を騙《かた》るとはいい度胸だな、近藤《こんどう》」

近藤？　どういうことだ？　ファイヤーではないのか。混乱した頭で小梅は考える。もしかすると本名が近藤なのか。

「ふざけやがって、全部台無しじゃねえか」

ファイヤーが悔しそうに言ってから、ボトルを持った男に殴りかかった。しかしその拳《こぶし》は空を切る。余裕の表情でボトルの男はファイヤーの拳をかわし、いきなり手にしていたボトルをファイヤーの頭に叩きつけた。それほど力がこもっているようには見えなかったが、実際にはかなり強力だったらしく、ボトルが砕け散った。頭を押さえ、ファイヤーが膝をつく。

ボトルの男は容赦なかった。革靴の先で男の頭を蹴り上げる。五発ほど蹴ったところで、遂に力が尽きてしまったのか、ファイヤーがうつ伏せに倒れてしまう。満足そうにファイヤーを見下ろしてから、男は言った。

「おい、ガキは無事か」

「ええ、この通りです」

マスクを被った男がリビングに入ってくるのが見えた。その腕には小学生の男の子が抱かれている。少し怖がっているようで、目に涙を浮かべている。この子が白崎駿君だろう。

「おい、女。大丈夫か？」

ボトルの男にそう声をかけられ、小梅は何とか立ち上がる。壁に手をつかないと膝が震えて立っていられないほどだった。よくわからないが、彼らに助けてもらったことだけは間違いなかった。彼らが来なかったら。そう考えるだけでもぞっとする。

「ファイヤーさん、この男たち、どうします？」

マスクを被った男がそう言ったのを聞き、小梅は耳を疑う。長髪の男に目を向ける。この男もファイヤー？　いや、この男が本物のファイヤー武蔵ということか。

着ているスーツも高級そうだし、そこはかとない威厳が漂っている。キャバクラ店で働いていた頃、一度だけテレビでよく見る一流芸能人が来店したことがある。毒舌で知られるコメディアンだった。彼が店を訪れた途端、ぱっと店内の雰囲気が一変した。これが芸能人のオーラなんだな。そう小梅は実感した。ファイヤー武蔵が放つものはそのときのオーラによく似ていた。たしかに危険な香りはぷんぷんする。しかし本質的には陽だ。

本物のファイヤー武蔵は足元に倒れている偽者を見下ろし、首を横に振って言った。

「自力で逃げるだろ。こいつらだって警察に捕まりたくはないはずだ。おい、近藤。今回だけは大目にみてやる。次はねえぞ。わかったな」

「す、すみませんでした。ファイヤーさん」

偽者のファイヤーがか細い声で謝る。完全に萎縮していた。

「よし、引き揚げるぞ」

ファイヤー武蔵がそう言うと、マスクを被った男が駿を右腕に抱き、部屋から出ていく。巨漢の男がジュラルミンケースを手にしていた。小梅も歩き出そうとしたのだが、膝が笑ってしまって転倒してしまう。

「たく、しょうがねえ女だな」

目の前に大きな背中が見えた。ファイヤー武蔵が膝を突き、小梅に対して背中を向けている。

「乗れ」

おんぶしてくれるのか。恥ずかしい気もするが、このまま歩いて部屋から出ていく自信もない。逡巡しているとファイヤー武蔵が急《せ》かすように言う。

「早くしろ。警察が来ちまうぞ」

小梅はファイヤー武蔵の背中に乗り、首に手を回す。ふわっと体が浮くのを感じる。ファイヤー武蔵は小梅の両膝の後ろに手を回し、それから歩き始める。

視点が高く、何だか気持ちがいい。プロレスラーってでかいんだな、と改めて感じる。ファイヤー武蔵の背中は温かく、どこか懐かしい感じがした。

エレベーターで一階まで降りる。すでにマスクを被った男と巨漢の男は先に降りており、駿君を抱き締める白崎真帆の姿が視界に映った。「ありがとうございます。ありがとうございます」と白崎真帆は何度も頭を下げている。便利屋のワンボックスカー、それから白崎真帆のＢＭＷが路肩に停まっていて、なぜか真っ赤なフェラーリが道のど真ん中に停まっている。

携帯電話の着信音が聞こえた。着信音はファイヤー武蔵の胸元あたりから聞こえている。まだ小梅はおんぶされたままだった。ファイヤー武蔵が言った。

「おい、俺のポケットから携帯を出して耳に当ててくれ」

言われた通り、小梅は手を伸ばしてファイヤー武蔵のポケットから携帯電話をとり、通話のボタンを押してからファイヤー武蔵の耳に持っていく。

「おう、久し振りじゃねえか。俺か？　俺は今朝日本に着いたところだ。……何だって？　まったく仕方ねえ野郎だな。すぐに向かうから待っててくれ」

地上に下ろされる。小梅の手から携帯電話を摑みとってから、ファイヤー武蔵が言う。「乗れ、行くぞ」

「えっ？　でも……」

「いいから乗れ」そう言ってファイヤー武蔵は赤いフェラーリの運転席に乗った。なぜ私が一緒に行かなければならないのか。意味がわからない。

運転席のウィンドウが開き、そこから顔を出したファイヤー武蔵が笑みを浮かべて言う。

「お前、蜂須賀小梅だろ」

「なぜ……私の名前を……」

「とにかく乗るんだ」

この人は悪い人じゃない。本能的な直感がそう告げていたので、小梅は助手席のドアを開けてフェラーリに乗る。車体が低く、地面に座っているような感覚だった。ファイヤーがキーを回すと、唸《うな》るようなエンジン音が聞こえてくる。シートベルトを締めながら小梅は言う。

「飲酒運転はいけないと思います」さきほどの部屋でファイヤー武蔵がアルコールを飲んでいたのを思い出した。あのときは興奮していたのでわからなかったが、あれはドンペリのゴールドだ。小梅が働いていた店でも一番高い酒だった。「さっき、シャンパン飲んでましたよね？」

ファイヤーがいきなり小梅の前に顔を近づけ、息を吹きかける。思わず目を閉じていたが、不思議と酒の匂いはしない。

「飲んでいたのはポカリだ。俺は酒が飲めねえんだよ」

そう言ってファイヤー武蔵はアクセルを踏んだ。

向かった先は赤坂《あかさか》にある高級ホテルだった。名前だけは何度も耳にしたことがあるが、小梅のような庶民には縁遠い高級ホテルだ。吹き抜けになっている広大なロビーを、ファイヤー武蔵は肩で風を切って歩いていく。

「これはこれはファイヤー様。お越しいただきありがとうございます」

ロビーの中央に飾られている男女のブロンズ像の前で白髪の老人が待ち受けていた。腰の低い老人で、黒いスーツがよく似合っている。ファイヤーは片手を上げながら老人に近づき、彼の肩に手を置いて言った。

「待たせたな、支配人。まったく身内の恥を晒《さら》しちまって申し訳ないぜ」

「何をおっしゃいます、ファイヤー様。私とファイヤー様の付き合いではございませんか。ところでこちらのお嬢様は？」

この老人がホテルの支配人ということか。彼の目は小梅に向けられていた。ファイヤーが当たり前のように答える。

「この小娘は俺のマネージャーの蜂須賀小梅。せいぜい可愛がってやってくれ」

マネージャーになった覚えなどない。しかし小梅が否定するより先に支配人が言った。

「それはそれは。蜂須賀様、これからはどうかご贔屓《ひいき》に」

支配人が深く頭を下げてきたので、小梅も慌てて頭を下げた。「案内してくれ」とファイヤーが言うと、支配人が背中を向けて歩き出す。小梅も二人のあとを追う。横目で見るとフロントにはチェックアウトをする人たちの姿が見える。外国人らしき宿泊客の姿も目立った。時刻は午前九時を回ったところだった。

「このホテルは俺の常宿だったんだよ」廊下を歩きながらファイヤーが言う。「祐天《ゆうてん》寺《じ》に自宅があったが、女房に浮気がバレるたびに家を追い出されて、このホテルに泊まっていたんだ。俺専用の部屋もあったし、試合が終わったあとここに帰ってくることもあった。いい時代だったぜ、あの頃はよ」

ファイヤーが言うあの頃というのが具体的にどの時代のことをさしているのか知らないが、彼がプロレスラーであった時代であることだけは想像がつく。

「俺の仲間たちが最上階のバーの酒を飲み干したこともあったな。あれはいつのことだったかな。どんちゃん騒ぎをしていると、バーテンダーが青い顔をしてやって来て、俺に言うんだよ。『ファイヤー様、申し訳ありませんが、当店のアルコールは底をついてしまいました』ってな。あれは傑作だった」

「今から十五年前のことですね」支配人が口を挟む。「武道館で小次郎様を倒して、第十五代GDO世界ヘビー級チャンピオンになられたときのことでございます」

「おう、そうだった。思い出したぜ。小次郎の奴、悔しそうな顔してたっけな」

エレベーターに乗り込む。支配人が二十三階のボタンを押した。ほかに客はなく、エレベーターはほかの階に止まることなく、二十三階に到着した。

「で、佃《つくだ》の野郎はどこにいたんだ？」

エレベーターから降りると、ファイヤーが支配人に訊いた。支配人はにこやかな笑みを浮かべて答える。

「上野の簡易旅館にいらっしゃいました。我々が事情を説明してここまでお連れしたのですが、やや精神的に不安定なところがあるようです。お医者様を呼ぼうと思ったのですが、まずはファイヤー様に連絡をするのが先かと思った次第です」

「俺に知らせてくれて正解だったぜ、支配人」

佃というのは何者か。小梅の疑問を察したのか、ファイヤーが廊下を歩きながら説明する。

「佃っていうのは元レフェリーなんだ。ちょっと訳あって支配人に行方を捜してもらっていたんだ。この支配人、業界に顔が利くからな」

支配人が立ち止まり、客室のドアをノックした。部屋の中から応答はなく、支配人は懐からカードキーを出しながらドアの向こうに声をかけた。

「佃様、失礼させていただきます」

支配人がドアを開けると同時に、ファイヤーが前に出て部屋の中に入っていく。一瞬だけ迷ったが、支配人がドアを開けて待っていてくれるので、仕方なく小梅もあとに続く。アルコールの匂いが鼻についた。シーツや枕が部屋に散乱していて、昨日のゴミ屋敷を思い出してしまう。

「おい、佃。随分派手に散らかしてくれたじゃねえか」

ベッドの端に一人の男が立っていた。小太りで頭が禿《は》げた男だった。男はバスローブを羽織っているが、帯を締めていないので、下にはいているパンツが丸見えという無様な格好だった。

「ファイヤーさん、どうして……」

「おいおい、佃。まさかと思うが、それで首を括《くく》ろうってわけじゃねえだろうな」

佃という男は首に布切れを巻き、それを斜め上にある照明の支柱にかけていた。首に巻いた布切れは破いたカーテンのようだ。ベッドから飛び下りれば、確実に自殺できるだろう。

「ファイヤーさん、俺、もう駄目なんです。死んだ方がいいんすよ、俺なんて。プロレスがなくなっちまってから、何をやってもうまくいかないんです」

「だったら死ねよ、佃」ファイヤーは吐き捨てるように言う。「でもな、佃。レフェリーのお前が自分の首を絞めたらいかんだろ。ギブアップしても誰も試合を止めちゃくれねえぞ」

「ファイヤーさん、俺のことなんて放っておいてください。俺はもう決めたんです」

佃がいきなりジャンプした。思わず小梅は悲鳴を上げたが、隣にいるファイヤーの動きは思った以上に機敏なものだった。さっとベッドの前まで移動し、佃の体を空中で抱きとめた。ファイヤーがにやりと笑って言う。

「小梅、切れ」

佃の首から伸びた布切れは弛《ゆる》んでいる。目の前にハサミが差し出された。いつの間に用意したのか、支配人がハサミを手にしていた。

「あっ、はい」

小梅は支配人の手からハサミを受けとり、それを持ってベッドに上った。手に持ったハサミで布切れを切る。なかなか手元が定まらないが、何とか切ることに成功した。ファイヤーはまるで荷物を投げ捨てるかのように無造作に佃を床に放り出す。

「ファイヤーさん、俺、俺は……」

「泣くな、佃。お前の気持ちはよくわかる。俺だってな、死にたいと思ったことは一度や二度じゃねえ」

「ファイヤーさん……」

佃はファイヤーを見上げている。目から涙を流していた。

「佃、俺を信じろ。絶対にもう一度お前に夢を見させてやる。絶対にな。おい、支配人」ファイヤーは支配人の方に向き直り、軽く頭を下げた。「うちの者が迷惑かけたが、こいつはもう大丈夫だ。しばらく面倒みてやってくれ」

「かしこまりました、ファイヤー様」

支配人が仰々しく頭を下げた。小梅は不思議な思いがした。こんな無遠慮《ぶえんりょ》で厚かましい男――しかもプロレスラーに対して、なぜこの支配人はここまで肩入れするのだろうか。何か弱みでも握られているのかもしれない。

「小梅、行くぞ」

そう言い捨ててファイヤーは部屋から出ていってしまう。佃という男は床に座って涙を流している。本当にこの男を放っておいて大丈夫なのだろうか。そんな不安に駆られたが、温和そうな支配人の顔を見て、この人がいてくれたら何とかなりそうだと安心する。部屋を出ようとしたところで、背後から呼び止められた。

「あっ、お嬢様。私としたことが失念しておりました。どうかこれをお持ちになってください」

支配人から渡されたのは一枚の色褪《あ》せた写真だった。その写真を見て、小梅は驚く。何とそこに写っているのは若かりし頃の母の姿だった。しかも母の隣には見憶えのある男が立っている。

「これって……ファイヤー武蔵？」

「お嬢様が持っておられた方がよろしいかと」

支配人はそう言って、ドアをゆっくりと閉めた。小梅はその場で写真をまじまじと眺める。間違いなかった。母の隣に立っているのはファイヤー武蔵だった。試合が終わった直後らしく、リングの上での記念撮影のようだった。母もファイヤー武蔵もまだ若い。今から三十年近く前の写真だろう。

「何してる？　小梅。置いていくぞ」

エレベーターの前でファイヤー武蔵が声を張り上げている。なぜかこの写真をあの男に見せてはいけない気がして、小梅はもらった写真を上着のポケットにしまい込んだ。

「さっきのマネージャーってどういうことですか？」

席に着くや否や、小梅はファイヤー武蔵に訊いた。ホテル一階にあるレストランに入っていた。朝食を食べるとファイヤー武蔵が言い出したからだ。

「私、マネージャーになったつもりはありませんけど」

「久し振りの日本だからな、何かと不便なんだ。俺の身の周りの世話をしてくれると助かる」

そう言いながらファイヤー武蔵はポケットの中から一枚のカードをとり出し、それを小梅の前に弾き飛ばしてから言う。

「好きに使え。特に給料もやらんが、それを自由に使っていいぞ」

アメリカン・エキスプレスのブラックカードだった。好きに使えと言われても、勝手に使うことなどできない。

「要りませんから」

小梅がカードを返そうとしても、ファイヤー武蔵は腕を組んで受けとろうとしない。ウエイターがサンドウィッチを運んできたので、いったんカードをポケットにしまう。飲み物はファイヤー武蔵がホットコーヒー、小梅がオレンジジュースだった。

「金には不自由していないんだ」サンドウィッチを食べながらファイヤー武蔵が話し出す。「俺はこう見えてもアメリカのトップレスラーだからな。信じられんことにこの年で現役を続けているのは向こうでも俺くらいだ。ジャパニーズレスラー『ザ・ファイヤー』の名前はアメリカの子供だったら誰でも知ってるぜ」

サンドウィッチを口に運ぶ。驚くほど美味しい。さっきちらりとメニューを見たら、一人前が二千円を超えていた。一人ではきっと頼んだりしないし、そもそもこのホテルに入る機会もないだろう。

「アメリカはプロレスの本場だ。とてつもない商業規模を誇っている。トップレスラーになるとギャラは年間五億はくだらない。まあ俺は試合ごとの契約だから、それほどでもないけどな。貯金もあるし、広尾《ひろお》にマンションも持っている」

自慢話か。でもなぜそんな話を私にする必要があるのだろうか。まさか金で私のことをどうこうするつもりではないのか。助けてもらった恩もあるが、ついそんなことを想像してしまう。しかしファイヤー武蔵の口から次に出た言葉を聞き、小梅は唖然とした。

「だから俺の養子になっても絶対に苦労はしないぞ、小梅」

「はあ？」

「俺は数々の女を愛したが、結局子宝に恵まれなかった。最近になって考えるんだよ、このままでいいのだろうかとな。日本に帰ってきた理由は近藤の暴走を止めるためもあるが、本当の理由は違う。小梅、お前を養女にするためなんだ」

まったく理解できない。そもそもこの男は何者なのだ。さきほどホテルの支配人から渡された写真を思い出す。若かりし頃の母の写真だ。一緒に写っているのはファイヤー武蔵だった。

「ちょっと待ってください」意味がわからず、思わず小梅は声を発していた。「これってどういうことなんですか？　さっぱり意味がわかりません。あれ？　待てよ」小梅は必死に考える。そもそもの発端は一昨日のことだ。新宿の喫茶店でお茶をしていたら知らない便利屋軍団に話しかけられたのだ。

「もしかして、全部仕組まれていたってこと？　あいつらが私に話しかけてきたのも偶然じゃないってこと？」

「察しがいいな」とファイヤー武蔵が答える。「近藤たちはお前の正体を知ったうえで接触したんだよ。復讐《ふくしゅう》のつもりだったかもしれねえな。話が長くなるが、今から十五年ほど前のことだ」

当時、プロレス人気は下降線を辿っていた。そんな中、某大手ＩＴ企業のワンマン社長がプロレス経営に乗り出すことを発表し、世間を驚かせた。その社長は破格のギャラをちらつかせ、各団体からレスラーを引き抜いた。その一人が近藤次郎《じろう》ことショットガン近藤だった。

「近藤は当時四十ちょいで、脂が乗ってきた年齢だった。一花咲かせようと思ったんだろうな。付き人だった数人のレスラーを連れ、俺たち帝国プロレスと袂《たもと》を分かったのさ」

しかしプロレス経営というのはそう簡単なものではなく、そのIT企業社長が立ち上げたプロレス団体はたった一年で解散した。

「近藤は俺に泣きついてきた。もう一度帝国プロレスのリングに上がりたいと言ってな。でも俺は断った。だってそうだろ。裏切ったのは近藤たちだ。近藤たちの穴を埋めようと、若手は必死になって練習したんだ。あいつらが帰ってきても居場所はねえ。俺はきっぱり断ったんだ。そんときのことを恨んでいても不思議はねえ。おっとすまん。だいぶ話が逸れたな」

そこまで話してファイヤーは一息ついた。カップを持ち上げ、コーヒーを一口啜る。ごく普通のティーカップだが、ファイヤーが持つと少し小さく感じられる。

「蜂須賀小梅」

いきなりフルネームを呼ばれ、小梅は姿勢を正す。「な、何でしょう?」

「お前は気づいていないと思うが、実は俺たちの世界でお前の名前を知らない者はいない」

「私、そんなに人気のあるキャバ嬢ではなかったですけど」

「お前じゃない。理由はお前の母親にある。お前の母親、蜂須賀梅子《うめこ》はかつて銀座のクラブでホステスをしていた。俺たち帝国プロレス行きつけのクラブだった。その関係で大きなプロレス興行ではお前の母親はリングに上がっていた。花束嬢としてな」

初耳だった。母がクラブのホステスだったことも知らなかったし、花束嬢をしていたことも初めて知った。花束嬢というのは選手に花束を渡す女性のことをいうのだろう。プロレスを観たことはないが、そのくらいはわかる。

「お前の母、蜂須賀梅子はそりゃあいい女だった。梅子目当てに店に通っていた客もいたくらいだ。だが結局、梅子が選んだのはこの俺だ」

「えっ？　ということは、あなたが……」

「話は最後まで聞くもんだ。俺と梅子は順風満帆だった。この女となら添い遂げてもいいと思っていた。しかし魔が差したというか、俺は同じ店の別の女に手を出してしまってな、それが梅子の耳に入っちまったのさ。当然、俺は謝った。何度も謝ったが、梅子は許してくれなかった。で、あの女は別の男のもとに走ったんだ。よりによってあの男のもとにな」

あの男というのは誰だ？　プロレスラーであることは間違いない。その男こそが私の父親なのだ。

「流小次郎。梅子が選んだ男だ。俺の永遠のライバルと言われる男だ。もっともこっちは歯牙《しが》にもかけてねえけどな」

流小次郎。初めて耳にする名前のようだったし、どこかで聞いたことがあるような気もした。もしかして超有名なプロレスラーなのかもしれない。

「俺の推測だが、一時期、俺と小次郎は梅子に二股をかけられていた。だからお前が俺の子であっても何ら不思議はねえ。お前、何型だ？」

「な、何ですか？」

「だから血液型だ。何型かって訊いてんだよ」

「A、ですけど」

「梅子と同じだな。俺はAB型で、小次郎はB型だ。どちらもA型の子どもが生まれる可能性があるから、血液型でお前が小次郎の娘であることは立証できねえんだよ。見たところ母親の血を濃く受け継いだようで、小次郎の面影はほとんどねえ。俺の子か、それとも小次郎の子か。可能性はフィフティフィフティだ」

そう言って、ファイヤー武蔵は不敵な笑みを浮かべてテーブルをバンと叩いた。

※

前園光成は電柱の陰に身を隠し、そっと様子を窺っていた。視線の先には幼稚園児の送迎をする親とその子供たちの姿が見える。刑事の張り込みというのはこういうものなのかもしれない。そんなことを思いつつ、前園は息を殺していた。

「どうぞ。お飲みください」

目の前に缶コーヒーが差し出された。振り向くと流小次郎が立っている。近くの自動販売機で買ってきたのだろう。「すみません」と缶コーヒーを受けとる。

ここは練馬《ねりま》にある集合住宅だった。やや古びた鉄筋のアパートが立ち並んでいる。かつては入居者も絶えなかったはずだが、今では空室も多いようにみえる。今、幼稚園の送迎バスを待っている主婦も全部で五人ほどだった。

黄色い幼稚園の送迎バスが到着し、中から降りた保母らしき女性が幼児たちを先導してバスに乗せた。やがてバスは出発し、しばらく主婦たちは送迎バスを見送っていたが、バスが坂を下って見えなくなると、それぞれ会釈を交わしてから解散していく。

「どの人ですか？」

前園が訊くと、流小次郎が一人の主婦を指でさして答える。

「あの人です」

茶色い髪をした女性だった。幸いなことにその女性は一人でアパートの方に向かっていく。前園は女性のあとを追った。後ろから小次郎が追いかけてくるのが気配でわかる。

一棟のアパートの階段の手前でようやく彼女に追いついた。前園は背後から声をかける。

「すみません。ちょっとよろしいですか」

振り向いた女性は訝《いぶか》しげな顔つきで前園を見て、「何ですか？」と不機嫌そうに言ってから、その顔つきが劇的に変化する。背後に立っている流小次郎を見て、女性は目を見開いて言う。

「コジちゃん。な、何で？　えっ、どうして……」

「ご無沙汰《ぶさた》しちゃったね」小次郎が前に出て、頭を下げた。「元気そうで何より。手紙、ありがとう」

事前に聞いた話では女性の名前は山本美鈴《やまもとみすず》といい、十年前の新宿コンビニ立て籠もり事件があった夜、流小次郎と行動をともにしていたという女性だった。小次郎が千葉の刑務所に服役したあとも何度か獄中に手紙が届いたが、小次郎が返事を出すことはなかったという。最後の手紙に結婚することが書かれており、転居先の住所が記されていた。小次郎がその手紙を捨てずに持っていたお陰で、こうして彼女と対面を果たすことができたのだ。

「昨日、出所したんだ。鈴ちゃんの顔を見たくてね」

「お、驚かさないでよ、もう」すでに山本美鈴は涙ぐんでいる。「連絡くらいくれたっていいじゃない。心配したんだから」

聞くところによると二人の関係は山本美鈴が上京した十八歳のときから、小次郎が逮捕されるまでの五年間、続いたという。といっても男女の関係ではなく、年の離れた兄妹のようだったと小次郎は語った。北海道から上京したばかりの美鈴をキャバクラで見かけ、それからいろいろと面倒をみたという。

「こんなところじゃあれだから、うちに来て」

涙を指でぬぐい、山本美鈴は階段を上っていく。山本美鈴の部屋は二階にあった。玄関の前に子供用の三輪車が置かれており、表札は『松本《まつもと》』になっていた。今は松本美鈴というのだろう。

「お邪魔します」

遠慮がちに靴を脱ぎ、小次郎と一緒に部屋の中に入る。美鈴は床に転がった玩具などを片づけながら言った。

「適当に座って。お茶、淹《い》れるから。あっ、ところでそっちの人はどちら様？」

「前園といいます」そう答え、前園は〈週刊リング〉時代の名刺を出して美鈴に渡す。「その昔、〈週刊リング〉で編集者をしてました。その関係で今は流さんと行動をともにさせてもらってます」

名刺を見て、美鈴はうなずいた。

「懐かしい、〈週刊リング〉。私もコジちゃんに頼まれて何度も買ったことあるもん」

プロレスに対する偏見は今も続くが、こうして『懐かしい』と言ってくれる人がいるだけでも心が熱くなる。普通だったらこうはいかない。だから滅多なことでは〈週刊リング〉時代の名刺を他人に渡さないことにしている。どうせ偏見の目を向けられることはわかっているからだ。

「コジちゃん、痩せた？」

キッチンの冷蔵庫を開けながら、美鈴が訊いてきた。小次郎が答える。

「うん、少しね。でもそれほどでもない。十キロくらいかな」

「やっぱりね。痩せて当たり前だよね。刑務所の食事っておかわりできないんでしょ。そりゃ痩せるよね」

子供がいるせいか、それほど綺麗な部屋とは言い難い。ただ、壁に貼られた子供の描いたものだと思われる車の絵や、クローゼットに書かれた落書きなどを見ていると、微笑《ほほえ》ましい気持ちになってきた。

「でもよかった。コジちゃん、私のことなんて忘れちゃったんだと思ってた。あっ、遠慮しないで座ってよ」

両手にグラスを持ち、美鈴がこちらに向かって歩いてくる。テーブルが置かれていたので、その前に小次郎と並んで座る。小次郎が正座をしたのを見て、前園もそれにならって正座をする。

「これ、よかったら飲んで。コーヒー牛乳。たしかコジちゃん、好きだったよね」

美鈴がグラスを二つ、テーブルの上に置く。「ありがとう」と礼を言ってから、小次郎はグラスをとって、半分ほど一気に飲み干した。グラスをテーブルの上に戻してから小次郎が言った。

「結婚おめでとう。よかったね、鈴ちゃん」

「ありがとう。でも育児が大変で参っちゃう。来年から小学生なんだけど、最近生意気なことを言うようになってきてね」

「旦那さんはどんな人？」

「普通の会社員。でも優しい人だよ。私の一つ年下なの」

「姉さん女房か。鈴ちゃんっぽいかも」

「実はこの前、コジちゃんのことを思い出した。旦那が飲み会で帰りが遅かったから怒ったの。そのときに思い出した。私もそうだったなって。よくコジちゃんと飲みってたなあって。私たちの場合、朝まで飲むの当たり前だったじゃない。そんなことを考え出したら、何だか旦那のことを怒れなくなってきた」

そう言って美鈴は笑う。母親の割には化粧も派手だし、言葉遣いもくだけている。だが根はいい子なんだということがはっきりと伝わってくるような気がした。

「実はね、鈴ちゃん」小次郎が姿勢を正した。「僕、十年前に捕まっただろ。あの夜のこと、まったく憶えていないんだ。でも一つだけ、直前まで鈴ちゃんと一緒にいたってことは憶えてる。あの夜、何があったか知りたいんだ。教えてくれるかな」

「憶えてないの？　全然？」

「うん、憶えてない」

「やっぱそうだよね。あんなに酔ってたもんね。私は今でもちゃんと憶えてる。何度も警察に話したからね。絶対にコジちゃんは犯人じゃない。そう言っても信じてくれなかった。誰一人として信じてくれなかった」

当時の記憶がよみがえったのか、美鈴の顔がやや紅潮しているように見えた。美鈴が言う。

「足を崩して。最初から話すから」

十年前の八月上旬の日曜日のことだった。その日、帝国プロレスはシリーズ最終戦を日本武道館でおこなった。メインイベントはファイヤー武蔵対流小次郎の時間無制限一本勝負で、GDO世界ヘビー級タイトルマッチだった。王者ファイヤー武蔵に挑戦した流小次郎は見事に勝利し、第二十四代GDO世界ヘビー級チャンピオンの座に返り咲いた。当然、前園もその試合を観戦していた。白熱したいい試合だったが、皮肉にもその試合が帝国プロレス最後の公式試合になることなど、その時点では誰も予想だにしていなかった。

試合が終わった小次郎は、そのままタクシーに乗り、歌舞伎町に向かった。一匹狼である小次郎は夜の街でも一人で行動するのが常だった。深夜零時過ぎ、小次郎は美鈴が勤務する歌舞伎町のキャバクラ〈ティアラ新宿一号店〉を訪れた。すでに来店した時点で小次郎は相当酔っ払っており、馴染みの店を転々としてきたのは明らかだった。

「それでも二時間くらいは店にいたのかな。あんなに酔っ払ったコジちゃんを見たのは初めてだった。よほどファイヤーさんに勝ったのが嬉しかったんだろうね。でもさすがに心配になってきたから、私はコジちゃんを家まで送っていくことにしたの」

深夜二時少し前。美鈴は小次郎を連れて店を出る。小次郎を自宅まで送ろうとしたが、急に小次郎がトイレに行きたいと言い出したので、コンビニエンスストアに入った。小次郎をバックヤードの個室トイレに押し込み、美鈴は店内を見て回った。しばらくしてもいっこうに小次郎がトイレから出てくる気配がないので、美鈴はトイレに向かった。

「トイレのドアは閉まってたわ。中からコジちゃんのうめき声が聞こえてきた。『気持ち悪いの?』ってドア越しに私が訊くと、中から『うう』っていう返事が聞こえたのよ。胃薬くらいは飲んだ方がいいかもしれない。私、そう思ってコンビニの中を探したんだけど、生憎《あいにく》売り切れていたわけ。仕方ないからコジちゃんをトイレの中に残して、店を出たのよ」

歌舞伎町には二十四時間営業のドラッグストアが何店舗かある。美鈴はそのうちの一店舗を目指した。七、八分でドラッグストアに着き、そこで胃薬を買い、すぐさまコンビニエンスストアに引き返す。ドラッグストアの店内にいた時間も考慮して、二十分ほど要した計算になる。

「戻ったらコンビニの前に人だかりができてて、中に入れなかった。強盗が中に立て籠もってるって、誰かが話しているのが聞こえて、とても不安になった。警察官も来ていて、遠ざかるように野次馬を注意してた」

それから美鈴はそこで野次馬と一緒に様子を見守った。小次郎の携帯電話は繫がらず、まだ店内にいる可能性が高いと思ったからだった。不安だけが募り、美鈴は携帯電話を握り締めたまま、ずっと離れた場所からコンビニエンスストアを見ていた。

騒ぎは大きくなる一方で、さすがに歌舞伎町だけあってか、深夜三時になっても四時になっても野次馬が途絶えることはなかった。何度も小次郎の携帯電話にかけたが、応答はまったくなかった。夜が明けていった。

そして午前七時三十分、黒いバスのような装甲車が現れ、店の前に停車する。野次馬の視界を遮るような感じだった。破裂音が聞こえたのは車が到着してすぐのことだった。わずかに白い煙のようなものが立ち昇るのが見えた。「突入だ。突入したんだよ」と美鈴の隣に立つ若者が興奮気味につぶやいていた。

「凄い騒ぎだった。パトカーも来ていたし、救急車も来ていた。私、頑張ってコジちゃんの姿を捜したんだけど、駄目だった。見つからなかった。近くを通りかかった警察官に言ったの。『連れが店の中にいたかもしれない。助かったかどうか教えてください』って。でも警察官は何も教えてくれなかった。コジちゃんのことが心配だったけど、ずっと待ってても意味ないと思ったし、私は家に帰ることにした。疲れてたからテレビを見る気力もなくて、ベッドに倒れ込んだの。目が覚めたらお昼だった。同僚から電話がかかってきて、その音で目が覚めた。電話で立て籠もり犯がコジちゃんだと知って、そんな馬鹿なって思ったの」

一息に話し終え、山本美鈴はテーブルの上に置いてあったコップを摑み、コーヒー牛乳を飲み干した。前園のために出されたはずのコーヒー牛乳だったが、前園はそれにも気づかないほど、彼女の話に引き込まれていた。

「で、警察に行ったんですよね？」

前園が訊くと、美鈴が大きくうなずいた。

「すぐに行ったわよ。新宿署に行って事情を話したら、すぐに別室に案内された。『絶対にコジちゃんは犯人じゃない』そう主張しても無駄だった。でも半日くらいはずっと事情を訊かれていたわ」

　残念ながら山本美鈴は立て籠もり現場の店内にいたのではなく、傍観者だった。しかし実際にその場で事件に遭遇した彼女の話を聞き、その生々しさが伝わってくるようだった。

　気になることがあった。彼女がコンビニエンスストアに戻ってきたとき、すでに事件は発生していたという。店内に立て籠もる小次郎の姿を見たのだろうか。その疑問を口にすると、美鈴は大袈裟に手を振って答えた。

「見えなかったわよ。もう大騒ぎになっていて、店に入れるような状態じゃなかったんだから」

　つまり小次郎が犯人であることを証言できるのは、人質にとられて店内にとり残された三人だけということになる。それと店内の防犯カメラの映像なども、有力な証拠になったはずだ。

「私、信じられなかった。だってコジちゃんが立て籠もるわけないじゃん。あんなに酔ってたんだよ。そんなことができるわけないって」

　美鈴はそう言ったが、前園はその意見にはうなずけなかった。警察は逆の見方をしたのだろう。それほど酩酊《めいてい》状態にあったからこそ、あんな暴挙に及んだのだ、と。

「でもあれから毎日ワイドショーでとり上げられたし、それを見てるうちに私も何だかコジちゃんがやったんだみたいに思ってきたの」

それは仕方のないことだろう。あの日から一週間ほど、マスコミの報道は過熱気味だった。流小次郎がいかに素晴らしいレスラーだったかは一切報道せず、小次郎の所業をあることないこと書き立てた。

「小次郎さん」と前園は小次郎に向き直った。「今の美鈴さんの話を聞いていて、何か思い出したことはありますか？　どんな些細《ささい》なことでも結構です」

「何も憶えていません」小次郎は頭をかきながら申し訳なさそうに言う。「気がついたら警察署の中でした。でも一つだけわかっていることがあります」

「何ですか？」

「私は絶対に拳銃なんて持っていなかった。それだけは確かです」

事件報道の比較的早い段階で、犯人は拳銃を所持して立て籠もっていると伝えられていた。そう報道するからには実際に拳銃も押収されたはずだし、目撃証言もあったのだろう。携帯電話もあるため、内部にいた人質がメールなどで外部に発信した可能性も考えられる。

「拳銃なんて持つはずがないんですよ」小次郎は語気を強めた。「だって必要ないですから。仮にですよ、もし仮に私がコンビニ強盗を計画したとします。でも私は絶対に拳銃なんか持っていかないし、ナイフすら必要ありません」

「つまり、素手で？」

「当たり前です」と小次郎は拳を握り締め、それを前に突き出しながら言う。「信じられるのは自分の体だけです。この体、この拳、私の全身が武器になるんです。拳銃やナイフなんて逆に危なくて持ちたくもない」

すとんと腑に落ちるような気がした。そうなのだ。流小次郎はプロレスラー、しかも超一流の部類のプロレスラーなのだ。高校時代はアマチュアレスリングで国体で優勝したこともあるアスリートだ。彼に武器など必要ないことは考えるまでもなくわかることだった。

警察の突入後、現場から拳銃が押収されたのは間違いない。その拳銃から小次郎の指紋が検出されたことも疑いようのない事実だろう。問題は誰がどのようにして拳銃を店内に持ち込んだか、だ。

何だか喉が無性に渇いていた。しかしテーブルの上に置かれたコップは空だった。前園は唾をごくりと飲み込んで、それから美鈴に質問する。

「美鈴さん、教えてほしい。誰でもいいんだ。君より事件について詳しく知っている人がいたら、教えてくれないかな」

美鈴が腕を組み、考え込んだ。前園は自分の視線が下に向くのを感じた。腕を組んだことにより彼女の胸の大きさが強調されている。隣を見ると小次郎の視線も前園と同じ位置にある。

「これはあくまでも噂だけどね」

美鈴がそう前置きした。その声にはっと顔を上げ、前園は彼女の顔に視線を戻す。

「あの立て籠もり事件の人質だけど、私の知り合いかもしれないの」

「ど、どういうことですか？　誰ですか？　それは」

前園が身を乗り出して訊くと、美鈴は首を捻《ひね》って言う。

「だからあくまでも噂ね。あの事件のあと、そんな噂が流れたの。人質の一人が〈ロイヤル〉のアンリなんじゃないかって、そんな噂」

「アンリというのは？」

「歌舞伎町で一、二を争う有名キャバクラ店のアンリちゃん。昔、私と同じ店にいたことがあるの。本名は大石萌《おおいしもえ》ちゃん。あの事件のあと姿を消しちゃったのよ」

※

インターホンが鳴った。リビングの掃除をしていた白崎真帆は掃除機のスイッチを切る。今日でもうインターホンが鳴るのは十回目だ。いい加減にしてほしいと思いつつも、真帆は掃除機を置いた。

あの事件から二日がたっていた。昨日は一日駿を休ませたが、今日から通常通り学校に通わせていた。もう少し休ませてもいいと思ったが、精神的にも落ち着いていたので、学校を休ませる理由がなかった。駿の証言によるとゲーム機などがたくさんある部屋に閉じ込められていたようだ。最初のうちは家が恋しくて泣いていたらしいが、子供の順応力とは高いもので、置いてあるゲームで遊ぶことによって気持ちを切り替えたようだった。食事も定期的に差し入れされたらしく、健康面でも異常は見受けられない。夫の真一郎も昨日は仕事を休んだが、今日からは出勤していた。

困ったのはマスコミの取材だった。昨日から電話も鳴り続けているし、家のインターホンも頻繁に鳴る。すでに電話機のコードは外してあるが、インターホンだけは無視できなかった。ことによるとマスコミ以外の客が来る可能性もあるからだ。

真帆はモニターを覗き込む。そこに映っている人影を見て、真帆は首を傾げた。玄関まで小走りで行き、ドアチェーンをはずしてからドアを開けた。

「すみません。突然訪ねてしまって……」

やや困惑したような表情で立っているのは、〈便利屋ファイヤー〉と一緒にいた娘、小梅だった。真帆は玄関から顔を出し、周囲を見渡す。マスコミの姿は見えない。さきほどまで家の前に停まっていた車も消えている。

「入って」

「お邪魔します」

小梅を中に招き入れ、彼女をリビングに案内する。「どうぞ座って」と声をかけてから、真帆は掃除機をクローゼットの中にしまってキッチンに向かう。駿が飲む果汁百パーセントの缶ジュースがあったので、それを冷蔵庫から出してリビングに戻ると、小梅はまだ立っている。

「おかけになって。大変だったわね」

「失礼します」

小梅はソファに座った。本来であればこの子も誘拐犯の一味ということになるので、警察に捕まっても不思議はない。しかし二日前、駿が助け出されたあと、真帆はいくつかの約束を銀色のマスクを被った男と交わしていた。

起こったことは警察に話して構わないが、二つだけ警察に言わないように。一つめは自分たち——要するに本物のファイヤー武蔵たちが駿を救出したことは絶対に言ってはならない。そして二つめとして、小梅の存在は警察に明かしてはいけない。なぜなら彼女は巻き込まれただけで、何の責任もない。

さらに銀色のマスクマンはこうも言った。これは無理にとは言わないが、警察に被害届は出さないでほしい。彼らにもやむを得ない事情があったのだから。

これらがマスクマンの提案、というよりお願いだった。駿は無事に戻ってきたのだし、身代金の三千万円も無事だった。マスクマンたちの狙いは定かではないが、真帆はその約束を現在のところ忠実に守っている。

二日前の朝、駿が救出されてからしばらくして警察が到着したが、そのときにはもう本物のファイヤー武蔵たちは姿を消していた。駿が監禁されていたマンションの部屋は、かなり荒らされたような形跡があったが、もぬけの殻だったらしい。偽者のファイヤー武蔵たちも裏口から逃走してしまったようだ。すでに昨日の段階で三名の元プロレスラーが犯人として捜査線上に浮かんでいて、警察は今もその男たちの行方を追っている。

「つまらないものですが」

そう言って小梅が手にしていた紙袋をテーブルの上に置いた。紙袋からして駅の売店で売っている洋菓子だと思われた。駿が喜ぶだろうと有り難く受けとる。

「わざわざありがとうね。で、あれからどうなったの？」

あのファイヤー武蔵たちがどうしているか、気になった。ドンペリを片手にフェラーリから降りてきたときの存在感といったら今でも目に鮮やかに浮かぶほどだ。できることなら一度正式にお礼を言いたいところだった。あの男がいなかったら、駿もどうなっていたかわからない。

「何かよくわからないことになっちゃって」小梅が溜め息をつきながら言う。「あれからずっと一緒にいるんです。マネージャーみたいな感じです」

「あなたが？　あなたがファイヤー武蔵のマネージャー？」

「ええ。そうみたいです。しかも私、もしかしたらファイヤー武蔵の娘かもしれないんです」

「はあ？」

自分の耳を疑った。この子がファイヤー武蔵の娘かもしれないとはいったいどういうことだろう。小梅の表情を見ている限り、とても冗談を言っているようには見えなかった。

「何か悩んじゃって、誰かに相談したくてもこんな話、誰も真剣に聞いてくれないだろうし、そう考えていたら真帆さんのことを思い出したんです」

「詳しく聞かせてくれる？　あなたがファイヤー武蔵の娘ってどういうこと？」

「ええ。私、母子家庭で育ったんです。父親は私が幼い頃に家を出て、顔も憶えていません。お父さんがプロレスラーであることだけは母から聞かされていました。『プロレスラーとは絶対に付き合うな』っていうのが母の口癖でした」

小梅が淡々と語り出す。小梅の母は花束嬢をしていた関係で、若かりし頃に二人のプロレスラーと相次いで浮名を流したらしい。その結果、生まれたのが小梅だった。

「で、ファイヤー武蔵は私を養女にするつもりでアメリカから帰ってきたみたいなんです。急にそんなこと言われても困っちゃうし、お母さんに相談するわけにもいかなくて……。あっ、真帆さん、流小次郎って知ってます？」

「流、小次郎？　どこかで聞いたことがあるような気がするけど」

小梅がバッグの中からスマートフォンをとり出して、何やら操作をしてから、それをこちらに寄越してくる。受けとったスマートフォンの画面には、流小次郎というレスラーの画像とプロフィールが載っている。ファイヤー武蔵とは正反対の渋い感じの男だった。

「この男って、十年前の……」

「そうなんですよ」小梅が肩を落として言う。「コンビニ立て籠もり犯。その男がもう一人の私のお父さん候補なんです。参っちゃいますよ、本当に」

たしかに気の毒だ。ファイヤー武蔵と流小次郎。二人のうちのどちらかが彼女の父親かもしれないのだ。二人ともプロレスラーなんて世間からして見れば不幸以外の何物でもない。しかも一人は犯罪者なのだ。

インターホンが鳴った。マスコミだろうか。「ちょっと失礼」と言い、真帆は立ち上がる。


「すみません、白崎さん。驚かせてしまいまして」

ドアを開けると一人のひょろりとした体型の男性が立っていた。駿のクラスの担任、飯田先生だった。偽のファイヤーたちによると駿が誘拐された日もパチンコ店に出入りしていたという話だったが、それがまったくの出鱈目《でたらめ》であることは判明していた。駿のことが心配で、徹夜で学校に待機していたらしく、誘拐犯の一味とはまったくの無関係だったようだ。若くて頼りなさそうな感じだと思っていたが、意外に熱意のある先生のようだと、真帆は彼のことを見直していた。

「先生、昨日はありがとうございました」

実は昨日、飯田は校長先生とともに手土産を持って真帆のもとに謝罪に訪れていた。駿が誘拐されてしまった不手際を詫《わ》びるためだった。だが駿も無事に戻ってきたことだし、真帆にしてみれば学校側を責めるつもりは毛頭ない。

「先生、どうしたんですか？　えっ、駿、どういうこと？」

飯田の背後に駿がいた。まだ午後一時を過ぎたばかりだし、学校から帰ってくる時間ではない。駿の顔を見て、真帆は驚く。頰のあたりが赤くなっており、片方の鼻の穴にティッシュペーパーのようなものがつまっている。

「いえね、四時限目の体育の授業で、ちょっと怪我をしてしまったみたいなんです。サッカーをやっていたんですが、ほかの子の蹴ったボールが直撃してしまったようです。保健室で診《み》てもらったら、多分異常はないとの話でした。念のため、今日は早退することにしたんですよ」

「そうなんですか。駿、痛くない？」

駿は返事をしない。黙ったままうつむいているだけだ。飯田の表情が気になった。何か話したがっているような、そんな顔つきだ。真帆は駿の背中に手を回し、玄関に招き入れた。

「駿、リビングに小梅さんっていうお姉ちゃんがいるから、挨拶してきなさい。お菓子を持ってきてくれたから、よかったら一緒に食べたらどうかしら」

駿は靴を脱ぎ、リビングに向かってとぼとぼ歩いていく。それを見送ってから真帆はサンダルをはいて外に出る。後ろ手でドアを閉めながら、真帆は飯田に向かって頭を下げた。

「わざわざ送っていただきありがとうございます」

「いえいえ。それより白崎さん。駿君ですが、本当に大丈夫でしょうか？」

「どういうことですか？」

真帆が訊き返すと、飯田が声をひそめて言う。

「あのくらいの年齢で誘拐事件に巻き込まれるなんて、相当なショックを受けたはずです。完全に立ち直っているか、ちょっと不安なんですよ」

それは真帆も考えた。今日も学校を休ませようと思っていたのだが、学校に行きたいという駿の意思を尊重して送り出したのだ。飯田が続けて言う。

「駿君のことは学校でも話題になってます。プロレスラーに誘拐されたということで、まあ注目の的みたいになっているんです」

今日の午前中のワイドショーでも駿の誘拐事件はとり上げられていた。元プロレスラー三人組に誘拐された児童ということで、幸いなことに名前は伏せられていたが、マスコミは事件を報道していた。やはりプロレスラーというのはろくなもんじゃない。スタジオのコメンテイターも辛辣《しんらつ》な意見を述べていた。

「それはいい意味で？　それとも悪い意味でしょうか？」

真帆が訊くと、飯田が複雑そうな顔をした。

「残念ながら決していい方ではありませんね。僕も駿君をかばっているつもりなのですが、なかなか手が届かないところもあるというか……。こういうことを僕が言うのもどうかと思うんですが、実は駿君、最近学校である一部の男子生徒からちょっかいを出されているみたいなんです」

鼓動が速まるのを感じた。真帆は上擦った声で飯田に訊く。

「いじめられている。そういうことでしょうか？」

「いじめというほど陰湿なものではありません。迫田《さこた》一輝《かずき》君という子がいるんですが、その子が一方的に駿君を意識しているというか、何かにつけて駿君にちょっかいを出すんです」

迫田君というクラスメイトのことは真帆も知っていた。駿は真一郎の血を継いだのか成績もいいのだが、駿とクラスで一、二を争うのが迫田君で、駿とは二年連続で同じクラスらしい。

「発端は今年の二月のことみたいです。クラスの茜《あかね》ちゃんという女の子が駿君にバレンタインチョコを渡したようなんです。迫田君も実は茜ちゃんに好意を寄せていて、それが彼には気に入らなかったようですね」

小学校四年生にして恋愛感情のもつれというのも可笑《おか》しいが、それが我が子の身に降りかかっていると考えると笑っている場合ではない。

「もしかして、サッカーボールをぶつけたのも……」

「確証はありません。駿君も何も言わないものですから。僕もそれとなく注意はしておきますが、向こうの親御さんの手前、なかなか難しい部分もあるんですよ」

そう言って飯田は肩を落とす。迫田君の両親のことは真帆も知っていた。ママ友の間でも結構有名で、俗に言うモンスターペアレントというものだ。学校を困らせるような苦情を言ったことは一度や二度のことではないらしい。

「そういうわけなので、白崎さんも息子さんをケアしてあげてください」

「わかりました。ご忠告、感謝いたします」

「それではこれで失礼いたします」そう言って頭を下げた飯田だったが、思い出したように言った。「明後日の授業参観、よろしくお願いいたします。ではこれで」

立ち去っていく飯田の姿を見送りながら、真帆は自分が失念していたことに気づく。明後日は授業参観日だ。誘拐騒ぎなどですっかり忘れてしまっていた。多分真一郎は誘っても仕事を理由に断るはずなので、私が行くしかない。

ドアを開けた途端、真帆は驚いた。スマートフォンを握った小梅が立っていた。真帆の顔を見て、小梅は申し訳なさそうに言った。

「すみません、真帆さん。急にファイヤー武蔵から呼び出しを食らって、帰ろうとしたんですけど、出ていくタイミングがなくて……」

「そう。今の話、聞いてたの？」

「少しだけ。明後日の授業参観、面白そうですね」

「どういうこと？」

「だって迫田君をやっつけるいいチャンスじゃないですか」

「やっつけるって、子供の喧嘩に口を出すわけにいかないでしょうに」

電話の着信音が鳴る。小梅のスマートフォンだった。画面に目を落として小梅が引きつった表情で言う。「まただ。またファイヤー武蔵からだ」

「お父さん、じゃないの？」

「勘弁してくださいよ、真帆さんまで。じゃあ私、失礼します。そういえばレスラーが襲われているみたいなんで注意した方がいいですよ、真帆さん」

そう言って小梅はパンプスをはき、慌ただしく玄関から飛び出していく。レスラーが襲われているというのはどういうことだ？　そもそも私はレスラーじゃないのだし、関係ないではないか。そんなことを思いながらリビングに戻ると、駿がテレビを見ながら小梅が持ってきたシュークリームを食べていた。

※

バイソン蜂谷こと蜂谷悟郎《ごろう》はカウンターの中で一人、料理の下ごしらえに追われていた。何と言っても今日の客はファイヤー武蔵御一行様なのだ。腕によりをかけて料理を作らなければならない。

今日は貸し切りだった。店の開店五周年を祝うため、急遽ファイヤー武蔵が来ることが決まったのは昨日の深夜のことだ。店の後片づけをしていると突然店の電話が鳴り、懐かしい声が聞こえてきた。よう、バイソン。久し振りだな。明日の夜、邪魔させてもらうぜ。

ファイヤー武蔵とは古い付き合いだ。初めて会ったのは今から三十八年前のことだ。高校を卒業と同時に上京し、その足で帝国プロレスの門を叩いた。入門テストに合格し、道場に併設された寮に入ることになり、最初に同じ部屋になったのが一歳年上のファイヤー武蔵だった。

バイソンは青森県の港町で育った。父は漁師だった。幼いバイソンの朝の日課は早朝五時に起きて漁港に向かい、父の漁船を出迎えることだった。帰港した父の漁船から魚を水揚げする手伝いをして、それを市場に卸してから学校に通うのだった。重い箱などを運んでいるうちに、バイソンの体は自然と鍛えられた。

父はプロレスを観るのが大好きだった。幼いバイソンも週に一度のプロレス中継を心待ちにしていたものだった。よく居間で父と一緒にプロレスごっこをして遊んだ。幼い頃の思い出だ。

父が倒れたのはバイソンが高校一年生の頃だった。医者から肝臓がんを宣告され、余命は一年だと告げられた。まだ父は働き盛りという年齢だったし、その父が死んでしまうなんて考えられなかった。しかもタイミングが悪いことに、父は巨額の融資を受けて漁船のソナーを最新式のものに入れ替えたばかりだった。漁船を売ることになり、借金だけは免れたが、父の医療費が家計を圧迫した。バイソンは漁業協同組合の管理する倉庫でバイトをしながら、高校に通い続けた。

父が死んだのはバイソンが高校卒業を控えた三月のことだった。一年と宣告された命が二年も延び、医者も驚いていた。父の葬儀が終わり、バイソンは母に告げた。プロレスラーになりたいと。

高校三年生の時点で身長は百九十センチを超えていた。中学から柔道部に入っており、父が倒れてから練習もおろそかになっていたが、そんな練習不足であっても持ち前のパワーだけで青森県三位に輝くほどだった。正直、母を残していくのは気が引けた。しかし何としてもプロレスラーになり、金を稼いで母に仕送りをしたいとバイソンは誓った。十八歳の春、固い誓いを抱いてバイソンは上京したのだった。

待ち受けていたのはきつい練習だった。だが楽しくもあった。特にバイソンの興味を引いたのは関節技だった。一歳上のファイヤーのような派手さもないし、流小次郎のような激しさもない。そこでバイソンが選んだのは関節技を中心とした、地味ではあるが、堅実なスタイルだった。

二十代、三十代とがむしゃらに駆け抜けた。気がつくとファイヤー、流小次郎に次ぐ帝国プロレス三番手の地位にいた。二十五歳のときに結婚したが子供をもうけないまま離婚し、以来、独り身だ。

そして十年前、大きな転機が訪れる。プロレスを自粛するという未曾有《みぞう》の事態だった。帝国プロレス、いや日本中のレスラー全員が自分の進むべき道を選択しなければならなかった。実はバイソンはファイヤー武蔵直々に渡米の話を持ちかけられた。バイソン、俺と一緒に花、咲かせようや。

悩んだ末、バイソンは断った。ファイヤーと較べ、決定的に才能に欠けているのは明らかで、アメリカで通用するとは到底思えなかったからだ。バイソンが断ってもファイヤーは文句の一つもこぼすことなく、当時練習生だったモンゴル人、オドチを連れて渡米した。

バイソンが第二の人生として選んだのは料理だった。実は二十代の寮生活の頃、当番制で料理を作っていたのだが、バイソンが亡き父に教わった海鮮鍋がレスラーたちの間で好評で、帝国プロレスのちゃんこ＝バイソンの海鮮鍋と言われるようになっていた。

行きつけだった銀座の日本料理屋の店主に頭を下げ、そこで五年間の修業を積んだ。そして五年前、ここ日本橋《にほんばし》に小さいながらも自分の店をオープンすることができた。〈漁師料理・梅村《うめむら》〉というのが店名で、儲《もう》けはそれほど大きくないが、何とかやってこれている。

バイソンはヒラメを三枚におろしたあと、厨房の隅に置かれた二枚の写真を見つめた。一枚は父のもので、もう一枚は三年前に他界した母の写真だった。この店をオープンしたばかりの頃、上京した母がバイソンの作った特製鍋を食べ、涙を流していたのが昨日のことのように思い出される。

妹から聞いた話によると、母は毎週欠かさずプロレス中継を観ていたという。しかも実の息子をさしおいて、ファイヤー武蔵の大ファンだったらしい。世間一般ではファイヤー武蔵というのはカリスマ的な評価を得ているが、本当は繊細で、あれほどの臆病者をバイソンは他に知らない。試合前は控室に閉じ籠もり、闘いたくないと駄々をこね、周囲の者を困らせることも多々あった。しかしリングに上がってしまえば観客を魅了し、きっちりと勝利をものにする。まさに千両役者という言葉が彼には相応しい。

ファイヤー武蔵に会うのは十年振りだ。一緒に走ってきた同志でもあるし、絶対に越えられない壁でもある。顔を合わせるのが楽しみだ。

店の引き戸が開く音が聞こえた。外には貸し切りの紙を貼ってあるので、おそらく出入りしている酒屋が来たのだろうと思い、バイソンは店の入り口も見ずに声を張り上げた。

「今日は大宴会だ。目一杯頼むぞ」

返事がないので、バイソンは不審に思って顔を上げる。男が一人、立っているのが見えた。厨房しか電気を点けていないため、男の顔はよく見えない。自分の腕に鳥肌が立っていることに気づき、思わずバイソンは包丁を置いていた。本来であれば武器を捨てるなど有り得ないが、レスラーにとっての武器とは体そのものだ。

「何の用だ？」

バイソンが訊いても、男は答えない。並々ならぬ気配を感じる。バイソンはエプロンを外しながら、カウンターから出て男と対峙する。ああ、俺は負けるんだろうな。すでにバイソンは頭の隅でそう思っていた。組まずして、その差を痛感していた。しかし、レスラーの一人として、バイソン蜂谷は男と対峙せずにはいられなかった。

※

フェラーリが停車した。運転席から降り立ったファイヤー武蔵が、店の前に供えられた花輪を見て絶句する。

「おい、何だこりゃ」

小梅は助手席から降りた。日本橋の一角だ。奥まったところのビルの一階だった。〈漁師料理・梅村〉という看板が出ている。店の前に大きな花輪が置かれているが、それはどう見ても葬式のときに出すものだった。大輪の菊の花があしらわれており、真ん中には『謹弔』という文字が読める。

「あの野郎、半日かけてこれを用意したとは……」

さきほど赤坂のホテルに向かうと、いつもいるはずのオドチの姿が見えなかった。開店五周年を祝う花輪を用意するため、外に出ているとの話だった。オドチはファイヤーより前に帰国し、日本での生活の下準備を任されていたらしいが、ことごとく裏目に出たらしい。今回も失敗してしまったようだ。

「ボス、遅くなりました」

原付に乗ったオドチが姿を現す。原付を停め、ファイヤー武蔵のもとに走り寄ってくる。

「どうですか？　ボス。気に入ったようだね」

「てめえ、オドチ」ヘルメットの上からファイヤー武蔵はオドチを殴る。「バイソンは俺のダチだぞ。縁起でもねえ真似《まね》をするんじゃねえ」

「アイムソーリー、ボス」

「少しくらいアメリカにいたからって英語使うんじゃねえよ、この野郎」

ファイヤー武蔵はオドチの背後に回り込み、首と右腕を同時にロックして絞める。チキンウィングフェイスロックという技だった。このあたりの流れは偽ファイヤーたちとさして変わらないので、小梅は何も言わずに眺めていた。プロレスラーというのは無闇に技をかけたがる人種なのだろう。

「ギブか？」

「ギ、ギブアップです」

ファイヤーは腕を外してから、もう一度花輪を見上げて言った。

「でもまあ、洒落《しゃれ》にしちゃ上出来かもしれん。ブラックジョークだな」

そう言いながら、ファイヤー武蔵は店の入り口に向かった。今日は貸し切りである旨が書かれた紙が引き戸に貼ってある。引き戸を開けたファイヤー武蔵がその場で硬直した。

「ボス、どうしたか？」

オドチがそう訊くと、ファイヤー武蔵が振り返った。その表情は厳しかった。周囲を見渡してから、ファイヤーが鋭い声で言った。

「おい、リッキーはまだか？」

タイミングよく一台のタクシーが店の前に停まり、一人の男が降り立った。マスク・ド・リッキーだった。しかし今日はマスクを被っておらず、きちんとしたスーツに身を包んでいる。手にはランの鉢植えを持っていた。

「リッキー、来い」

そう言ってファイヤーが慌てて店の中に入っていく。ただならぬ気配を察したのか、リッキーも真顔で店内に入っていった。小梅も不安に駆られ、オドチに続いて店内に入る。

酷い有り様だった。まるで竜巻でも直撃したのではないかと疑ってしまうほどの惨状だ。椅子が倒れ、焼酎のボトルやらビールジョッキなどが床に散乱している。一人の男が倒れていた。五十代くらいの男性で、髭《ひげ》を生やしている。ファイヤーが膝をつき、男に呼びかける。

「バイソン。おい、バイソン。返事をしろ」

しかし応答はない。この男がバイソン蜂谷らしい。顔も赤く腫《は》れ、口の端から血が流れている。喉元に大きな痣《あざ》のようなものができており、見るからに痛々しかった。

リッキーがバイソンの腕をとり、脈をとった。すでにリッキーはスーツの上着を脱ぎ、ワイシャツの袖《そで》をまくっている。なぜかリッキーは涙を流している。

「脈はあります。死んではいません」

リッキーがそう言うと、ファイヤーが凄みのある口調で言う。

「当たり前だ。バイソンが死ぬわけねえだろうが。どうだ？　リッキー。大丈夫そうか？」

リッキーはバイソンの怪我の具合を確認するように、横たわったバイソンの体に触れる。やがてリッキーは顔を上げた。洟《はな》を啜り上げながら言う。

「さすがバイソンさんです。ほとんどが打撲ですね。念のためにドクターの診察を受けた方がよさそうです。バイソンさん、痛かったでしょ？　ねえバイソンさん、返事をしてくださいよ」

リッキーはバイソンの胸に顔をうずめ、声に出して泣き始めた。もしかして涙もろい人なのか。

「よし、ドクのところに運ぶぞ。おい、オドチ。早くバイソンを持ち上げて俺の車に乗せろ」

オドチが前に出て、横たわっているバイソンを抱え起こす。軽々とバイソンを持ち上げ、店の外にバイソンを運んでいった。その様子を見ながら、リッキーがつぶやくように言った。

「レスラー潰し。本当だったんですね」

「そうみてえだな」ファイヤー武蔵が店内を見回しながら答えた。「バイソンをやっちまうなんて、大したもんだ。俺の身内に手を出しやがって、ただでは済まねえぜ」

ファイヤーの目が妖《あや》しげに光った。

四谷《よつや》にある診療所にバイソンを運び込んだ。雑居ビルの二階にあるその診療所は、開業しているのかどうかもわからないほど廃れており、待合室には患者は一人もいなかった。

「心配ないだろう。骨も折れてはおらん。バイソンは頑丈にできておるな」

高齢の医者が待合室に姿を現した。医者の名前は峰田《みねた》といい、もともと帝国プロレス専属のリングドクターを長年務めていたようだ。今は隠居《いんきょ》同然の身で、細々とここで診療所を営んでいるらしい。

「でもまあ、少しの間は入院が必要じゃな。ここで面倒みてやる。おい、ファイヤー。治療代、お前に請求させてもらうぞ」

「そりゃないぜ、ドク」ファイヤーが反論する。「巡業中、あんたにいくら金を貸したと思ってんだ。ここの治療費くらいはまけてくれたっていいだろ」

「そういうわけにはいかん。最近さっぱりでな。それにお前さん、アメリカでがっぽり稼いできたんだろ。ケチ臭いことを言うな。ところでな」急に峰田医師の顔が真顔になる。「バイソンだが、喉元に大きなダメージを受けているようだ。バイソンだから助かったようなもので、常人だったら喉を潰されていてもおかしくないほどだ」

それは小梅も見た。痛々しい痣だった。どうすればあんな風になるのか、疑問を覚える。

「燕返し」

不意にファイヤーが言う。その言葉を聞いたリッキーが待合室のソファから腰を上げる。

「ファイヤーさん、まさか……」

「間違いねえ。あれは燕返しだ」

「でも待ってください。流さんは今……」

「あいつだったら出所したらしい。三日前にな。考えてもみろ、リッキー。引退したとはいえバイソンだぞ。あのバイソンをああまで痛めつけることができる男なんてそうはいねえ。小次郎だったらそれができるんだよ」

流小次郎。つまり私のもう一人のお父さん候補だ。小梅は唇を嚙む。刑務所にいるものだとばかり思っていたが、今は出所しているということか。

「でも待ってくださいよ、ファイヤーさん。噂だとレスラー潰しが始まったのは二週間ほど前だったと俺は聞いてます。三日前に出所した流さんに犯行は不可能だ」

「すべてのレスラー潰しが小次郎の仕業であると言っているわけじゃねえ。だがな、リッキー。今や小次郎は自由の身だ。バイソンを襲った犯人が小次郎であっても不思議はねえだろ」

「それはそうですけど」

腑に落ちないといった感じでリッキーが再びソファに腰を下ろす。実は昨日から暇さえあればスマートフォンで検索し、二人の父親候補のことを調べている。派手なファイヤー武蔵に対し、流小次郎は侍の心を持つ男のようだった。風貌も一昔前の演歌歌手のように男前だ。しかし犯罪者というだけで父親失格のような気もする。といってもファイヤーの養女になるつもりなどさらさらないのだけれど。

「いずれにしてもレスラー潰しを野放しにしておくわけにはいかねえ。おい、リッキー。それとなく情報を集めてくれ」

「ファイヤー、お前さんを襲ってくれたら手っとり早いんだけどな」

峰田医師がそう口を挟むと、ファイヤーが胸を張って言った。

「勝てるわけねえだろ、俺が。データのない相手と対戦しても勝てるわけない。大体な、プロレスラーが強いってのは幻想に過ぎん。たとえ襲われたとしても、俺は全力で逃げる。プロレスラーが強いのはリングの上だけだ」

やけに消極的な発言だ。自分が弱いと公言しているようなものではないか。峰田医師が笑いながら言った。

「さすがだな。レスラー界一の臆病者だ」

「その言葉、褒《ほ》め言葉として受けとっておくぜ、ドク。勝てねえ試合はしねえ。それが俺様の基本方針なんだよ。それより小梅」

いきなり自分の名前を呼ばれ、小梅はうろたえる。「な、何でしょう？」

「白崎さんの様子はどうだった？　元気にしてたか？」

「ええ、まあ。元気そうでしたよ。でもマスコミの取材が大変みたいでした。駿君も学校でいろいろあったらしくて……」

真帆と教師のやりとりを思い出し、それを話した。小梅の話を聞き終えたファイヤーは腕を組んで言った。

「それは可哀想にな。近藤たちの仕業とはいえ、俺たちプロレスラーの責任でもある。小梅、明日も白崎さんのところに行って、駿って小僧を連れ出すんだ」

「えっ？　連れ出してどうするんですか？」

「リッキーのジムに連れていけばいい。あとはリッキーが何とかするから」

リッキーこと真鍋陸は都内で複数のトレーニングジムを経営しているらしい。女性向けのダイエット・プログラムを独自に開発し、好評を博していると聞いている。元レスラーが成功した数少ない例のようだった。

「授業参観か。なかなか面白そうなイベントじゃねえか」

ファイヤーが不敵な笑みを浮かべて、あごを指でさすった。また何か、嫌なことが起こるような不吉な思いに駆られ、背中のあたりがぞくりとした。

※

「やっぱりプロレスラーって最悪だよな。だって誘拐だぜ、誘拐。いくら金に困ったからといって、普通は子供を誘拐しようなんて考えないじゃん」

「そうだよな。狂ってんだよ、あいつら。筋肉ばかり鍛え過ぎて頭おかしくなってんだよ」

「最悪だよな。俺の会社の同僚でさ、隠れプロレスファンがいるんだけど、そいつ彼女もいねえし、仕事もできねえし、マジ勘弁してくれって感じなんだよ」

手が空いたのでホールでテーブルの片づけを手伝っていると、前園の耳に近くのテーブルの話し声が飛び込んでくる。会社帰りのサラリーマンといった感じの客だった。彼らの話を聞いているだけで腸《はらわた》が煮えくり返ってくるような思いもした。しかし再びレスラーが犯罪に関与したというのは間違いのない事実らしい。

事件が起きたのは三日前の昼間だった。世田谷区に住む少年が誘拐され、その翌日の朝、無事に保護された。犯人は元プロレスラー三人組で、主犯格と目される男は近藤次郎ことショットガン近藤だった。ファイヤー武蔵の名を騙った〈便利屋ファイヤー〉という屋号で便利屋稼業を営んでいたという。

ここ最近、プロレスというのがすっかり世間から忘れ去られていたと思ったら、またやらかしてしまったわけだ。しかも今度は誘拐事件だ。愚か過ぎて言葉も出ない。ますますプロレスに対する反発が強まることは必至だろう。それ以前の問題として、プロレスというものがこの国では完全に途絶えてしまっている感は否めないが。

空いたグラスなどをトレーに載せ、前園はホールを引き返した。厨房の中に入り、洗いものをしている小次郎に話しかけた。

「小次郎さん、そんなに一生懸命にやらなくても大丈夫ですよ。適当に休憩してくれて結構ですから」

「いえいえ。やっぱり体を動かすっていうのはいいもんですねえ」

山本美鈴のアパートを訪ねてから二日がたっている。その帰り道の電車の中で流小次郎が就職情報誌を開くのを目《ま》の当たりにして、前園は愕然《がくぜん》とした。あの流小次郎だ。あれほど観客を魅了し、ファイヤーとともに日本プロレス界を牽引《けんいん》してきた流小次郎が、職を探しているという事実がたまらなく悲しく思え、同時に使命感を覚えた。絶対に流小次郎を守らなければいけない。前園はそう思い、うちの店で働かないかと提案した。

渋った小次郎だったが、前園の押しに了承をした。昨日の夜からシフトに入り、今日が出勤二日目だ。大抵の新人と同じく最初は洗い場を任せることにしたのだが、意外に几帳面《きちょうめん》な性格らしく、丁寧に洗い上げている。難点はその大きな体で、彼が洗い場に立っているだけで窮屈に感じてしまうほどだが、ほかの従業員との折り合いも悪くはない。

十年前のコンビニ立て籠もり事件の人質だったと目される女性、大石萌の行方は摑めていない。肝心の〈ロイヤル〉という店も潰れてしまっていて、手も足も出ない状況だった。

手をこまねいているわけにもいかないので、すでに前園は〈週刊リング〉の元副編集長、井野に相談した。十年前の立て籠もり事件を今一度調べているところで、できれば大石萌の居所を知りたい。そう頼むと井野は快諾した。井野が今でも極秘に交流を続けている隠れプロレスファンの一人に探偵業をしている男がいるらしく、その男に頼んでみるという話だった。今はその回答待ちという状況だ。

井野に連絡をしてみようか。そんなことを思いながら厨房の棚に置かれた携帯電話を見ると、数分前に井野から着信があったことに気づく。すぐに前園は折り返した。

「井野さん。僕です。前園です」

「おお、さっき電話かけたんだ。例の件だが、事件のあったあと、大石っていう女が渡米していることがわかった」

真実が遠のくような気がした。アメリカに行ってしまったのなら、もう足どりは追えないと思ったからだ。落胆を感じつつ、前園は言う。

「そうですか。アメリカですか」

「事件のあった半年後のことだ。こいつは何か匂うぜ。まるで高飛びだ。ただし向こうに行っていたのは二年ほどで、女は東京に戻ってきている可能性が高い。また何かわかったら連絡する」

井野の言葉に胸を撫で下ろす。日本に戻ってきているなら追跡できる可能性も残されている。礼を言って通話を切ろうとすると、電話の向こうで井野が言う。

「まただ。また一人、レスラーが襲われたらしい」

「えっ？」一瞬、言葉に詰まる。例のレスラー潰しだ。「今度は誰が襲われたんですか？」

「噂によるとバイソン蜂谷。奴が日本橋で料理屋をやっていることは知っているな」

「ええ、知ってます」

バイソン蜂谷は帝国プロレスのナンバー3だった実力派レスラーだ。彼が店を開いたことは井野から聞いて知っていたが、足を運んだことはない。記者時代、バイソン蜂谷にはよくしてもらった。酒を酌《く》み交わしたこともある。挨拶に行ってしかるべきだと思うが、向こうはプロレスに別れを告げて心機一転店をオープンしたのだから、そこに元プロレス誌の記者が訪れるのも野暮《やぼ》というものだろう。そんな風に考えていた。

「俺の友人にな、バイソンの店の常連客がいるんだよ。もっともそいつはプロレスファンであることを隠して店に出入りしているようなんだが、さっき店に行ったら貸し切りの貼り紙がしてあったのに、店の中は暗かったらしい。覗いたら店の中は酷い有り様だったようだ。興味本位で近くの住人に話を聞いたところ、ぐったりしたバイソン蜂谷が店から運び出されるのを目撃したという話だ」

「病気か何かだったんじゃないですかね」

前園の言葉を無視して、電話の向こうで井野が続けた。

「しかもだ。バイソンを運び出したのはでかい男の集団だったらしい。驚くなよ、前園。その中にファイヤー武蔵がいたって話だ」

「たしかファイヤーはアメリカにいるんじゃ……」

「俺も気になって海外サイトを調べてみたんだが、向こうの対戦カードからファイヤーの名前が消えているんだ。帰ってきている可能性は高いぞ」

何が起こっているのかわからない。レスラー潰し。誘拐未遂事件。そしてファイヤー武蔵の帰国と流小次郎の出所。地殻変動のように何かが足元で動き始めているような気がした。

「大石っていう女のことも含めて、何かわかったら連絡する」

電話が切れたあとも、前園は携帯電話を耳に当てたまま、しばらくその場に立ち尽くしていた。小次郎がどうしても倒したいというファイヤー武蔵が日本に帰国しているのだ。この事実を小次郎に告げるべきだろうか、と前園は自問した。告げたところでどうなる？　刑務所上がりの男が決闘を挑んだりするわけがない。

洗い場の方に目を向けると、そこにいるはずの小次郎の姿がない。近くにいたバイトに訊くと、テーブルの片づけに向かったという。前園はすぐにホールに出た。

店内は活気に満ちている。テーブルの上を片づけている小次郎の姿を発見した。タイミングが悪いというか、さきほどプロレスラーの悪口を言っていた客の隣のテーブルだった。前園は慌てて小次郎のもとに向かい、片づけを手伝い始める。

「なああ、あれって流小次郎じゃね？」

「ん？　おっ、マジかよ。流小次郎だよ。刑務所入っていたんじゃなかったっけ？」

声をひそめているつもりかもしれないが、酔っているのか彼らの声は普段喋《しゃべ》る声と変わらない。

「絶対そうだよ。流小次郎だよ。俺の兄貴がファンでさ、よく燕返しの練習台にされてたんだよ。痛かったな、あの技」

「でも可哀想だと思わね？　いい年こいて居酒屋でバイトだぜ。俺だったら恥ずかしくて絶対無理だね」

「馬鹿、聞こえるぞ。仕方ねえだろ、所詮はプロレスラーなんだから。しかもムショ帰りのさ」

我慢の限界だった。静かにしろ。そう声をかけようとしたとき、前園の肩に手が置かれた。小次郎だった。相手にしちゃいけないよ。そう言わんばかりに小次郎は笑みを浮かべている。

小次郎が前園の肩から手を離し、トレーを片手で持ち上げた。もう一方の手に持った布巾でテーブルを拭いてから、ホールを歩き出した。メニューをセットし、前園は小次郎を追いかける。

洗い場に入ると、小次郎が運んできた食器類を流し台に置いていた。かける言葉が見つからず、前園は彼の背後を通って厨房の奥に向かう。

すれ違いざまに小次郎を見ると、彼の耳たぶが真っ赤に染まっていた。

※

夫の真一郎が帰宅したのは深夜零時になろうとしている頃だった。真帆が玄関で出迎えると、真一郎が驚いたような顔をした。

「起きてたのか？」

「まあね」

「いやあ二日も休んじゃうと仕事が溜まって大変だよ。参った参った」

そう言いながら真一郎はキッチンに向かい、冷蔵庫からビールをとり出す。その場で飲みながら、テーブルの上に置かれた今日の夕食を見て言った。

「おっ、今日はハンバーグか。旨そうだ。味噌汁はあるのか？」

あえて答えない。ソファに座り、真帆は腕を組んだ。それを見た真一郎が言う。

「どうかしたか？」

「さっきの言葉」真帆は冷たい口調で言う。「仕事を休んだのは仕方ないじゃない。息子が誘拐されたのよ。休まない親がいるわけないでしょ」

「おいおい、真帆。別に俺はそんな風に言ったつもりはないよ。単純に二日間も休むと仕事が溜まるっていう事実を言っただけだよ」

どうも昨日から真一郎と嚙み合っていないような気がした。彼にしても真帆が勝手に実家から金を借り、一人で誘拐犯と接触しようと思ったことを快く思っていないようだった。便利屋に騙され、彼らが仲間割れをしたみたいで駿は助かった。表面上はそうなっており、すべてを話せないというもどかしさもある。

電子レンジが作動する音が聞こえてくる。味噌汁の鍋に気づいたらしく、真一郎がＩＨヒーターで鍋を温め始めていた。真帆は立ち上がり、キッチンに向かう。「私や

るから」と短く言い、真一郎の代わりに夕食の準備を始める。といってもできている
ものを温めるだけだ。
「あのね、今日駿が早退してきたのよ」
椅子に座り、ハンバーグを食べ始めていた真一郎が顔を上げた。
「早退？　なぜ？」
「体育の授業中、サッカーボールが顔にぶつかったんだって。でもそれだけじゃない
のよ」炊飯ジャーからライスをよそい、それを真一郎の前に置いた。「実はね、学校
である男の子から嫌がらせを受けているみたいなの」
飯田の表現を借りるなら、駿はクラスメイトからちょっかいを出されているだけ
だ。ちょっかいをワンランク上げて嫌がらせという表現を使った。さらにランクを上
げれば、いじめという言葉になるのだが、その言葉を使うのは穏やかではない。
「嫌がらせって、どんな？」
「詳しくは知らない。今日、サッカーボールを当てたのもその子かもしれないの」
真帆は飯田から聞いた話を真一郎に話す。箸を止めて真帆の話に聞き入っていた真
一郎だったが、話を聞き終えると味噌汁のお椀を手にして言った。
「たかが子供の戯れじゃないか。そんなことより俺はその茜ちゃんという子が気にな

るな。駿にバレンタインチョコをくれたんだろ。一度会ってみたいよ」

「子供の戯れって、あなたね。駿は怪我して学校を早退してきているのよ。鼻血まで出していたんだから。打ちどころが悪かったらどうなっていたかわからないじゃない」

「サッカーボールが当たって人が死んだって話は聞いたことがない。明日、駿に訊いてみようかな。茜ちゃんってどんな子だって」

付き合っていた当時は、真一郎のおおらかさを好ましく思っていた。しかし最近では呑気《のんき》というか、どこか頼りない感じに見えてしまうことが多々ある。もっと駿の教育に真剣に向き合ってもいいのではないか。そう思ってしまうのだ。

そもそも真帆は駿を小学校から私立に入れるつもりだったのだが、それを反対したのは真一郎だった。真一郎自身、小中高と公立校だったこともあり、小学校から私立に通わせることに抵抗があったらしい。結局、真一郎の意見を尊重して、駿を公立校に通わせた。今でもその判断が正しかったかどうか、真帆にはわからない。

「先に寝るわ」そう言いながら真帆は立ち上がった。「茜ちゃんだけど、明後日会えるかもしれないわよ。あなたの都合がつけばの話だけど」

「明後日？　何かあるのか？」

「授業参観。まだ小学校に入ってあなたが授業参観に来たのは一年生のときの一回だけよ。駿もパパが来てくれるのを待ってると思うんだけど」

駿の通う小学校では授業参観に両親揃って参加する夫婦も多い。授業参観だけは教室内でカメラを回すことも許されているため、家庭用ビデオなどで我が子の姿を撮影している夫婦もいる。運動会と一緒だった。

「明後日かあ。ちょっと都合がつきそうにないな。大事な会議が入ってんだよ」

「ふーん、そう。駿の授業参観は大事じゃないっていうんだ」

「おいおい、そんなことは言ってないだろ。そりゃ俺だって行きたいさ。でも抜け出せない会議が入っているんだからしょうがないだろ」

「いいわ。私が一人で行くから」

真帆はそう言い残してリビングを出て、洗面所に向かう。洗面台の前に立つと、すっぴんの自分の顔が鏡に映っている。真一郎に対する口の利き方が冷たいものになってしまったことに自覚はある。だが駿の授業参観――しかも誘拐された直後なのだから、もう少し協力してくれてもよさそうなものだ。

しっかりしろ。真帆はそう鏡の中の自分に向かって語りかける。ちょっかいだろうが嫌がらせだろうが、駿を傷つける子は許さないから。

「お待ちしておりました、白崎さん。どうぞこちらへ」

翌日の夕方、真帆は恵比寿にあるビルにいた。駿も一緒で、小梅という例の女の子も一緒だった。昼に小梅から連絡があり、どうしても会わせたい人がいるから来てほしいと言われた。いったい何のことかわからなかったが、駿君のためですと小梅が言うので、誘いに乗ることに決めたのだ。

「君が駿君か。へえ、女の子にモテそうだね」

出迎えた男性が膝をつき、駿の頭を撫でた。男は白いトレーニングウェアに身を包んでおり、三十代後半くらいだ。端整な顔立ちをしており、もしスーツでも着ていればホストと言われても信じるだろう。どことなく軽薄な感じが否めない。

「リッキーさんですよ。覆面レスラーのリッキーさん」

「えっ?」

小梅に耳元で囁《ささや》かれ、真帆は男の顔を凝視する。この男が、あの銀色のマスクを被った男なのか。屋上からロープを伝い、まるで曲芸師のようにマンションの窓を蹴り破った姿を忘れることができるはずがない。真帆は慌てて頭を下げた。

「そ、その節はありがとうございました」

「頭を上げてくださいよ。俺は当然のことをしたまでです。こちらへどうぞ」

そう言ってリッキーは歩き始める。その後ろを駿と並んでついていく。受付を過ぎると廊下が続いており、両脇には男女の更衣室やシャワールームのようなものがある。奥に進むと、そこは近代的なトレーニングジムだった。

ちょうど午後六時を過ぎており、会社帰りのサラリーマンやＯＬ風の人たちが色とりどりのウェアを着て汗を流している。ビルの八階にあり、一面の窓からは外の景色がよく見えた。ワンフロア全体をこのジムが使っているようだ。

「今日はなぜ……」

真帆が言葉を発しかけると、それを遮るようにリッキーがにこやかな笑みを浮かべて言う。

「ファイヤーさんに頼まれたんです。息子さんのことをね」

「駿のこと？　いったい何を……」

「学校でいろいろあったらしいじゃないですか。やっぱりこの年代のお子さんは体を動かしてストレスを発散するのが一番いい。気分転換にもなりますからね。まずは測定から始めます。駿君、こっちに来てくれるかな？」

リッキーにそう言われ、駿は戸惑ったように真帆の顔を見上げた。行っていいの？

その目がそんなことを問いかけている。真帆が大きくうなずくと、駿がリッキーの方に向かって歩き出す。リッキーに導かれ、駿は大きな体重計のようなものに乗り、さらに両手で器械のようなものを握った。

「リッキーさんって成功者なんですよ」隣にいる小梅が小声で言う。「都内にここと同じくらいのジムを十店舗も経営しているんです。リッキーズ・メソッドって知りませんか？　リッキーさんが開発したダイエット・プログラムでよく女性誌とかでも宣伝広告を見かけます。私、リッキーさんから会員カードをもらっちゃったんですよ」

小梅は嬉しそうだった。リッキーズ・メソッドなら真帆も聞いたことがある。ママ友の一人が興味があるようで話題に上ったのだが、たしか月の会費が二万円を超えるようだ。高級会員制トレーニングジムといったところか。

「じゃあ駿君、こっちにおいで」

リッキーがそう言って駿をジムの奥に連れていく。真帆も小梅と一緒にあとに続いた。連れていかれたのはそこだけが吹き抜けになっている場所で、壁には色とりどりの岩を模した突起のようなものがついている。その突起に手や足をかけながら、会員たちが上へ上へと上っていた。テレビで見たことがある。ボルダリングというスポーツではなかろうか。

「これでよし」リッキーが手慣れた感じで駿のズボンのベルト穴に、天井からぶら下がっているロープの端をフックした。命綱のようだ。それからリッキーは笑顔で言う。「駿君、上ってみようか。まずはピンクから。駿君が摑まったり足をかけたりしていいのは、ピンクの突起だけ。ルールは理解できるね」

戸惑ったように駿がうなずく。なぜこんなことをするのか理解できない。そんな表情だった。しかしそれは真帆も同じだった。

駿が右手を伸ばして近くにあるピンク色の突起を摑んだ。左手でさらに上にある突起を摑む。右足をかけ、次に左足をかける。意外に簡単なようで、駿はするすると壁面を上っていく。

一分ほど要しただろうか。あっという間に駿は十五メートルほどの壁を一番上まで上り切った。命綱がついているとはいえ、少し不安になる。私だったら絶対に無理だ。

「いいぞ、駿君。やるじゃないか。そのまま降りておいで」

リッキーは駿に向かって大きな声でそう言ってから、真帆の方を見て訊いてくる。

「白崎さん、最近なんですが、駿君はちゃんとご飯を食べていますか？」

「そうですね。誘拐されて以降、食欲はないみたいです。甘いものは食べたりするんですが」

「やっぱりね」とリッキーはうなずく。「子供も子供なりにストレスを感じるものなんです。そういうときはよく運動して、よく食べて、よく寝る。それだけですよ」

「あっ、危ない」

小梅の声が聞こえたので顔を上げると、足が突起に届かずに駿が苦戦していた。我慢の限界が来たのか、左手で握っていた突起を駿は離してしまう。駿の体が宙に浮き、そのまま落下する。

真帆は悲鳴を上げる。しかしリッキーの動きは速かった。落下点を予測し、そこに素早く移動した。落下してくる駿を難なく受け止める。

「おお、危ないところだった。でも駿君、やるじゃないか。高学年でも最初は苦戦するんだよ」

駿を床に降ろしてから、リッキーが言った。

「今度はグリーンに挑戦してみようか。できるかな?」

駿が壁に目をやってから、大きくうなずく。駿は周りの大人たちがそうしているように、床に転がっている缶の中に手を入れた。滑り止めのパウダーが入っているようだ。手をパンパンと叩いてから、駿は二度目の挑戦を始める。

「駿君、何だかさっきより目が真剣になった気がしません？」

小梅にそう言われ、真帆もうなずく。急に大人びたというか、子供というより男の子になったような感じだ。リッキーが言った。

「成功経験が彼を成長させたんですよ。それと白崎さん、さきほど計測してわかったんですが、駿君は持久系のスポーツが向いているかもしれません。簡単にいうとマラソンとかなんですが、サッカーやテニスなどでも持久系の筋肉は必要です。よかったら薦めてみるのもいいかもしれませんね」

駿はこれといったスポーツはやっていない。体育の成績からしても運動神経は悪くはないと思うのだが、塾に行くだけで忙しいのだ。塾の時間を減らしてでも、何かスポーツをやらせた方が駿の将来にはプラスに働くかもしれない。

真帆はちらりとリッキーの横顔を見る。年齢はいくつだろうか。私と同じくらいか。物腰も柔らかいし、頭もよさそうだし、そのうえイケメンだし都内で十店舗のジムを経営している。非の打ちどころがないではないか。

「素敵な人ですね、リッキーさんって」小梅が耳打ちするように話しかけてくる。

「でも騙されちゃいけませんよ、真帆さん。リッキーさん、ああ見えても……」

「いいぞ、駿君。その調子だ」

リッキーがそう叫び、それから顔を覆う。まさかと思って見てみると、リッキーは涙を流している。小梅がそれを見て言った。

「ああ見えても、とっても涙もろい人なんです」

「そうみたいね」と真帆は小声で同調する。

「泣き虫で、子供の頃からいじめられていたんですって。マスクを被ることによって、リッキーさんは変身するんです。涙を流さないマスク・ド・リッキーに」

「頑張れ、駿君。頑張るんだ。おお、いいぞ。凄い、凄いじゃないか。まったく君って子は……何て立派な男の子なんだ」

リッキーは涙を流し、声を嗄《か》らして駿に声援を送っている。

※

ごくりと前園は唾を呑み込む。スポットライトを浴びた女性がステージの上で踊っている。彼女は一糸まとわぬ全裸だった。客席にまばらに入った男性客たちは、喝采を浴びせることなく無言のままステージ上の女性をじっと見つめている。

隣に座っている小次郎の顔を窺う。サングラスをかけているが、これ以上ないといった至福の表情を浮かべているのがわかる。涎《よだれ》を流さんばかりだった。いや暗いのでよく見えないが、実際に涎を流しているのかもしれない。

音楽が佳境《かきょう》に入り、女性の踊りが白熱していく。黒い影が視界の隅で動く。サラリーマン風の男性がステージ前まで進み出て、女性が踊っている台の上に紙袋を置いた。なるほど、ああやって差し入れを渡すのか。前園は膝の上に置いてあった紙袋を持ち、座席から立ち上がった。暗いので足元に気をつけながら、ステージ前まで進む。近くで見ると大迫力だった。くねるように太ももが揺れている。

さきほどの男性と同じく、前園は台の上に紙袋を置く。女性がちょうど股を開いて踊っていて、視線がそちらに向かわずにいられない。そのまま立ち尽くして見惚《みと》れていると、背後で咳払《せきばら》いが聞こえた。邪魔だよ、見えねえよ。そんなことを言われているような気がして、前園は慌てて引き返す。自分の座席を通り過ぎて、重い扉を押して観客席から出た。

チケット売り場があるが、上演中のためか誰もいない。年老いた男性が一人、新聞を読みながらチケット売り場の番をしているだけだった。自動販売機が置いてあり、その前に数脚のパイプ椅子が置いてあるのが見えた。前園はそのうちの一脚のパイプ椅子に座り、大きく息をついた。

ここは新小岩にあるストリップ劇場だった。夜の十時を過ぎている。仕事を抜け出して、小次郎とここまで足を運んだのだった。

井野から電話があったのは夕方のことだった。井野が雇った探偵が大石萌という女性の居場所を摑んだとの話で、彼女が新小岩のストリップ劇場でストリッパーとして働いていることが判明した。前園は小次郎とともにストリップ劇場に向かうことにしたのだ。

大石萌はキラリという芸名で出演しているようで、ポスターの隅に小さい写真が載っていた。配られたパンフレットには年齢は二十二歳とあったが、十年前にそのくらいの年齢だったはずなので、きっと三十歳は越えているはずだった。

前園は自動販売機でジュースを買った。それを一口飲んだところで、受付にいたはずの老人がいつの間にか斜め向かいのパイプ椅子に座っていることに気づいた。老人は煙草に火をつけてから、前園に向かって言ってくる。

「あんた、通だね」

「えっ?」

「普通は上演中に出たりしない。おそらくあんたは目当ての子だけ見れればそれでいいってくちだろ。だから通って言ってんのさ」

いやいや初めてです。そう否定するのも億劫《おっくう》だったので、前園は曖昧にうなずいた。「ええ、まあ」

「ちなみにお気に入りはどの子だい？」老人が壁に貼られているポスターに目を向けた。「俺に教えられることがあったら、少しくらいは情報を流してやってもいいぜ」

「ええと、キラリさんです」

「また目のつけどころも通だね。俺も嫌いじゃないね、あの子は。性根《しょうね》が据わっているところがいい。あの子はこの世界に入ってまだ短いが、このまま順調に伸びればトップも張れる器だ」

全体的な出番からして、彼女は真ん中あたりだった。後ろに行けば行くほど人気が高いのだろう。

「ただし彼女の場合、借金があるらしい。昔付き合っていた男の連帯保証人になったら、そのまま男がトンズラしたってよくある話さ。まあこういう仕事をしている以上、事情はそれぞれ抱えているもんだよ」

「そうなんですか？」

「あんた、そろそろ戻ったらどうだい？」と老人が腕時計に視線を落とす。「あと十五分もすればフィナーレだ。キラリももう一度登場するぜ」

老人が椅子から立ち上がった。受付に戻っていく老人を背後から呼び止める。

「すみません。キラリさんのこと、もう少し教えてください」

「教えるって、何を？」

「たとえば彼女が立ち寄りそうな場所とか、です」

「そんなことは教えられないね」

前園はポケットから財布をとり出し、中から一万円札を一枚、引き抜いた。それを老人の手に握らせながらもう一度頭を下げる。「お願いします。この通りです」

老人は誰かに見られていないか確認するようにあたりを見回して、紙幣をポケットに突っ込みながら言う。

「この劇場を出て東に行く。最初の信号を右に曲がって百メートルのところに〈明昌《めいしょう》苑《えん》〉っていう焼肉屋がある。あの子は仕事が終わったら必ずそこで飯を食う」

午後十一時。前園は小次郎と一緒に〈明昌苑〉の店内に足を踏み入れた。家庭的な焼肉屋といった感じで、それほど洗練された店内とは言い難い。しかし飲食店勤務の前園にしてみれば、店に入った瞬間から味に期待できそうな気配がした。

「何名様ですか？」

若い女の店員がそう訊いてくる。イントネーションからして日本人でないことがわかる。「二名です」と答えながら、前園は店内を素早く見回す。一番奥のボックス席に一人の女性が座っているのが見え、彼女の横顔を確認してから店員に告げる。

「奥の席、いいかな？」

「どうぞどうぞ」

店内を奥に進みながら、大石萌の方をちらりと窺う。大石萌は白いワンピースを着ており、一人で焼肉を食べている。女性が一人で焼肉店で食事をするのは抵抗があるだろうと思ったが、彼女はそんなことはお構いなしといった様子で潔《いさぎよ》さすら漂っている。さて、どうやって話しかけたらいいものか。そんなことを悩みながら椅子に座ろうとすると、いきなり背後で声が聞こえる。

「な、何なんですか？　いったい」

「いやね、ファンなんですよ。キラリさんのファンなんです。できればご一緒させてください」

振り返ると小次郎が満面に笑みを浮かべ、大石萌のテーブル席に何食わぬ顔で座っている。さすが流小次郎だ、と前園は内心舌を巻く。プロレスと一緒だ。相手の懐に飛び込む技術が圧倒的に高い。

「困りますよ。私、一人で食べているんですから」

「そうおっしゃらずに。ご一緒させてくださいよ。あっ、お姉さん。生ビール二つ」

小次郎は通りかかった店員に勝手に注文した。仕方ないので前園は腰を上げ、小次郎の隣に座る。大石萌はさらに戸惑ったように言う。

「えっ？　なぜ増えるの？」

「いいじゃないですか、キラリさん」小次郎が言った。「ワイワイみんなで食べた方が美味しいに決まってますよ。それにしてもさっきの舞台、素敵でした。もはや芸術といっても過言ではなかった」

そう言いながら小次郎はメニューを開き、ビールを運んできた店員に対して次々と注文する。

「特上カルビと特上牛タンと上ミノとホルモンをそれぞれ五人前、それからキムチを二人前と石焼きビビンバを一人前ください。あっ、キラリさんもどんどん注文しちゃってね。支払いのことは心配しなくていいから」

メニューを置き、小次郎はうっとりした目で大石萌を見る。

「いやあ素敵だ。女神というのはキラリさんのことを言うのかもしれない。そう思いませんか？　前園さん」

「え、ええ。僕もそう思います」

「ですよね。僕は今日初めてショーを観たんですけど、あんなに素晴らしいものだとは思わなかった。感激しました。ありがとうございます、キラリさん」

大石萌は戸惑ったように小次郎の話を聞いている。それでも席を立たないのは、ファンを大事にしなければいけないというプロ根性かもしれないし、単に褒められて嬉しいだけなのかもしれなかった。

店員が注文の品を次々と運んでくる。瞬《また》く間にテーブルの上には大量の肉が置かれていた。小次郎は肉をどんどん網の上に載せていき、手慣れた様子で肉を焼く。

「さあ、食べましょう。ほら、前園さんもキラリさんも遠慮しないで」

煙が上がっている。いい匂いだった。「じゃあお言葉に甘えて」と言い、大石萌が肉を箸でとる。それを見て小次郎は満足そうにうなずいてから、前園の皿に肉を載せた。「前園さんも遠慮しないで」

「いただきます」

カルビは美味だった。これほど旨い肉を食べるのは久し振りだ。前園はビールを飲み、さらに肉を食べた。小次郎は運ばれてきた石焼きビビンバの上にキムチを大量に載せ、さらに焼いた肉も入れてかき混ぜる。生ビールを飲みつつ、小次郎は物凄い勢いで石焼きビビンバを食べる。その合間に肉を網に載せることも忘れない。プロレスラーの食欲というものをまざまざと見せつけられたような気がした。

「お姉さん、石焼きビビンバ、もう一人前追加ね」

空いた器を脇にどけてから、網の上の肉を引っ繰り返しながら小次郎が言った。

「キラリさん。あなたはアスリートだと私は思うんですよ。己の肉体を駆使して、観客を魅了する。あなたのやっていることは私の職業とも相通じるものがある。ところで私の顔に見憶えはありませんか?」

そう言いながら小次郎がずっとかけていたサングラスを外すと、大石萌は首を傾げて小次郎の顔に目を向けた。十年前に較べて痩せているし、髪も若干伸びている。大石萌の顔つきが明らかに変化した。目を大きく見開き、口元が引きつっていた。

「まさか……あなた、流小次郎……」

「その通り。その節は大変お世話になりました」

小次郎は立ち上がり、仰々しく頭を下げる。

「どういうこと? いったいなぜあなたが……」

「決まってるじゃないですか、キラリさん。いや、大石萌さんとお呼びした方がいいかな。十年前のことを忘れたわけじゃないでしょう。少しお話を聞かせてもらいたくてね」

大石萌は箸を置き、隣の椅子に置いてあったハンドバッグの紐を摑む。そのまま立ち上がって逃げ出そうとしたが、小次郎が左手を伸ばして彼女の手首を摑んだ。

「ファイヤー武蔵っていうレスラーがいる。私と同学年だが、彼の方が入門したのが一週間早くてね。水と油というのか、とにかく私とファイヤーは馬が合わなかった。向こうはスター性に溢れていた。ルックスもいいし、言動も派手だ。一方、私は地味だった。ファイヤー武蔵には一生勝てないのではないか。そう思った私は練習に打ち込んだ。ファイヤーが三時間練習するなら、私は六時間練習した。倍だ。そもそも才能が違うのだから、倍の練習量でも足りないとさえ思った。やがて私はファイヤーに追いついた。帝国プロレスの二枚看板と謳われるようになった。でもまだまだだった。私とファイヤーには決定的な差があった。その差を埋めるために、私は練習に打ち込んだ。ファイヤー武蔵を倒すことが私の生涯のテーマだった」

小次郎は左手で大石萌の手首を摑んだまま、喋り続けている。大石萌は青ざめた顔をして立ち尽くしていた。

「十年間だ。私は十年間という時間を無駄にした。十年間あったら、私は何度ファイヤーに勝てただろうか。そんなことを刑務所の中でずっと考えていた。だからね、大石萌さん。なぜ私が十年間という時間を無駄にしなければいけなかったのか。その理由をどうしても知りたいだけなんですよ」

店員が石焼きビビンバを運んできた。店員が不審そうな顔つきで見ていることに気づいたのか、小次郎が手を離す。てっきり逃げ出すものかと思っていたら、大石萌は椅子に座った。彼女はうつむいて言う。

「私、何も知らない」

小次郎はテーブルに置かれた石焼きビビンバの器を引き寄せ、さきほどと同じようにキムチや焼いた肉を載せてかき混ぜる。それを口に運びながら言った。

「あなたのステージは最高だった。それは嘘じゃない。でもね、大石さん。あなたのステージには悲しみが宿っている。私のプロレスと一緒です」

さっぱり意味がわからない。何だか哲学的な話になってきた。それでも大石萌には通じるものがあったようで、彼女は小さくうなずいていた。小次郎が石焼きビビンバを食べながら言う。

「私もこの十年間で多くのものを失った。あなたのステージを観る限り、あなたもそうではないかと思った。十年前のあの日、何があったのか。私はそれを知りたいだけなんです」

早くも石焼きビビンバを平らげてしまい、小次郎は生ビールを飲み干した。それから足元に置いてあった自分のバッグを摑み、それを彼女の隣の椅子の上に置いた。

「ただでとは言いません。このバッグの中に二千万円、入っています。この金であなたの知っていることをすべて、私に売ってくれませんか？」

前園は言葉を失った。二千万円という金額は半端ないものだ。大石萌も驚いたように目を丸くしている。彼女が借金に苦しんでいるということは小次郎には伝えていない。最初から金で情報を買いとるつもりだったのか。

「ご心配には及びません。私は独り身なもんですから、ファイトマネーのほとんどを貯金してきました。だから遠慮なく受けとってくださって結構ですよ」

小次郎が財布を出し、一万円札を数枚、テーブルの上に置いて立ち上がる。それから大石萌を見下ろして言った。

「もし話してくれる気になったら、連絡をください」

小次郎の視線を感じたので、前園は慌てて財布の中から〈週刊リング〉時代の名刺を出し、彼女の前に置いた。名刺にある携帯番号は変わっていない。すでに小次郎は店の入り口に向かって悠然と歩いていた。前園は小次郎を追う。

「小次郎さん、いくら何でも二千万円は多いですよ」

店から出たところでそう言うと、小次郎が笑みを浮かべて答えた。

「いや、そのくらいの価値は十分にある。私はそう踏んでます」

「でも二千万円ですよ。小次郎さんだってこれからの生活があるわけだし、このままうちの店で働き続けるわけには……」

背後でドアが開く気配がしたので、前園は言葉を止めた。振り返るとそこには大石萌が立っている。手にしたバッグを小次郎の胸に押しつけて彼女は言う。

「こんな大金、受けとるわけにはいきません」

「では、何も話してくれないということですか？」

小次郎が訊くと、彼女は困ったように首を横に振った。

「一晩だけ考えさせてください」

彼女はそう言って身を翻し、小走りで立ち去っていく。彼女の姿を見送ってから、前園は小次郎と肩を並べて歩き出した。

※

「じゃあ問題を出すよ。①番から⑤番の中で、東京はどれでしょう？　①番だと思う人、手を挙げて」

誰も手を挙げない。教壇に立つ飯田先生が続けて言う。「じゃあ②番だと思う人」

今度はぱらぱらと手が挙がる。駿が真っ直ぐ手を挙げているのが見え、白崎真帆は安堵《あんど》する。

授業参観に来ていた。社会の授業で、地図の見方を教えるようだった。黒板には大きな日本地図が貼られていて、札幌、東京、名古屋、大阪、福岡のある場所に番号がふられている。

最終的に②番で手を挙げたのはクラスの半分ほどだった。次に多かったのが③番だった。

「正解は②番です」飯田が笑みを浮かべて言った。「君たちが住んでいる東京は②番です。じゃあ①番の都市の名前、わかる人がいたら手を挙げて。ヒントは○○一番みそラーメン」

まばらに手が挙がる。駿も手を挙げていたが、別の子が指名された。「はい、マサト君」

「北海道」

「残念。答えは札幌です。北海道というのはこの島全体をさす名称なんだよ。じゃあ次は③番です。ヒントはね……」

クイズ形式で授業は進んでいく。とても楽しそうな授業だった。飯田はときには冗談を言ったりして、巧みに授業を進めていた。退屈そうにしている子は一人もいない。⑤番の福岡でクイズは終わったが、まだ駿は答えていなかった。

「じゃあ次ね」飯田が一枚のイラストを出す。「みんなも知ってる富士山だね。富士山はどこにあるでしょうか。わかる人、いたら手を挙げて」

誰も手を挙げない。小学校四年生に富士山の場所は難しいのかもしれない。そんなことを真帆が思っていると、不意に一人の子供が手を挙げる。駿だった。

真帆は驚く。駿に富士山の場所など教えたこともないし、家庭内で話題になったこともない。かつて駿がまだ幼稚園に通っていた頃、できれば駿が小学生のうちに富士山に登りたいねと真一郎と話したことが記憶に残っていたが、まだ実現には至っていない。

もう一人、手を挙げた。窓際に座っている男の子だった。突然、脇腹を肘《ひじ》でつつかれるのを感じ、顔を向けると一人の女性が何やら目配せを送っている。彼女はママ友の一人で、駿が誘拐された日に最初に電話をかけてきた女性だった。彼女の息子の彰彦君も駿と同じクラスで、彰彦君は駿の隣に座っている。

　彰彦君ママの目配せの真意を察する。多分彼が迫田一輝君だろう。クラスで手を挙げているのは駿と一輝君の二人だけだ。教壇に立つ飯田は迷ったような顔をしたが、最終的に一輝君を指名した。「じゃあ一輝君。前に出て、この富士山を地図の上に貼ってくれるかな」

　一輝君が立ち上がり、前に出る。飯田の手から富士山のイラストを渡される。どうやら裏に磁石《じしやく》がついているようで、黒板に貼ることができるらしい。地図の前で一輝君は固まっている。迷っているようだ。やがて一輝君は左側に移動し、九州の下の方に富士山のイラストを貼った。

「うん、惜しいね、一輝君」飯田が笑みを浮かべて言う。その笑顔が引きつって見えるのは気のせいか。「そこは阿蘇山《あそさん》だね。阿蘇山の場所を知っているなんて、さすが一輝君だ。じゃあ駿君、一輝君を助けてあげようか」

　駿が立ち上がった。やや緊張した面持ちで駿は黒板に向かった。一輝君が貼った富士山のイラストをとり、それを東京の左側あたりに貼る。正確に言うと静岡県の三島あたりに駿はイラストを貼ったのだが、まあほとんど正解といってもいいだろう。真帆は胸を撫で下ろす。

「ありがと、駿君。そうだね、富士山はそのあたりだね。二人とも席に戻っていいよ」

飯田が二人の背中を押す。すると保護者の一人が声を上げた。

「先生、ちょっと今のは酷いと思うなあ」

声が上がった方に目を向けると、そこに小型のビデオカメラを手にした一人の男性が立っている。三十代半ばくらいのスーツを着た男だ。彼の隣にはその妻らしき派手な女性が寄り添っている。彼が一輝君の父親であることはすぐにわかった。

「うちの一輝よりも駿君の方が先に手を挙げたじゃないか。だったら先に答えるべきは駿君で、一輝じゃない。まるでうちの一輝がいい恥晒しじゃないか」

教室はしんと静まり返っている。飯田が何か言いかけたが、それを押さえこむようにして迫田が言う。

「子供の自尊心を踏みにじるような真似はしないでくれないか。こっちはビデオを回しているんだよ。将来、一輝が大人になったときの宝物にするためにな。最初からやり直してくれ」

真帆は耳を疑う。最初からやり直すというのはどういうことだろうか。ほかの親御さんたちも戸惑ったような顔で周囲の人たちと顔を見合わせている。また脇腹を肘で

つつかれる。隣を見ると彰彦君ママが『参ったわね』といった感じで首を捻ってい
る。

実は今日、ここに来るまでの間、彰彦君ママと連れ立って歩きながら、いろいろと迫田に関する話を聞いた。一輝君は転校生で、去年の秋くらいに転校してきたらしい。といっても都内の私立校からの転校で、噂によると私立校での成績が芳しくなく、公立校へ転校してきたようだった。

迫田は会計士をしており、都内の一等地に事務所を構えているとの話だった。彼は転校当時からモンスターペアレントぶりを遺憾なく発揮し、たとえば息子はタマネギが嫌いだから給食の献立《こんだて》からタマネギを外せとか、息子は五歳の頃からテニスをやっているのでテニス部を作ってほしいとか、そういう無理難題を言って先生たちを困らせているという。公立校に来たのにクラスで一番の成績でないのが悔しいらしく、今年の春にはクラス替えをしろと学校側に詰め寄ったようだ。原則的に四年生への進級ではクラス替えはなく、三年生と同じクラスとなるのが駿の通う小学校の方針だった。それを根本から否定するのだから、迫田の息子に対する溺愛《できあい》ぶりも相当なものだ。

「おい、やり直せ。最初からやり直せって言ってんだよ」

迫田の声が教室内に響く。飯田は教壇の上で困ったように立ち尽くしている。何と答えたらいいか、逡巡しているようだ。迫田は文句を言いながらも、胸の前でビデオカメラを回し続けているので、答え次第ではそれが証拠として残ってしまうことを警戒しているようでもある。

「これだから公立校の教師は駄目なんだよ、まったく。校長を呼べ。ここに校長を呼んで俺たちに謝罪しろ。息子に恥をかかせた責任をとれ」

そのとき教室の後ろのドアが開いた。ドアから中に入ってきた人物を見て、真帆は愕然とする。黒いスーツに身を包んだ巨大な男。そう、ファイヤー武蔵だった。両手をズボンのポケットに突っ込んでいる。

教室にいる保護者、そして子供たちの視線がファイヤー武蔵に注がれる。子供たちは『誰のお父さんなんだろ』といった感じでファイヤーを見ているが、保護者の中には気づいた者もいるらしく、真帆の斜め後ろにいた男性が小さくつぶやく声が聞こえてきた。「嘘だろ、ファイヤー武蔵じゃん」

迫田は興奮しているのか、ファイヤー武蔵が教室内に入ってきたことに気づいていない様子だった。一歩前に出て、さらに飯田に向かって言う。

「黙ってないで何とか言ったらどうなんだ。ちっ、これだから教師ってのは駄目なんだよ。世間というものを何もわかっちゃいない。あのね、先生。ミスをしたら謝る。それって一般社会の基本だよ」

「うるせえ、この野郎」

突然、ファイヤー武蔵が叫ぶ。迫田はファイヤーを見て、一瞬だけたじろいだようだったが、すぐに威勢をとり戻した。

「あんた、誰だ？　誰の親だ？」

「誰の親でもねえよ」

「おい、聞いたか」迫田は周囲の保護者たちに同意を求めるように言った。「誰の親でもないってことは不法侵入じゃないか。あんた、何をやってるんだ。用がないなら出ていけ」

「そう喚くな。たかがガキの授業参観だろうが。お前こそ何様のつもりだよ。いいか、ガキには教育を受ける権利ってもんがあるんだ。今、それを踏みにじっているのはお前だ、このロリコン野郎」

「ロ、ロリコンとは……息子の前でそんな……」迫田はカメラを妻に預け、それから前に出た。窓際に座る一輝君の前まで進み、彼の手を握って立ち上がらせる。一輝君はすでに半泣きの状態だった。

「帰るぞ。こんな学校、こっちから願い下げだ」

迫田は一輝君の手を引いて歩き出したが、その前に立ち塞がったのはファイヤー武蔵だった。ずっとポケットに入れていた両手を出し、左手で迫田の胸倉を摑む。迫田が恐れをなしたように喚いた。

「やめろ、何するんだ。何をするんだよ、おい」

ファイヤーが右手を振りかぶる。あっ、と真帆は内心声を上げる。この男ならば本気で殴るだろう。いや、絶対に殴るだろうという確信めいたものがあった。

しかし真帆の予想に反して、ファイヤー武蔵は迫田の胸倉を離す。急に方向転換して、いきなり近くにいた飯田の頬を張った。飯田が黒板まで吹っ飛び、貼ってあった地図がずり落ちた。

子供たちが悲鳴を上げ、教室内はパニック状態になる。泣き出している子供さえいた。飯田が頬を押さえながら立ち上がった。その目は怯《おび》えてなどおらず、どういうわけか爛々《らんらん》と輝いている。

「お前、教師だな」

ファイヤーに訊かれ、飯田は答える。

「ええ、そうです。飯田といいます。教室内で起こったことの責任はすべて自分にあります」

「よし、いい面構《つら》えだ。ここはお前のリングだ。俺のリングじゃねえ。お前が仕切るんだ、いいな」

「はい」

飯田は大きな声で返事をした。それから迫田の方に向き直り、毅然《きぜん》とした口調で言う。

「迫田さん、授業の邪魔です。出ていってください」

「何だと？　誰に向かって口を……」

「いいから出ていってください。ここは教室です。子供たちの授業を進めなければなりません」飯田は前に出て、前方のドアを開ける。「どうかお引きとりを」

子供たちの騒ぎも収まり、誰もが固唾《かたず》を飲んで迫田を見ている。形勢が悪くなったことを感づいたのか、迫田は顔を真っ赤にして妻のもとに向かう。妻の手を引き、そのまま教室から出ていった。それを見届けてから、飯田が教室を見渡して言った。

「さあ、授業を再開しよう」

保護者たちの多くが安堵するように息を吐くのがわかった。ファイヤー武蔵は「邪魔したな」と短く言い、大股で後ろのドアから出ていった。それを見た飯田が彼を追いかけていく。真帆も体を横にして保護者たちの間をすり抜け、後ろのドアから廊下に出た。

「ありがとうございました、ファイヤーさん」

飯田がファイヤー武蔵に向かって頭を下げている。ファイヤーの背後には蜂須賀小梅が立っていた。彼女も同行してきたのだろう。真帆の顔を見て、小梅が小さく頭を下げてくる。お騒がせしてすみません。そんなことを言っているようでもある。真帆も彼女に向かって会釈をした。

ファイヤーが飯田の肩をポンポンと叩いてから、真帆に気づいて笑みを浮かべた。

「また会ったな、白崎さん」

「ええ、その節はありがとうございました」

真帆は深々と頭を下げる。いや今日だってファイヤー武蔵に助けられたようなものだ。真帆は小梅の顔をちらりと見る。この子から話を聞いたに違いない。でもなぜだ。なぜ私たち親子に関わろうとするのだろうか。そんな疑問を覚えつつ、真帆は顔を上げる。

「じゃあな」

ファイヤー武蔵は肩で風を切るように、廊下を去っていく。その後ろを蜂須賀小梅が小走りで駆けていった。隣で飯田が言った。

「白崎さん、ファイヤー武蔵とお知り合いなんですか？」

「ええ、まあ。知り合いといえば、知り合いですね」

「いやあ羨ましい。実は僕、子供の頃からファイヤー武蔵の大ファンなんです。あっ、これは内緒にしておいてくださいね」

飯田は急に小声になる。周囲を見渡してから、飯田は続けた。

「やっぱり本物は凄いや。耳、聞こえませんもん」

そう言って飯田はファイヤーに張られた左の頰のあたりを押さえた。飯田の左の頰は真っ赤に染まっていた。耳が聞こえなくなったというのに、なぜか飯田は誇らしげに笑っている。

※

約束の午後三時を過ぎても、大石萌は姿を現さなかった。やはり土壇場で気持ちが傾いてしまったのか。そう前園が諦めかけたとき、隣に座る小次郎が言った。

「あっ、来ましたよ」

横断歩道を渡ってくる歩行者の中に、黒いサングラスをかけた女性がいた。彼女が大石萌であることは明らかだった。前園は腰を上げた。

「ありがとうございます」

近寄ってくる大石萌に対し、前園は頭を下げた。大石萌は周囲の視線を気にするようにあたりを見回してから、ささやくような声で言った。

「ここでは話せない。場所を変えて」

「いいですよ。うってつけの場所があります」

真向かいの雑居ビルにカラオケ店の看板が見えた。井野ではないが、人に聞かれたくない話をするのにカラオケ店は最適だ。大石萌が渡ってきた横断歩道を再び渡り、カラオケ店の店内に入る。二時間のコースを選択し、個室に案内された。三階の部屋だった。

電話の子機で飲み物を注文する。前園と小次郎はアイスコーヒーで、大石萌は温かい紅茶を頼んだ。「ちょっとトイレに行ってきます」と言い、大石萌はハンドバッグを持って立ち上がる。前園は膝を引っ込めて、彼女が通るスペースを開ける。目の前を通り過ぎていく彼女を見て、前園は鼓動が速まるのを感じていた。

まるで昨夜のショーが夢のようだった。あの子の裸体を――それこそ隅々まで見てしまったのだ。その子とこうしてカラオケ店にいるということが信じられない。もしも小次郎がいなかったら、完全にデートではないか。

彼女から電話があったのは今日の昼過ぎのことだった。登録していない電話番号だったので、最初は不審に思ったのだが、すぐに彼女かもしれないと思い至った。彼女の声が聞こえた瞬間、前園はその場で正座をした。

「どうかしましたか？」

小次郎に訊かれ、前園は答える。

「いや、何でもありません」

「彼女、いい子ですね」

「そうですかね」

「素敵な女性ですよ。職業に貴賤《きせん》なしとはいいますが、自分の足でしっかりと立っている感じが素晴らしい」

ドアがノックされ、店員がドリンクを運んでくる。アイスコーヒーにシロップとミルクを垂らし、ストローで一口飲む。彼女が戻ってくる気配がなかった。

「遅いですね」

小次郎が携帯電話で時刻を確認し、首を傾げた。出所するときには携帯電話をとっくに解約されていて、二日ほど前に購入したらしい。小次郎が立ち上がり、ドアを開けて廊下を覗く。

「前園さん、ちょっと」

振り向いた小次郎の顔つきは険しかった。何事か。前園も立ち上がり、小次郎に続いて廊下に出る。

狭い廊下だった。両脇には個室が並んでいる。トイレの場所を案内する矢印の表示があり、トイレは廊下の突き当たりだった。そのトイレの前にハンドバッグが落ちている。

走ってトイレに向かう。壁越しに誰かの歌声が洩れ聞こえてくる。ハンドバッグを拾い上げ、女子トイレを見る。躊躇《ちゅうちょ》している場合ではない。前園は女子トイレの中に駆け込んだ。

人の気配はなかった。すべての個室のドアが開け放たれている。トイレから出ると、小次郎が窓から顔を突き出していた。前園も小次郎に並び、窓の外を見る。

ちょうど窓の真下は雑居ビルの裏手になっているようで、狭い道路だった。黒いセダンが停まっていて、柄の悪そうな男が二人がかりで大石萌を車の後部座席に押し込もうとしていた。彼女も必死に抵抗しているが、男たちは強引に彼女の髪を摑み、車に押し込んだ。

「こ、小次郎さん」

小次郎がうなずき、その場で着ていたシャツを脱ぐ。たしかに気候は蒸し暑いが、この状況で裸になる意味がよくわからない。小次郎は窓の縁に足をかけた。まさか――。

止める間もなく、小次郎は宙を舞った。三階から飛び降りた小次郎は、黒い乗用車のボンネットに着地する。車は発進しかけたが、すぐに停車した。中から男たちが降りてくる。運転手を含めて全員で三人だ。

前園は窓から離れ、廊下を走る。エレベーターを待っている時間がもどかしく、階段を一気に駆け下りた。受付の前を通り過ぎ、自動ドアから外に出て、店の裏手に向かう。

すでに三人のうちの一人は路面に倒れていた。二人の男はナイフを所持している。小次郎の背中に隠れるように、大石萌は体を丸めている。

「前園さん、彼女を」

小次郎がそう言ったので、それに呼応して前園は叫んだ。「こっちだ」

大石萌が前園を見て、こちらに向かって走ってくる。男の一人が小次郎に向かって切りかかったが、小次郎はそれを難なくかわした。もう一人の男が言う。「てめえ、ぶっ殺してやる」

「いいですねえ、そういう台詞」小次郎は余裕の笑みを浮かべて言う。「やりましょうか。でも忠告しておきますけど、私は強いですよ。それでもいいんですか？」

「うるせえ、黙れ」

男たちは姿勢を低くして、ナイフ片手に徐々に間合いを詰めていった。対する小次郎は両手の拳を握り、ファイティングポーズをとっている。小次郎が一瞬だけこちらを見たのがわかったので、前園は大石萌の手を握った。

「逃げましょう」

彼女の手を握ったまま、前園は走り出す。ビルの正面に出てから、赤信号で停車している一台のタクシーに乗り込む。「とりあえず真っ直ぐ」と運転手に告げると同時に信号が青に変わり、タクシーは発進した。

「大丈夫ですか？　萌さん」

「ええ」と大石萌はうなずき、それから青ざめた顔で言う。「迂闊だった。尾行はまいたつもりだったんだけど」

「尾行、ですか？」

「そう。私は今でもあいつらに見張られている。あなたたちが知りたがっている秘密っていうのは、知ってしまったら命の危険だってある。そういうものよ」

前園はごくりと唾を飲む。命が危険に晒されるほどの秘密とはいったいどんなものなのか。

「で、そろそろ離してくれない？」

「あっ、すみません」

まだ彼女の手を握っていることに気づき、前園は慌てて彼女の手を離した。

「当時、私は歌舞伎町の〈ロイヤル〉っていうキャバクラ店で働いていたの。今はなくなっちゃったけど、かなりの有名店だった。歌舞伎町で働く女の子にとっては〈ロイヤル〉に入店できるっていうだけで憧れのステータスだった」

上野《うえの》駅近くのカラオケ店にいた。小次郎も合流していた。三人の男がどうなったか訊いても、小次郎は教えてくれなかった。しかし想像は容易い。今頃、三人の男たちはプロレスラーに喧嘩を売ったことを後悔しているはずだ。

「客層もサラリーマンとかじゃなくて、なかには有名人もいた。プロ野球選手とかお笑いタレントとかね。私をよく指名してくれる客の一人に由紀雄《ゆきお》君がいたの。まだ二十歳そこそこなのにお金もたくさん持ってて、いいお客さんだった。二回だけ寝たかな。向こうは私のことを恋人だと思っていたかもしれない」

「由紀雄君って、何している人？」

前園が訊くと、大石萌が答えた。

「大学生。たまに雑誌のモデルをやったりしてたみたい。あの晩も由紀雄君は店に来たの。来たときから何だかそわそわしてて、様子がおかしいと思っていたの。日曜日だったから店も暇だったし、私は由紀雄君と一緒に店を出たわ。深夜一時半くらいのことだった」

店を出て、路上に停めてあったベンツに乗った。父親から買ってもらったベンツで、何度も事故を起こしているので、車体のところどころがへこんでいた。運転席に乗った由紀雄は、エンジンをかける前に携帯電話でどこかに電話をした。短い会話が聞こえ、すぐに由紀雄は通話を切った。ダッシュボードの小物入れに携帯電話を置き、それから後部座席から茶色い紙袋を手にとった。「何それ？」と萌が訊くと、目を光らせて由紀雄は紙袋の中に手を入れた。

「拳銃だった。由紀雄君が握っているのは拳銃だった。『今からこれを持ってミツルのところに行く』由紀雄君はそう言って、いきなり不満をぶちまけたの」

由紀雄は都内の大学生を集めてさまざまなイベントをおこなっており、自らをイベントプロデューサーと称していた。人脈も豊富で、それを自慢の種にしているような男だった。しかし最近、そのイベントを巡ってミツルという共同プロデューサー的な男と揉《も》めたようだった。理由はイベントの儲けを由紀雄が着服したことにあり、ミツルを中心としたメンバーが由紀雄を排除する動きを見せたことに、由紀雄は腹を立てているのだった。

拳銃で脅し、自分を引き続きメンバーに留め置くこと。それが由紀雄の狙いだった。拳銃は知り合いの外国人を通じて手に入れたものらしく、まだ由紀雄自身も撃ったことがないという。

「私は反対した。やめてくれって何度も言ったけど、彼は頭にすっかり血が昇っているようだったし、それに酔ってたから何を言っても無駄だった。彼がエンジンをかけたとき、私は車から降りようと思った。私がドアを開けようとしたらエンジンが止まった。考え直してくれたのかしら、と私は安心したんだけど、その考えは甘かった。彼は言ったの。『やべえ、何だか緊張してきた。トイレ行ってくるわ』って。由紀雄君が車から降りたから、私もあとに従った。近くにあったコンビニに入ったの」

由紀雄はトイレに入っていった。萌はトイレへの入り口が見える雑誌コーナーで読みたくもない雑誌をとり、それをめくった。やがて由紀雄はトイレから出てきて、彼と入れ替わるように、やけに体格のいい男が女性に付き添われて千鳥足でトイレに入っていった。由紀雄は店から出ようとはせず、籠《かご》を持ってその中に栄養ドリンクやら缶ビールやらを次々と入れていった。

雑誌をもとあった場所に戻すと、背後をすり抜けていく女の子がいた。彼女はそのまま店から出ていく。向こうは気づかなかったようだったが、萌は気がついた。彼女の名前は山本美鈴といい、以前〈ティアラ新宿一号店〉にいたときの同僚だった。

「気がつくと由紀雄君はレジの前に立っていたの。私も慌てて彼のもとに急いだ。中国人っぽい店員が、商品にバーコードを当ててた。それから金額を言ったんだけど、由紀雄君は財布を車に置き忘れてしまったみたいで、ズボンのポケットから車のキーを出して、『おい、萌。財布を』って言いかけた。そのとき店員が目を丸くして、由紀雄君の腰のあたりを見ていたの。ズボンに挟んである拳銃を見ているのは明らかだった。何を思ったのか、由紀雄君はいきなり拳銃を抜いたの」

拳銃を抜いた由紀雄は、それを中国人店員に向かって構えた。しかし中国人店員は果敢にも由紀雄が手にした拳銃を摑もうとした。レジを挟んで二人が拳銃をとり合う格好となり、そうこうしているうちに銃声が鳴り響いた。思わず萌は頭を覆い、その場にしゃがみ込んでいた。

　幸いにも銃弾は天井付近に当たったようだった。発砲の音に不意を突かれ、中国人店員は拳銃から手を離した。由紀雄はその隙を見逃さず、拳銃を持ち直して、拳銃の台尻の部分で中国人店員のこめかみあたりを数発殴った。中国人店員はその場で昏倒《こんとう》した。

　悲鳴が聞こえ、店内にいた客たちがこぞって外に出ていく様子が気配でわかった。萌が顔を上げると、由紀雄は拳銃を手にしたまま、荒い息を吐いてその場に立ち尽くしていた。

　一刻も早くここから逃げなければならない。そう思って萌は由紀雄に声をかける。

「ねえ、由紀雄君。逃げよう。ねえ、由紀雄君ってば」

　自分のやってしまったことに恐れをなしたのか、もしくはパニックから抜け出せなかったのか定かではないが、由紀雄はレジの中に入り、『関係者以外立ち入り禁止』と書かれたドアを開け、中に入っていった。「ねえ、由紀雄君。早く逃げないと」そう言って萌もレジの中に入る。

　バックヤードは無人だった。ほかの店員たちは逃げ出したあとのようだった。由紀雄は壁に背を当てて座り込み、顔を両膝の間にうずめていた。
パトカーのサイレンが徐々に近づいてくる音が聞こえ、萌は膝が震えていることに気がついた。

気持ちが高揚しているのを前園は感じていた。スクープだ、と心の中で前園は連呼する。流小次郎は犯人ではないのだ。これは世紀の大スクープといっても過言ではない。

「やりましたね、小次郎さん」思わず前園は声を発し、隣に座る小次郎の肩を揺すっていた。「やっぱり犯人は別にいたんですよ。小次郎さんは犯人じゃない。これは立派な冤罪《えんざい》です」

小次郎は口を開けて、宙に視線を彷徨《さまよ》わせていた。無理もない。小次郎は無実の罪で九年間も服役していたのだ。彼なりに込み上げるものがあるのだろう。

前園は大石萌に向き直り、疑問を口にする。
「でもなぜです？　なぜ小次郎さんが犯人にされてしまったんですか？」
「私もよくわからない。由紀雄君、携帯で誰かに電話をしたの。ずっと誰かと話していたのよ。で、トイレの中で眠りこけている一人の男――つまりあなたね」萌は小次郎に視線を向けた。「あなたを発見して、さらに電話で何やら話していた。私は怖いし、これから先どうなってしまうのか不安でたまらなくて、ずっと倉庫の方で座り込んでいた」

午前四時くらいのことだった。ずっと電話で話していた由紀雄が動き出した。店内に設置されている防犯カメラを外し、それからバックヤードにあるパソコンを操り、何やら操作していた。

「トイレに向かって無理矢理ドアを開けて、眠りこけているあなたに拳銃を握らせたりもしたわ。私、由紀雄君が何をしようとしているのかわからなくて、黙って見ていることしかできなかった」

「おそらく」前園は口を挟んだ。「由紀雄という男は電話で何者かに指示を受けたんでしょうね。パソコンをいじっていたのは、防犯カメラに記録されている映像を消去したんでしょう。そして小次郎さんの手に拳銃を握らせ、指紋をつける。あともう一つ、気になることがあります。中国人店員とも口裏を合わせなければなりません。どうやったんです？」

「早い段階で中国人店員は手足を縛られ、口にガムテープを貼られていたの。五時くらいだったかな。由紀雄君、その店員を起こしたの。店員は暴れたけど、由紀雄君がその子の耳に強引に自分の携帯電話を当てたのよ。誰と話していたかはわからない。それきり店員は大人しくなった」

中国語を話せる人間を手配し、何らかの取引を結んだと考えていいだろう。由紀雄という男は誰かの指示に従い、小次郎に罪を着せる計画を着々と進めていったのだ。

「トイレの中の男は目を覚ます気配はなかった」萌が小次郎に目をやりながら言う。「でも万が一の場合を考えて、トイレを出たところにある別のドアにも鍵をかけた。店のレジに入っているお金を出して、彼のポケットに詰め込んだりもしてたわ。最後に由紀雄君は私に向かって言ったの。『これで俺の手足を拘束しろ』ってね」

由紀雄が持っていたのは店の商品であるガムテープだったらしい。言われた通り、萌はガムテープを使って由紀雄の手足を幾重にも巻きつけた。それが終わると、今度は自分の番だった。萌は自分の足にガムテープを巻きつけた。由紀雄の手伝いもあって手も同じように拘束した。

「最後に由紀雄君が言ったの。『いいか、萌。俺たちは被害者だ。犯人はトイレの中にいるあの男だ。俺たちは逃げ遅れて、あいつに捕まっただけだ』って」

互いの口にガムテープを貼りつけて、床に寝転んだ。あとは待っているだけだった。そして午前七時三十分、遂にその時が訪れる。

「店の前に車が止まった音がした。しばらくしてガラスが割れる音が聞こえて、白い煙が見えたの。目が痛くてたまらなかった。何だか凄い数の足音が聞こえてきた」

その瞬間を、前園は自宅のテレビで見ていた。まさか店内でそんなことがおこなわれていようとは、夢にも思っていなかった。ずっと黙っていた小次郎が重い口を開く。

「ドアを打ち破るような音が聞こえて、私は目を覚ましたんです。真っ暗でした。自分がどこにいるのかわからなかった。男たちの怒号が聞こえ、何だか目が沁《し》みて仕方がなかった。まだ酔いも残っていたので、抵抗することもできませんでした。頭を棍《こん》棒《ぼう》のようなもので殴られました。そこでまた私の記憶は途絶えます。次に意識をとり戻したとき、ベッドの上で横たわっていました。手には手錠をかけられ、足枷《あしかせ》もされていました」

前園は大きく息を吐く。以上があの日、コンビニエンスストアの店内で起こったことなのだ。世間で知られている事件とはその全貌は大きく異なっている。

萌はテーブルの上のカップをとり、口をつけた。カップを戻してから彼女は言う。

「私は救急車で病院に運ばれた。異常がないと確認されてからは、あとはずっと警察に事情を訊かれた。由紀雄君に言われた通りの話を何度繰り返したかわからない。解放されたのは深夜遅くだった。覆面パトカーで自宅まで送ってもらったの。でも次の日も、また次の日も同じことの繰り返しだった。事情を訊かれたり、マジックミラー越しにあなたの姿を見せられたこともあった」

萌がそう言って小次郎を見る。いわゆる首実検だろう。

「本当にごめんなさい。『この人です。この人が犯人です』って私は証言してしまった。すべては由紀雄君がやったことなのに」

萌はかすかに目に涙を浮かべている。たしかに彼女がしたことは偽証罪にあたる。しかし彼女を責めるわけにはいかない。本当に罪を償うべきは由紀雄という若者なのだ。

「私は店を辞めて、警察の人以外、人と会うことがなくなった。由紀雄君ともメールでやりとりするくらいだった。半年ほどたってから、急に由紀雄君が私の家にやってきて、アメリカに行くって言い出したのよ」

急な提案で萌も驚いたらしいが、由紀雄の言いなりになるしかなかったという。おそらく時期的に裁判が終わった頃の話だろう。由紀雄に連れられ、萌はアメリカのノースカロライナ州の小さな田舎町に向かった。何不自由ない生活を送ったが、二年間暮らして萌は故郷の日本が無性に恋しくなってきた。由紀雄に頼み込み、何とか帰国を許されたが、帰国したあともたまに外で見張られているような視線を感じることがあった。まだ私は完全に自由になったわけではない。視線を感じるたび、萌はそう痛感した。

「許せないっす」前園は気がつくと声を発していた。「こんなことが許されていいわけがない。最大の犠牲者が小次郎さんであることは間違いありません。でも僕だって——いや、プロレスに携わっていた者すべてが犠牲者ですよ」

もし小次郎の事件が起きていなかったら、首の皮一枚、繋がっていた可能性もある。プロレスが生き永らえていたかもしれないのだ。それほどまでに小次郎の起こした事件は、プロレス界にとてつもない打撃を与えた。

問題は由紀雄と、彼に指示を与えた黒幕だ。その人物こそが鍵を握っているように思われた。さきほど萌を攫《さら》おうとした連中も、そいつの息がかかった男たちだろう。

前園は萌に訊く。

「誰ですか？　由紀雄という男を操っていた人物というのは、いったい誰なんですか？」

萌はすぐには答えてくれない。もったいぶっているわけではないようだ。これまで見たことのないような真剣な顔で萌が言った。

「本当に知りたいの？　知ってしまったらあと戻りはできないわよ」

「あと戻りなんてするつもりはないですから。小次郎さんもそうですよね？」

そう問いかけると、小次郎は黙ったまま首を縦に振る。それを見てから、萌が口を開いた。

「由紀雄君の名字は佐伯《さえき》。佐伯由紀雄っていうの。お父さんの名前は佐伯今朝雄《けさお》」

「佐伯ってまさか、あの……」

「そう。当時の東京都知事。真犯人は都知事の息子だったのよ」

※

「じゃあ次の問題ね。この漢字の読み方は何でしょうか？」

小梅は漢字ドリルの問題をオドチと一緒に解いている。赤坂にある高級ホテルのスイートルームだった。こうして毎日一時間ほど、オドチに日本語を教えるのが小梅の日課になりつつある。

「難しいです」

「ヒント。体の一部分よ」

小学校一年生向けの漢字ドリルだった。問題には『目をあける』と書かれていて、目の読み方を問うているのだ。正解は当然、『め』だ。

「何かをあけるのよ。わからないの？　オドチ君」

「うーん、樽酒《たるざけ》？」

「樽酒を開けてどうすんのよ。正解は『め』よ。目。ちゃんと覚えておくように。じゃあ次の問題。この読み方は何？」

今度の問題は『犬のおまわりさん』と書かれていた。オドチは腕を組み、考え込んでいる。

「ヒントは動物。ワンワンって吠えるの。あっ、ちょっとヒント出し過ぎかな」

「わかった。となりのおまわりさん」

「だから動物だって言ってるでしょうに。それに隣におまわりさんいたら怖いじゃない。オドチ君、しっかりしてよね」

オドチことオドンチメル・オルガーバートルが来日したのは今から十二年前のことらしい。遠い親戚に日本で大関まで昇進したモンゴル人力士がいたことから、とある相撲部屋にスカウトされて十五歳のときに来日した。しかし稽古《けいこ》が厳しいことからたった二年で部屋から抜け出し、中華料理屋でバイトをしているところをファイヤー武蔵にスカウトされたようだ。すでにプロレスは自粛されており、ファイヤーは渡米を間近に控えていた。身の周りの世話を任せるため、ファイヤーはオドチを付き人として選んだという。

「じゃあ次ね、次は……」

小梅がページをめくったところで、ドアが開いてファイヤー武蔵が帰ってくる。ジャージ姿だった。ホテル内のジムでトレーニングをしてきたようだ。首にタオルを巻いている。

「何かえらい騒ぎになってきたみたいだぜ」

ファイヤーはそう言い、ソファに腰を下ろす。そのままテーブルの上のリモコンを手にとってテレビを点けた。ちょうど六時台の夕方のニュースが流れていて、右上には『学校の授業参観に元レスラーが乱入』という文字が躍っている。

ニュースキャスターが神妙な顔つきで言う。まったく信じられませんね。世間一般の常識というものがないのでしょうか。どう思われますか？

話を振られたコメンテイターが険しい顔で言った。教室というのは神聖な場です。そこに乱入して教師に暴行を働くなど、あってはならない行為です。断固許されるべきではありません。

テレビの画面には、さきほどの授業参観の様子が繰り返し流されている。ファイヤーが迫田という会計士の胸倉を摑み、それを離して飯田という教師の頰を張るシーンだ。

小梅も現場で見ていて正直度肝を抜かれた。誘拐された駿君が立ち直っているか、それを確かめるためにファイヤー武蔵が授業参観に訪れたのだと小梅は思っていた。意外に優しいところもあるじゃないか。そう見直したくらいだった。それが蓋を開けてみると、保護者の胸倉は摑むし、挙句の果てに教師に張り手をかましたのだ。見ていて開いた口が塞がらなかった。

「あの迫田って野郎、なかなかやるじゃねえか」ファイヤーが足を組んでふんぞり返って言う。「早速テレビ局に動画を売り込むとは、よほど俺様のことが気に入ったんだろうぜ」

小梅は思い出す。あの迫田という会計士夫婦はずっと小型ビデオカメラを回していた。おそらく妻が撮った動画をテレビ局に売り込んだというわけだろう。そうでなければこうも早くニュースに動画が流れるわけがない。

「たかが教師の顔を張っただけじゃねえか。それほど大騒ぎすることたねえだろうに。まったくこの国は暇人の集まりだぜ」

小梅はスマートフォンをとり出し、インターネットに接続した。ファイヤーの引き起こした騒ぎはすでにネット上でも話題になっており、何と検索ワードの第一位は『ファイヤー武蔵』で第二位は『レスラー　暴行』となっていた。ネットの反応を見ると、ファイヤーが帰国していることに驚く声もあったが、大多数はプロレスラーに対する罵詈雑言《ばりぞうごん》だった。ファイヤーの行動を擁護する声など一つもない。

ベッドの脇にある電話機が鳴り始めた。オドチが電話に出て、いきなり言う。

「はい、こちら来々軒《らいらいけん》です」

馬鹿なことを。それはオドチが一時期働いていた中華料理屋の名前だ。小梅はオドチから受話器を奪いとり、耳に当てた。電話の向こうからフロントの女性の声が聞こえている。

「あの、お客様が見えています。ファイヤー様に取材をしたいというマスコミの方々です。いかがなさいますか？」

「少々お待ちください」

受話器を耳から離し、電話の内容をファイヤーに伝えた。ファイヤーは素っ気なく言い放つ。

「マスコミには用はねえ。そうだな、俺はもうチェックアウトしたってことにしてくれねえか。嗅《か》ぎ回られると邪魔臭いしな」

フロントの女性にファイヤーの言葉を伝え、受話器を置いた。それにしてもマスコミの嗅覚《きゅうかく》は驚くほどの早さだ。もうこのホテルを突き止めてしまったのだ。

「腹減ったな」とファイヤー武蔵が言った。「どうせ外でマスコミが張ってるだろうし、今日はルームサービスを頼むか。おい、小梅。適当に頼んでくれ」

「了解です」

言われた通りに小梅はメニューを開く。もうすっかりファイヤーの世話をすることが当たり前になってしまっている。どうせ仕事もないし、カードも使い放題だし、だったらこの男たちと行動をともにしていた方がいい。小梅はそう自分に言い訳していた。それにファイヤー武蔵という男に興味もあった。もしかしたら自分の父親かもしれない男なのだ。

「ルームサービスをお願いします。シーフードピラフとサーロインステーキ、それからパスタのボンゴレと明太子、あとシーザーサラダと生ハムのサラダ、全部五人前ずつお願いします」

二人の食べる量も何となく計算できるようになっていた。特にオドチの食欲は半端なく、見ているだけでお腹が一杯になるほどだった。

いつの間にかファイヤーの姿がない。バスルームの方から鼻唄が聞こえてくる。風呂に入ったようだ。食事が来るまでオドチのドリルを進めてしまおう。

「オドチ君、続きやるわよ」

小梅がそう言うと同時に置いたばかりの電話機が鳴り始める。またマスコミが押しかけてきたのだろうか。小梅は受話器を持ち上げた。

「いやあ、いい風呂だったぜ。おい、小梅。お前も入ってきたらどうだ。それにしても腹減ったな。ルームサービスは届いているんだろうな」

バスローブをまとったファイヤー武蔵がソファに座っている二人の男を見て首を傾げた。「誰だ?」

小梅が答える前に、ソファに座った二人の男が同時に立ち上がる。そのうちの一人の男がスーツの懐から黒い手帳のようなものをとり出しながら言った。

「警視庁の者です。少しお話を聞かせてもらってよろしいでしょうか?」

「ちっ、サツか」そう舌を打ち、ファイヤーは彼らの脇に立っている私服姿のリッキーを見て言った。「そういうことか。リッキー、お前のところに来たってわけか」

「そうです。すみません、ファイヤーさん」

さきほどの電話はリッキーからだった。彼の経営するジムに刑事がやって来て、ファイヤーに会わせろとしつこく迫ったらしい。あまりにしつこいのでリッキーは根負けし、泣く泣く刑事たちをこのホテルまで案内したようだった。

「で、サツが俺に何の用なんだ？　悪いがこれから食事なんだ。飯を食いながらにさせてもらうぜ」

すでにルームサービスは届けられ、テーブルの上には料理が並んでいる。大人四人分くらいの量はあるが、すべてファイヤーの分だ。オドチの分は別のテーブルに運んでもらってある。

「世田谷の経堂で発生した誘拐事件についてです」年配の刑事が話し出す。やや強面の刑事だった。もう一人の刑事は若くて眼鏡をかけており、手にした手帳から顔を上げない。「元プロレスラーの近藤次郎。彼が主犯格と目されていますが、まだ居場所は特定できていません。彼らの居場所をご存じないでしょうか」

ファイヤーはその質問を無視するかのように、ナイフとフォークを手にとった。サーロインステーキにナイフを入れ、それを八等分に切り分けてから、一切れずつ口に運ぶ。綺麗に一枚目のステーキを食べ終えてから、口をナプキンで拭きながら言った。

「知らんな。だがかつては同じ釜の飯を食った後輩だ。俺からも詫びを入れさせてもらうぜ」

言葉とは裏腹にファイヤーの態度は悪びれた様子がまったくない。年配の刑事が続けて質問した。

「人質であった白崎駿君が救出された前後の時間帯に、現場付近で赤いフェラーリが目撃されているんです。ファイヤーさん、心当たりはありませんか？」

「ねえな」素っ気なくファイヤーは言う。「だが面白い偶然もあるもんだな。俺の愛車もフェラーリだ。でもフェラーリなんてうようよ走ってんだろ。環八で石投げればフェラーリに当たるんじゃねえのか。なあ、オドチ」

不意に話を振られ、窓際のテーブルで食事をしていたオドチが顔を上げる。

「ボスはフェラーリで時速二百キロを出します」

二人の刑事がその言葉を聞いて目を丸くする。それを見てリッキーが口を挟んだ。

「刑事さん、冗談ですよ、冗談」

小梅は内心思う。警察だって馬鹿ではない。こうしてファイヤーに面会を求めてくる以上、ファイヤーたちが誘拐事件に何らかの関与をしていると考えているはずだ。だが悪いのは近藤一派で、ファイヤーたちではない。ファイヤーたちこそ、誘拐犯を撃退したのだ。なぜファイヤーがそれを口にしないのか、小梅は疑問に思った。説明してしまえば早いのに。

「それともう一つ」年配の刑事が再び口を開いた。「現場の前にあるマンションに住む老人が、駿君が救出された時間帯に空飛ぶ男を見たと証言しています。何か心当たりはありませんかね」

「その老人、年齢は？」

ファイヤーが訊き返した。すでに二枚目のステーキは平らげ、明太子パスタを食べ始めている。若い刑事は手帳をめくり、顔を上げて初めて発言した。

「八十七歳です」

「ボケてんだろ、きっと。ほかに質問は？」

年配の刑事は押し黙った。これ以上、質問はないようだった。ファイヤーはテーブルに置かれたリモコンを手にとり、テレビのスイッチをオンにした。刑事が来たときにテレビは消してあった。ファイヤーはチャンネルを操作し、ＮＨＫに合わせてリモコンを置く。再びフォークで明太子パスタを食べながら言う。

「俺もすっかりヒールになっちまったもんだぜ」

ヒールという意味がわからなかった。すると隣にいたリッキーが説明してくれた。

「ヒールっていうのは悪者のこと。反対に善玉はベビーフェイス。善対悪の構図を作って、観客を盛り上げるのはプロレスの基本中の基本なんだよ」

テレビを見ると、街頭で女性がインタビューを受けていた。ファイヤーの事件を受け、街角でインタビューをおこなったようだ。化粧の厚い四十代の女性がマイクに向かって言った。本当、嫌よねえ。学校で先生に暴力をふるうなんて信じられないわ。プロレスラーって何て野蛮な人たちなのかしら。

「いいか、刑事さん」ファイヤーがフォークでステーキの皿をさした。そこには人参グラッセだけが残されている。「俺はな、この人参グラッセってやつが大嫌いなんだ。甘ったるくて、こんなものはおかずじゃねえ。ましてやデザートでもねえ。でもな、人参グラッセなんて食わなくても、人間は死にはしねえ。そうだろ」

二人の刑事は何も答えない。黙ってファイヤーの言葉に聞き入っている。

「それと一緒だ。プロレスがなくなっても、この国の奴らは誰も困らねえんだよ。残念ながら俺たちは負けた。この国でプロレスは負けたんだ。誰に負けたか、わかるか？　世間にだよ。世間に負けたんだ。刑事さん、あんたらスマホってやつ、持ってるか？」

「え、ええ……」

年配の刑事が答えた。ファイヤーはフォークで人参グラッセを突き刺し、それを皿の上に押しつけながら言う。

「俺はインターネットってやつを信じちゃいねえ。どこの誰かもわからねえ奴が垂れ流した情報を信じちゃいねえんだよ。でも俺たちプロレスはな、そういう連中の垂れ流したクソみてえな情報に負けちまったんだ」

ファイヤーの表情は厳しかった。フォークで人参グラッセを押し潰し、それを皿の上でこねるようにしている。その異様な雰囲気に感づいたのか、年配の刑事が腰を上げた。

「私どもはこれで失礼させていただきます。ご協力、ありがとうございました」

若い刑事も慌てた様子で立ち上がる。慌て過ぎて手帳を落としてしまい、それをぎこちない仕草で拾い上げた。ファイヤーが言った。

「せっかくだから教えてやる。ここ最近、元レスラーが立て続けに襲われているようだな」

年配の刑事が直立不動のまま答えた。「はい、自分も耳にしております」

「犯人は流だ」

「流というと、流小次郎のことでありましょうか？」

「そうだよ。あいつは出所してきている。犯人はあいつだ。自分が追放されたことを根に持っていて、俺たちレスラーに復讐しているのさ。まったく男の風上にも置けない野郎だ」

「それはたしかな情報なのでしょうか？」

年配の刑事に訊かれ、ファイヤーは答えた。

「多分な。俺の勘は当たるんだ。刑事さん、もし小次郎を捕まえたら、真っ先に俺に連絡をくれ」

「な、なぜですか？」

「決まってんだろ」ファイヤーはフォークを皿に押し当てる。すでに人参グラッセはペースト状になってしまっていて、フォークそのものもぐにゃりと変形してしまっている。「奴はプロレスにとどめを刺した張本人だ。俺の手でぶっ殺すのさ」

ファイヤーの顔は怒りで真っ赤に染まっている。触れると火傷《やけど》しそうな勢いだった。恐れをなしたのか、年配の刑事が頭を下げて言った。

「失礼いたします」

そう言って年配の刑事が部屋から出ていった。若い刑事もあとに従う。二人が出ていくのを見送ってから、ファイヤーは新しいフォークで食事を再開する。リッキーが言った。

「ファイヤーさん。現段階で小次郎さんの仕業にするのは早計じゃないですか？」

「間違いねえよ、あの野郎の仕業だ。バイソンを仕留められるレスラーなんてそうはいねえ」

「あのう、すみません」

出ていったはずの若い刑事が壁から顔を覗かせていた。若い刑事はやや緊張した面持ちで言った。

「僕、ファイヤーさんの大ファンなんです。握手してもらっていいですかね」

ファイヤーがフォークを置き、立ち上がった。無言のまま若い刑事のもとに歩み寄る。頭二つ分ほどの身長差があり、若い刑事は怯えたような表情でファイヤーを見上げている。ファイヤーが右腕を振りかぶるのを見て、小梅は我が目を疑った。まさか、また――。

小梅の予想に反して、ファイヤーは若い刑事の右手をがっしりと握った。それから振り返り、満面に笑みを浮かべて言った。

「オドチ、色紙持ってこい。ファンは大切にしないとな」

※

「君、本当に可愛いねえ。食べちゃいたいくらいだよ」

小次郎はキャバクラ嬢三人に囲まれ、すっかりご満悦だ。その表情は人生を謳歌《おうか》している男のそれで、冤罪で九年間も服役してきた男の顔ではない。

「まったく調子が狂うな。あれが流小次郎だとは」

隣に座る井野がグラス片手に言った。最初は小次郎と一緒にボックス席で飲んでいたのだが、頃合いを見計らってカウンター席に移ったのだった。前園は弁解するように言った。

「普段は大人しくて、礼儀正しい人なんですよ。こういう店に来ると豹変するらしいです」

「もっと硬派な男だと思っていたよ。俺の中の二大硬派の男は一人が流小次郎で、もう一人が高倉健《たかくらけん》なんだぜ」

前園も最初は驚いた。今、ボックス席でキャバクラ嬢と戯れる小次郎の姿には、鬼神流小次郎の片鱗《へんりん》さえ垣間《かいま》見ることができない。

「でもよ、前園」井野が声をひそめて言った。「さっきの話はマジなのかよ。本当だったら大変なことになるぜ。俺たちの手には負えないくらいだ」

「だから井野さんに相談したんじゃないですか」

大石萌から聞いた話は、すでに井野に打ち明けてある。十年前の立て籠もり事件は冤罪で、真犯人は佐伯元都知事の息子であると。佐伯は前回の都知事選には出馬せず、今は政界を引退している。

「都知事の息子が犯人だったなんて、話がでか過ぎて、何が何だかわからないよ」

井野がグラスを傾け、焼酎の水割りを飲み干した。前園はそのグラスに焼酎と水を入れてかき混ぜる。店の女の子は近づけないでほしいと頼んであるので、カウンターには井野と前園の二人だけだ。

「井野さん、弁護士の知り合いとかいないんですか？」

前園が訊くと、井野が首を横に振った。

「プロレスラーの冤罪事件を引き受けるなんて、そんな奇特な弁護士がいるわけがない。仮にいたとしても金がかかるだろ。それに時期も悪い。お前だってファイヤーさんの騒ぎ、知ってんだろ？」

「ええ、ニュースで見ました」

「プロレスバッシングが再燃してるな。近藤一派の誘拐事件といい、今日のファイヤーさんの件といい、ワイドショーが喜びそうなネタばかりだ」

その通りだと前園も思う。実際、ファイヤーの事件が引き金となり、ニュース番組ではこぞってプロレス界の過去の事件を報道しているらしい。

「でも、ファイヤーさんらしいと言えば、ファイヤーさんらしいけどな。やっぱりあの人だけは常識が通用しないよ」

感服するように井野が言う。ファイヤー武蔵ファンの井野にとっては、その行動さえも半ば神格化されてしまうのだ。

「よおし、じゃあ久し振りに技でもかけちゃおうかな。実は僕、プロレスラーなんだよね。足4の字固め、かけてほしい人、手を挙げて」

「何それ、全然知らないんだけど」

「超受ける。このおじさん、面白い」

小次郎が座るボックス席が店内で一番盛り上がっている。この状況でプロレスラーであることを隠そうとしない小次郎に対し、感服を通り越して恐怖すら覚える。小次郎が座るボックス席に目を向けて、井野が頭を振って言う。

「あれが鬼神と言われた流小次郎か？　まったく信じられん。冤罪だっていうのは本当なのか？　とてもそんな風には見えんぞ」

「九年間も刑務所に服役していたんです。羽を伸ばしているんですよ」

「伸ばし過ぎだろ。大空を羽ばたいているように見えるぞ、俺には」

「そう言わずに一緒に考えてくださいよ。井野さん、悔しくないですか？　もし十年前に小次郎さんが捕まってなかったら、今でもプロレスは続いていたかもしれないんですよ」

「俺だって悔しいさ」井野がグラスを傾けてから言った。「でもこればかりはどうしようもない。わけのわからんでかい力が働いたってことだよ。それに流の事件がなかったとしても、プロレスが続いていたとは俺には思えん。プロレスってのは淘汰《とうた》される運命にあったんだ」

「僕には納得いきません。だって小次郎さんは無実なんです。無実の罪で九年間も服役したんです。真犯人が罪を償うべきじゃないですか」

「お前が考えろよ、前園。東大出てんだろ。何のためにそのおつむがついてんだよ」

井野の言い放った台詞は懐かしかった。編集者時代、幾度となく井野に言われた言葉だった。徹夜で編集作業に追われているとき、書いた原稿を副編集長の井野のところに持っていくと、その原稿を読んだ井野がそう吐き捨てて原稿を投げ捨てるのだ。

その言葉に発奮し、前園は何度も原稿を書き直した。懐かしい思い出だ。

前園は腕を組んで考える。たしかに時期が悪い。プロレスに対するバッシングが再燃する中、小次郎が無実であることを主張しても勝ち目はなさそうだ。

世間は敵だ。誰もがプロレスというものに対して、負の感情を抱いている。やはり駄目なのか。せっかく摑んだスクープを、どうすることもできずに泣き寝入りするしかないのだろうか。

派手にグラスが割れる音が聞こえ、前園は我に返った。小次郎が座るボックス席だった。酔った小次郎がグラスを落としてしまったらしく、頭をかいて笑っている。まったくあの人は……。前園は腹立たしくなり、立ち上がって小次郎のいるボックス席に向かった。

「小次郎さん、そろそろ時間です。帰りますよ」

「おっと、もうそんな時間でしたか」小次郎は立ち上がり、周りのキャバクラ嬢に向かって言った。「楽しいひとときをありがとう。拙者は帰るでござる」

小次郎が歩き始める。カウンターに目を向けると、ちょうど井野も立ち上がったところだった。小次郎の背中を追うと、不意に小次郎はバランスを崩したように膝をついた。

「小次郎さん、飲み過ぎですって」

そう声をかけたが、小次郎は膝をついたまま立ち上がる気配はない。その顔を覗き込むと、小次郎は右手で口元を押さえている。前園は思わず膝をつき、彼の背中に手を置いていた。

「小次郎さん、大丈夫ですか？　小次郎さん」

小次郎の右手は真っ赤に染まっている。口から血が溢れ出し、小次郎は苦しげに咳込んでいた。


ブラインド越しに朝の光が差し込んでいた。朝の六時を過ぎたところだった。隣には井野が座っており、首を垂れて眠りこけている。

小次郎がこの病院に運び込まれたのが午前一時のことだから、すでに五時間が経過していた。救急車を呼ぼうとしたのだが、小次郎が頑なに拒み、この病院に連れていってほしいと言ったのだ。峰田医院という、四谷にある個人病院だった。

出迎えたのは高齢の頼りなさそうな医師だったが、前園はその顔に見憶えがあった。峰田リングドクターだった。帝国プロレスのリングドクターで、巡業にも常に同行していた。すぐに峰田は小次郎を処置室に運び込み、処置室のドアを閉ざした。

今、前園が座っているのは待合室に置かれたソファだ。ソファはところどころが破れており、黄色いスポンジのようなものが見えている。テレビのリモコンを手にとり、テレビを点ける。井野に配慮して音量を絞ってから、チャンネルを適当に替える。朝の情報番組をやっており、やはりファイヤー絡みの事件を報道していた。

処置室のドアが開き、峰田が姿を現した。やや疲労したような顔つきだった。峰田が前園を見て言った。

「お前さん、何者だ？」

「前園といいます。以前、〈週刊リング〉で編集者をしておりました」

「そうかい。小次郎と一緒にいるってことは、あの男が心を許してるってことだろ。入りな」

峰田が再び処置室に入っていくので、前園は腰を上げて彼の背中を追った。処置室の中に入ると、ベッドに横たわっている小次郎の姿が見えた。小次郎の顔は心なしか青白かった。

「結論から先に言う。胃がんだ」

峰田はベッドの脇にある椅子に座り、それから一升瓶の日本酒を湯呑みに注いだ。それを飲み干してから再び口を開く。

「さすがの小次郎でも病魔には勝てんということだな。まったく無茶をしおってからに」

「かなり……」前園は唾を呑み込んでから言う。「かなり進行しているってことですか？　助かる確率はどれくらいなのでしょうか？」

峰田はもう一杯湯呑みに日本酒を注いでから、懐から封筒を出した。それを小次郎の枕元に置いた。

「俺みたいな町医者じゃ手に負えん。紹介状を書いておいた。東都医大に俺の後輩がいるから、そいつに面倒をみてもらうといい」

ベッドの上でうめき声が聞こえた。小次郎が目を覚ましたようで、薄く目を開けて峰田を見て言う。

「……先生。すみませんね、ご迷惑をおかけして」

「小次郎、久し振りだな。元気にしてたか、と言いたいところだが、お前さんの体はそれどころじゃないぞ。今、この男にも説明したところだが、東都医大に行くんだ。紹介状はもう書いてある」

背後に人の気配を感じ、振り返ると井野が立っていた。井野が前に出て、峰田に訊く。

「先生、ステージは？　俺の母親も胃がんでしたが、今は元気に暮らしてます」

「楽観はできん。状況は厳しいな」峰田は首を横に振った。「俺に言えるのはそれだけだ。今日は一日ゆっくりしていけばいい。治療費は請求しないから心配するな。俺とお前さんの仲だからな」

峰田は処置室を出ていこうとした。ベッドの上の小次郎がゆっくりと体を起こし、峰田に訊く。

「先生。正直に教えてください。私の命はあとどれくらいでしょうか？」

峰田はドアの前で立ち止まった。そのまま硬直したように動かなくなる。小次郎はさらに峰田の背中に問いかける。

「先生、教えてください。私と先生の仲。さっきそうおっしゃいましたよね。私の最期を看とるのは、あなたしかいない。私はそう思っています」

峰田が振り向いた。その顔は沈痛なものだった。声を落として、峰田は言った。

「半年。もって一年というところだ」

「半年って、そんな……」

前園は思わず声を発していたが、続ける言葉が見つからなかった。刑務所から出所してきたばかりだというのに、余命が半年とは神様も酷《むご》過ぎる。小次郎が何をしたというのだ。冤罪で九年間も服役したうえ、命まで奪おうというのか。

ベッドの上の小次郎を見る。もっともショックを受けていていいはずだが、その顔つきは予想を裏切って晴れ晴れとしたものだった。小次郎が言った。

「体調の悪さはずっと感じていました。先生、ありがとうございます。あと半年の命と聞いて、何か吹っ切れた感じがします」

小次郎がベッドから下り、立ち上がった。ちょうど窓越しに朝の光が差し込んでおり、まるで後光のように小次郎の背中を照らしている。

「やっぱり並じゃねえな」耳元で囁く声が聞こえた。井野だった。井野は小次郎を見ながら小声で言う。「あれが流だ。俺の知る流小次郎だ。死を宣告されても、恐怖すらしない。あれが鬼神、流小次郎だよ」

前園はうなずく。朝日に照らされた小次郎の姿を見て、唐突に思いついた。あと半年の命なら、絶対にそれを無駄に使ってはならない。

「井野さん、頼みがあります」

「何だよ、急に」

「小次郎さんの無実を世間に訴えましょう」

※

「よし、着いたぞ」

運転席のファイヤー武蔵がそう言いながらフェラーリを路肩に停車させた。バイソン蜂谷が襲われた際、彼が運び込まれた四谷の病院だった。ホテルで朝食を食べ終えたあと、急にファイヤーが出かけると言い出したのだ。オドチはホテルで留守番をしている。

車から降り、雑居ビルの二階にある峰田医院の中に入る。先日と同じく待合室には誰もいない。待合室のテレビが点いたままになっていて、午前中のワイドショーが低い音量で流れていた。ファイヤーは断りもせずに処置室と書かれたドアを開けた。

「ドク、いるか?」

ファイヤーに続き、小梅も処置室の中に入る。窓際に置かれた椅子に座り、峰田は居眠りをしているようだった。机の上には一升瓶の日本酒が置かれている。

「朝から酒とはいいご身分だな、ドク」

峰田がはっと顔を上げ、ファイヤーの姿を見て目をこすった。

「ファイヤーか。まったくタイミングがいいのか、悪いのか。まあ縁みたいなもんだな」

「寝惚《ねぼ》けたこと言ってんじゃねえよ。ん？　急患だったのか」

処置室に置かれたベッドは乱れていて、そこに患者が横たわっていた形跡が残っている。峰田が小さく笑って言った。

「久し振りに徹夜だよ。酒くらいゆっくり飲んでもいいだろ」

「こんな病院に運ばれてくるなんて、よほど運がねえ奴だったんだろうな」

ファイヤーはそう言いながらベルトに手をやって、いきなりズボンを脱ぎ始める。思わず「きゃっ」と悲鳴を上げ、小梅は顔を手の平で覆っていた。ファイヤーの声が聞こえた。

「小梅、恥ずかしがってんじゃねえよ。親子かもしれねえんだぞ」

小梅は顔から手をどけて薄く目を開ける。ファイヤーはベッドに座っていた。その右膝を見て驚く。

ファイヤーの右膝はアームのような細い金属で固定されていた。まるで右膝だけがロボットのようでもある。アームを固定しているサポーターを外しながら、ファイヤーは峰田に向かって言った。

「ちょっと診てくれねえか。ここ最近、痛みが酷いんだよ」

「どれどれ」と峰田が立ち上がり、ファイヤーのもとに向かった。その右膝を触ったり、踵《かかと》のあたりを持って上下に動かしたりしていた。苦痛なのか、ファイヤーの顔が歪《ゆが》んでいる。

「お前さんも無茶しおってからに。普通だったら車椅子だぞ」

「お前さんもって、ほかに誰が無茶したんだよ」

「すまん、こっちのことだ。だがファイヤー、この膝の状態だと本気で引退を考えた方がいいんじゃないか」

「舐《な》めたことを。俺が引退するわけねえだろ」そう言ってからファイヤーはこちらを見て言った。「見ての通り、俺の右膝はボロボロなんだよ。半月板《はんげつばん》が擦り減っているんだ。まあ酷使した結果だな。小梅、俺の試合を見たことあるか？」

ファイヤーに訊かれ、小梅はうなずいた。実は最近、スマートフォンで検索し、動画サイトでファイヤーの試合を見ている。ファイヤーだけではなく、流小次郎の試合も見たりもする。

「ファイヤーバードって知ってるだろ。あの技を使い続けた代償がこれなんだよ」

ファイヤーバード。ファイヤー武蔵の必殺技だ。コーナーポストに上り、立ち上がりかけた相手の後頭部目がけて、ジャンプして右膝を叩きつけるという技だった。たまに場外の相手に仕掛けることもある。

「人間の頭ってのはな、意外に固いんだよ。ファイヤーバードを相手の頭に叩き込むたびに、俺の右膝にもダメージが蓄積されていくんだ。まあ後悔はしてねえけどな。ファイヤーバードがなけりゃ、今の俺はないといってもいい」

想像はできる。人の頭を膝で打ち続けるのだ。仮に一年で百試合したとして、すべての試合でファイヤーバードを使ったとする。二十年間で二千回だ。実際にはもっとだろう。

「痛み止めを処方しておく。飲み薬のタイプと、注射もな。だがファイヤー、無理はするなよ。普通の整形外科医がお前さんの右膝を診たら、絶対安静、運動禁止を言い渡されるところだぞ」

峰田がそう言って、処置室の奥に姿を消した。薬を用意するためだろう。ファイヤーは再びアームの装具を装着し、それをサポーターで固定する。立ち上がってズボンをはいてから、ファイヤーは小梅を見た。

「お前には知っておいてほしかった。俺の本当の姿をな。でも俺だけじゃねえぞ。レスラーってのは誰でも一つや二つ、体に爆弾を抱えているもんだ」

プロレスラーという商売は楽なものではないらしい。右膝にこれほどの怪我を抱えながらも、ファイヤーは一日に三、四時間ほどをホテル内のジムで過ごしている。過酷な商売なのだ。

※

「いったいどうしたんですか、井野さん。こんなところに呼び出したりして」

カラオケボックスの個室に入ってきた男が、部屋に充満した煙草の煙に顔をしかめたが、その顔つきは小次郎を見て豹変した。目を丸くして、小次郎を見て男が言う。

「まさか……流、小次郎？」

「まあ座ってよ」井野が立ち上がり、男の肩に手を置いてソファに座らせた。男は小次郎を見て、口をパクパクさせている。

「ほ、本物だ。出所したって噂、マジだったんですね」

男は四十代前半で、白いパンツにサマーセーターを着ている。どことなく垢《あか》抜けたその格好は、前園には縁遠い存在のように思えた。

「アイスコーヒーでいいだろ」井野が勝手に電話の子機で注文してから、男の肩を叩いて言った。「こちらが五十嵐さん。ジャパンテレビのディレクターさんだ。定期的にプロレスDVDの鑑賞会を開いているんだが、そこの常連さんなんだよ」

「初めまして、五十嵐と申します」

五十嵐という男が頭を下げた。しきりに小次郎の方に視線を送っている。まあ無理もない。あの流小次郎とこれほどの近距離で対面できるなど、プロレスファンにとっては夢のような話だ。小次郎は五十嵐に向かって頭を下げてから、カラオケの曲リストを膝の上に置いて眺め始めた。

「見てもらいたい映像があるんです」

前園はテーブルの上に置いたノートPCを操作してから、五十嵐の方に向けた。自宅から持ってきたノートPCだ。再生が始まると、五十嵐は画面に目をやった。音声だけが前園にも聞こえてくる。

「私の名前は流小次郎といいます。元帝国プロレス所属のプロレスラーです。最近、千葉にある刑務所から出所してきました。皆さんもご存知の通り、私は十年前、新宿歌舞伎町のコンビニに立て籠もった罪で逮捕されました」

さきほど撮った流小次郎が無実を訴える映像だった。原稿は前園が書いたものだ。あまり話が長くなってしまうと、視聴者に見てもらえないため、五分ほどにまとめてある。

「……というわけです。私は犯人ではありません。どうか信じてください」

再生が終わった。五十嵐はつぶやくような声で言う。

「これって……これって真実なんですか？」

「ええ」前園は答えた。「まだ続きがあります。ご覧ください」

前園はマウスを操り、二本目の映像を再生させる。画面に映ったのは女性の姿で、大きなサングラスをして、口にはマスクをしている。大石萌だ。

「私は十年前の立て籠もり事件の人質でした。今から真実を話します」

大石萌の声が聞こえてくる。彼女が話している内容も、すべて前園がまとめたものだ。今朝、峰田医院を出てからすぐに、前園は自宅に戻り一時間で二人の読む原稿を書き上げた。その間、井野には録画の準備を頼んだ。渋谷のレンタルルームを借り、そこに大石萌を呼んで撮影に及んだのだ。撮影は二時間ほどで終わり、それを編集した。午後一時に映像が完成し、すぐに井野に頼んで五十嵐を呼び出してもらったのだ。

五十嵐は食い入るように画面を見つめている。その表情は真剣なものだった。室内は空調が効いているというのに、額に汗を浮かべている。

「以上です。私は嘘をつきました。犯人は流小次郎さんではありません。真犯人は別にいるんです。前東京都知事の息子、佐伯由紀雄さんです」

映像が終了した。前園は手を伸ばしてノートPCを閉じた。五十嵐はテーブルの一点を見つめたまま微動だにしない。五十嵐の喉仏が大きく動き、彼が唾を呑み込んだのがわかる。前園は気を利かせ、アイスコーヒーのグラスを彼の手元に押しやった。無言のまま、五十嵐はグラスを摑み、直接グラスに口をつけて半分ほど一気に飲んでから言った。

「信じられない。信じられませんって、こんな話」

「これが真実なんですよ、五十嵐さん。僕は前園といいます。井野さんと同じく、かつて〈週刊リング〉で編集者をしていました。プロレスへの思いは誰にだって負けない自信がある。この映像、そちらのニュースで流してもらえませんか？」

井野から聞いた話によると、五十嵐はいくつかの番組の総合ディレクターを務めていて、その中には夕方のニュース番組もあるらしい。公共の電波を利用し、小次郎の無実を世間に訴えかける。それこそ前園がやろうとしていることだった。

「この話、本当なんですか？」

五十嵐の発した問いに答えたのは井野だった。煙草を灰皿で消してから答える。

「マジだよ、大マジだ。こんな与太話、誰が思いつくっていうんだよ。流小次郎は無実なんだ。最初俺も聞いたときは信じられなかった。どうだい？　五十嵐さん。この映像、あんたの番組で放送できんかな」

五十嵐は腕を組む。しばし考えたあと、五十嵐は言った。

「無理ですね」

「そこを何とかお願いできませんか」

前園が頭を下げても、五十嵐の答えは変わらなかった。

「難しいですね。私だって」五十嵐は小次郎の方をちらりと見る。「流さんには同情します。もしこれが本当の話だったらね。でも今は時期が悪い。テレビってやつはスポンサーあってのものです。こんなもんを流したら総スカンを食らいますって」

前園は身を乗り出し、やや声をひそめて五十嵐に言った。

「五十嵐さん、これはチャンスだと思ってください」

「どこがチャンスですか。下手したら私の首が飛んじゃいますよ」

「我々はこの映像を動画投稿サイトで発表するつもりでいます。当然、騒ぎになるでしょう。もしかしたらマスコミも飛びつくかもしれない。ジャパンテレビ以外の局がニュースでとり上げるかもしれません。そうなったら二番煎《せん》じになります。おわかりですか？」

「本気で、やるつもりなんですか？」

「ええ、もちろんです。だから特別に五十嵐さんには事前にお知らせしたんです。明日の午後五時、我々は映像をネット上にアップする予定です。仮に明日の夕方のニュースでオンエアできれば、ジャパンテレビの特ダネですよ。完全に他社を出し抜けるわけです。悪い話ではないですよ」

五十嵐の視線が揺れていた。心が傾いている証拠だった。予定していたことは全部喋ったつもりだった。だがあと一押し、足りないような気がしてならなかった。前園は自然と五十嵐に問いかけていた。

「五十嵐さん、プロレスファンなんですよね？」

「ええ、そうです。周囲には内緒にしていますけど」

「一番好きな試合は何ですか？」

虚を突かれたような顔をした五十嵐だったが、一瞬だけ小次郎の方を見てからすらすらと答える。

「GDO世界ヘビー級タイトルマッチ。第十八代王者流小次郎、挑戦者ファイヤー武蔵。場所は大阪府立体育会館。十九分五十二秒、ファイヤーバード二連発からファイヤー武蔵のピンフォール勝ち」

カラオケの曲リストに視線を落としていた小次郎のこめかみのあたりが、細かく動いたような気がした。負けた試合のことを思い出したのかもしれない。前園は五十嵐に言った。

「あの試合か。いい試合でしたね。もしかして五十嵐さん、ファイヤーさんのファンですか？」

「すみません」小次郎に向かって頭を下げてから五十嵐が答えた。「死んだ親父の影響でね。ガキの頃からファイヤー一筋です。ファイヤー武蔵にはいろんなことを教えてもらいました」

五十嵐は遠くを見るような目つきをした。その人それぞれに歴史があり、様々な形でプロレスに接してきたのだ。前園はぐっと前に身を乗り出した。

「五十嵐さん、プロレスを助けると思って、一肌脱いでもらえませんか？　あなただけじゃありません。僕もそうです」

自然と声が溢れ出た。熱い思いが込み上げてくる。

「友情。努力。栄光と挫折。裏切り。挑戦。勝つこと。そして負けること。勝者の美学。負け犬の遠吠え。夢を追うこと。諦めないこと。絶対に諦めちゃいけないこと。

人生で大事なことは全部、僕はプロレスから教わった。あなただって、きっと僕と同じはずだ」

思わずテーブルを平手で叩いていた。その気迫に押されるように、五十嵐がソファの上で体を反らした。小さく咳払いをしてから、五十嵐が苦笑して言った。

「わかりましたよ、前園さん。微力ながらご協力させてください」

※

マズイな、これは。

応援席を見て、白崎真帆は溜め息をつく。応援席から死角になるように、近くにあった柱に身を寄せた。柱から顔を出し、コートを見る。すでに試合前の練習が始まっているようで、ユニフォームを着た小学生たちがパス交換をしていた。

フットサルをやりたい。駿がそう言い出したのは今朝のことだった。突然のことだったので真帆は驚いた。駿の通う小学校にフットサルのチームがあることは知っていた。主体は学校側ではなく親たちで、たまにママ友との会話でも話題に上ることもあった。

練習は週に二回で、水曜日と金曜日の放課後らしい。駿は平日は週に三日、塾に通っている。もしフットサルをやるとなれば、駿の放課後の予定はぎっしりと埋まる。ゲームやる時間なくなっちゃうけど、それでもいいの？

念を押すように真帆は言ったが、駿の決意は固いようだった。そして今日、急遽フットサルに駿が初めて参加することになったのだ。もう自己紹介は終わったようで、駿もみんなと一緒にパス交換の練習をしていた。

「もっと近くで見たらどうですか？」

背後から声をかけられ、振り向くとクラス担任の飯田が立っていた。ジャージ姿だった。真帆は飯田に言う。

「先生、どうしてここに？」

「たまにコーチをやっているんですよ。こう見えても高校までサッカー部でしたから。まあずっと補欠だったんですけどね」

「でも先生、大変だったんじゃありません？」

授業参観の映像がニュースに流れたのは昨日の夕方のことだ。夕食を作りながらテレビを見ていて、映像を見たときは驚いた。まさか自分が目にした光景が全国ネットのニュース番組で流れるとは思ってもいなかった。

「大変なんてもんじゃありませんよ」ちっとも大変じゃなさそうな顔で飯田は言う。「自宅のアパートにも記者の人たちが押しかけるし、ＰＴＡ役員にも説明しないといけないし、何だかわけがわかりません」

コートに目をやると、両軍が中央で整列していた。そこに駿の姿はない。ベンチスタートということだろう。まあそれは仕方ない。今日が初日なのだから。

「白崎さん、あっちに行きましょうよ」

飯田がそう言ってコートの脇をさす。パイプ椅子が何脚か並べられ、ちょっとした応援席のようなものが作られていて、今も子供たちの親らしき人たちがコートに声援を送っている。

「いえ、私はちょっと……」

問題は応援席に例の迫田という男の姿を見つけたからだ。下手に近づいて余計な因縁をつけられたら厄介だ。

「大丈夫ですよ、迫田さんのことでしたら。何か機嫌がいいんですよ。テレビでファイヤーさんがこっぴどく叩かれているのを見て、嬉しいんじゃないでしょうかね」

そういうものなのだろうか。飯田の言葉を信じ、真帆は応援席に行くことにした。真帆に気づいた親が数人、こちらに向かって頭を下げてきたので、真帆も会釈を返した。迫田は真帆を一瞥《いちべつ》し、何事もなかったようにコートに目を戻した。

コートの上では子供たちが走り回っている。ママ友から聞いていたが、予想以上に激しいスポーツだ。私だったら一分ほどで息が切れてしまうことだろう。しかし子供たちはちょこまかとコートを動き回り、ボールを追いかけている。真帆は隣にいる飯田に訊いた。

「うちの子、なぜ急にフットサルをやりたいなんて言い出したんでしょうか？ 先生、心当たりはありません？」

「さあ。でもいいことだと思いますよ。駿君、誘拐事件で注目されたじゃないですか。普通だったら萎縮してしまうんですけど、駿君の場合はそれをバネに変えたというか。お母さんを前にして言うのもあれですけど、駿君はどちらかというと引っ込み思案な感じだったんですよ」

それは真帆にもわかる。遠慮するというか、あまり自分の主張などを言わないのだ。多分私に似たのだろう、と真帆は勝手に思っているのだが、夫の真一郎に言わせると、それは絶対にないらしい。

「勉強も運動もできるんだから、もっと率先してクラスメイトを引っ張ってほしいと僕は思っていました。これがいいきっかけになるかもしれませんね」

コートを見ていて、気になる点があった。迫田一輝君だ。彼は駿と同じチームで、ゴール近くでシュートを狙う役割らしいのだが、孤立しているように思われた。さっきもゴール前でいいポジションでパスを待っていたのだが、ボールを持っていた男の子はなぜか違う子にパスを出し、チャンスをふいにしてしまった。

「何やってんだ。一輝だ。一輝にパスを回すんだよ」

一輝君の父親が苛立ったように声を上げていた。それを見て、飯田が肩をすくめて言った。

「反対に一輝君は昨日の件もあって、クラスで浮いてしまっています。僕も何とかしたいと思っているんですが、なかなか難しくて」

自分の立場に置き換えて考える。もし私の父親が授業参観で昨日のような騒ぎを引き起こしたら、それこそ恥ずかしくて学校には行けないだろう。

あっという間に前半が終わり、短い休憩を挟んで後半戦に突入した。駿がコートに走っていく。どうやら後半から出番が回ってきたらしい。頑張れ、駿。声には出さず、真帆は心の中で息子の活躍を祈る。

チャンスは早々に巡ってきた。ゴール前で味方のパスを受けた駿が、相手のディフエンダーと対峙する。彼を抜けば、あとはゴールキーパーだけだ。行け、駿。真帆は祈るように両手を胸の前で合わせたが、駿は不意を突くように斜め前にいる一輝君にパスを出す。

えっ？　俺？　一瞬だけたじろいだような顔をした一輝君だったが、足元のボールをゴールに向かって蹴り込んだ。キーパーは反応できず、ボールはネットを揺らした。

「よし、いいぞ。一輝、ナイスシュートだ」

迫田が息子を称《たた》えている。ナイスパスでしょうに。真帆はそう反論したい気持ちだったが、口には出さなかった。駿はゴールを決めた一輝君に駆け寄り、肩を叩いて何事かを告げた。一輝君がうなずいた。その顔には笑みが浮かんでいる。

駿と目が合ったので、真帆は小さく手を振った。すると駿もそれに気づき、照れたようにVサインを送ってくる。

※

「まったくあんたって子は……。お母さん、あれほど言ったじゃないか。プロレスラーとだけは関わるなって。それをよりによってこんな……」

「違う。違うってば。これには事情が……」

「言い訳しないの、小梅。まったくあんたときたら誰に似たのか……」

小梅は武蔵小金井にある母が切り盛りする小料理屋に来ていた。ファイヤー武蔵がどこかに出かけてしまったので、たまには母の顔を見ておこうと足を運んだのだ。オドチを一人でホテルに残しておくのも可哀想なので一緒に連れてきたところ、店に入るや否や母の梅子は激昂《げきこう》した。

「違うのよ、お母さん。この人は……」

「違わないわよ。こんなでかい図体をした男、プロレスラーに決まってるじゃないか。お母さん、こう見えても鼻が利くの。プロレスラーを一発で見破ることができるんだから」

それはそうだろう。プロレスの花束嬢をしていただけではなく、二人のプロレスラーと恋に落ちた女なのだ。

まだ午後六時という時間のせいか、店内に客の姿はない。母はちょうど煮物の下ごしらえをしていたようで、まな板の上に里芋やら人参といった根菜類がカットされている。母はそれらを次々とオドチに向かって投げつける。

「帰りなさいよ、このプロレスラー風情めが」

しかし驚いたことに投げつけられたカット野菜を、すべてオドチは器用にキャッチしてしまう。でかい図体の割に反射神経はいいらしい。それが気に食わないのか、母はさらにカット野菜を投げつける。

「やめて、お母さん。今ね、私ね、ファイヤー武蔵と一緒にいるの」

その言葉を聞き、母の動きが止まった。目を見開いて、小梅に訊いてくる。

「小梅、今あんた、ファイヤー武蔵って言ったわね？」

「ええ、そうよ。とにかく話を聞いて。この人はファイヤー武蔵の付き人のオドチ君。モンゴル人よ。別に付き合ってなんかいないから安心して」

「こんにちは。私はオドチといいます。私は娘さんのことを愛しています」

「ちょっとオドチ君。変なこと言わないで座ってよ、もう」

小梅はカウンターの椅子に座った。オドチは母の手にカット野菜を戻してから、おずおずと小梅の隣に腰を下ろす。

「ファイヤー武蔵と一緒にいるってどういうこと？　ちゃんと説明しなさい、小梅。場合によってはただじゃおかないわよ」

「わかったわよ。それより何か作って。説明するから」

母は仕方ないといった感じでうなずいて、まな板の上を片づけた。母が料理を用意している間、小梅はこれまでの経緯《いきさつ》を説明した。話しながら波瀾万丈《はらんばんじょう》だなと思う。新宿の喫茶店で偽ファイヤーたちに話しかけられてから、小梅の人生は一変したと言ってもいい。

「……そういうわけで、今はファイヤーさんと一緒にいるってわけ。ねえお母さん、教えてよ。私の父親ってどっちなの？　ファイヤーさんなの？　それとも流小次郎なの？」

母は答えない。すでにカウンターの上には刺身の盛り合わせと茶碗蒸しとモツの煮込みが出されている。小梅の料理はまだ手つかずだが、オドチは出されたものを十秒ほどで平らげてしまうので、母は次から次へとオドチの前に料理を出していく。レスラーの食欲を見ても顔色一つ変えないのは、やはり過去にレスラーと付き合った経験があるからだろう。

「ねえ、お母さん。どっち？」

「あんたはどっちがいいんだい？」

母に訊き返されて、小梅は返答に窮する。そもそも私に選ぶ権利はなく、どちらかが本当の父親なのだ。まさか、と思い、小梅は母に念を押す。

「もしかしてお母さん。お母さん自身も知らないってこと？」

「そんなことあるわけないでしょ。知ってるに決まってるじゃないの」

「だったら教えてくれてもいいでしょ。もったいぶっちゃって」

母はカウンターを出てきて、オドチの前にカセットコンロを置いた。その上に大きな鍋を置き、コンロの火をつけた。オドチの食欲を見越したのか、季節外れの鍋料理を食べさせることにしたらしい。オドチが鍋の蓋をとると中はもう食べ頃といった感じに煮えていた。

「おお、ちゃんこですね。私、ちゃんこ好きです」

そう言ってオドチがちゃんこ鍋を食べ始める。猫舌の小梅にとって見ているだけで火傷しそうな食べっぷりだった。すぐに鍋の中は空になり、母は追加の肉や野菜を鍋に入れる。

「でもあの人、大変なことになってるみたいだね。まあ人を騒がせることが好きな人だったけど、昔から」

母が言うあの人とは、ファイヤー武蔵のことをさすのだろうとわかった。本当にそうだ。まったく人騒がせな男なのだ。

「そのうちわかるわよ。どっちがあんたの本当の父親なのか」

「何それ？　マジで教えてくれないわけ？」

「当たり前じゃない。そう簡単に教えるわけないじゃないの。真実っていうのは人から教えられるもんじゃなくて、自分で辿り着くもんなの。でもやっぱり血は争えないわね。あんたまでプロレスラーと関わり合いになってしまうなんて。プロレスラーっていうのはね、周囲の者を犠牲にしてまで、夢を追うの。生半可な気持ちで関わるとろくなことがないんだから」

母は溜め息をついたが、その口元には笑みが浮かんでいる。小梅は箸をとり、モツ煮を食べた。久し振りに食べた母のモツ煮は美味しく、そして懐かしかった。

※

インターホンが鳴ったので、前園は玄関に向かった。ドアを開けると、そこに立っているのは大石萌だった。彼女は中に入ってきて、パンプスを脱いだ。手にはコンビニエンスストアのビニール袋を持っている。昨日、別れ際に住所を教えておいたのだ。

「お邪魔しまーす」

「ちょっと待ってくださいよ。どういうことですか？」

「いいじゃん、別に。だってホテルで一人で見てても面白くないしさ。ゾノちゃんのことを思い出したってわけ。まだ始まっていないよね？」

「ええ、まだです」

勝手に部屋に上がり込んだ大石萌は、テレビの前にちょこんと座った。前園はハンガーにぶら下がっている洗濯物や、床に散乱している雑誌などを片づけてから、大石萌の隣に正座をする。まだテレビはCMが流れている。

新橋のカラオケ店で五十嵐ディレクターと会ったのは昨日のことだ。今日の昼過ぎに五十嵐から電話があり、オンエアが決まったという報告を受けたのだ。小次郎と大石萌には電話で知らせた。当の本人に断りもなく、あの映像をテレビのニュースで流すわけにはいかなかった。

時刻は午後五時三十分だった。映像はすでに動画投稿サイトにアップしてあるが、まだ動画の再生件数は五十回程度だった。大石萌がビニール袋の中から缶コーヒーを出し、手渡してくる。

「どうもありがとうございます」

「硬いよ、ゾノちゃん。私の方が年下なんだから、タメ口でいいって」

「はい。いや、うん」

萌は新小岩のマンションを出て、今は渋谷のビジネスホテルに泊まっている。彼女を連れ去ろうとした奴らの目から逃れるためだった。あの動画が公開された今、彼女にはますます危険が及ぶと考えていい。彼女は真相を知る生き証人なのだ。

「あっ、始まった」

テレビに目を向けると、ちょうどニュース番組が始まったところだった。大きな事件や事故も起きていないようで、いきなりキャスターが話し出す。

『今日最初のニュースです。皆さんは憶えておいでてでしょうか。十年前、世間を騒がせたコンビニエンスストア立て籠もり事件です。犯人であった元プロレスラー、流小次郎は懲役九年の刑に服し、最近になって出所しました。我々取材班は大手動画投稿サイトで公開されている衝撃の映像を入手しました』

映像が切り替わり、流小次郎の姿がそこに現れた。前園は食い入るように映像を見る。ところどころはカットされているが、重要なところはオンエアしてくれた。映像が終わると、再びキャスターの上半身が映し出され、彼は厳粛な顔つきで言う。

『いかがでしょうか。流小次郎氏は何と自分は無実だと主張しているのです。実は今日、プロレスに精通しているゲストコメンテイターをお招きしております。元〈週刊リング〉副編集長、井野啓介《けいすけ》さんです。井野さん、よろしくお願いします』

『こちらこそ、よろしくお願いします』

画面に井野のアップが映る。井野の出演は急遽決まったもので、テレビ局からの要請だった。ディレクターの五十嵐は最初前園にオファーをしてきたのだが、前園はその話を井野に振った。井野も渋ったが、結局は引き受けたようだった。滅多に着ないスーツをタンスの奥から出してきたらしく、サイズが全然合っていない。

『井野さん、驚きました。まさか流小次郎が無実を主張しているとは。井野さんはご存知だったのでしょうか？』

『ええ。とある筋から情報は入手していました』得意げな顔で井野は語る。『流小次郎というのは皆さんもご存じかと思いますが、帝国プロレス、いや日本を代表するプロレスラーでありまして、かのファイヤー武蔵との一連の激闘は……』

『井野さん、そのお話はまたあとで聞かせてください。我々が入手した映像はこれだけではありません。引き続きこちらをご覧ください』

再び映像が切り替わり、今度は大石萌の姿が画面に映し出される。それを見た萌が声を上げる。「やだ、何これ」

プライバシーを考慮したのか、萌の声は変えられてしまっている。若干聞きとりにくい部分はあるものの、字幕が出ているため証言の内容はわかり易く伝わってくる。

前園は流れる映像に目を向けた。やはりというか、予想していたことであったが、萌が真犯人の名を告げる前で映像はストップし、スタジオ内のカメラに切り替わった。

『いやあ、驚きました。事件の被害者、立て籠もり事件の人質が証言しているのです。井野さん、彼女の証言にはどの程度の信憑性《しんぴょうせい》があると思われますか？』

『真実に近いと私は考えております』

『その根拠は？』

『実際、私は事件のことを詳しく調べてみましたが、流小次郎が犯人であると示しているのは、人質の証言のみです。物的証拠に欠けているわけです。防犯カメラの映像もありません』

『実に興味深い動画です。番組の取材班では引き続きこの動画に関する検証を続けていきたいと考えております』

『ちょっと待ってください』

いきなり井野がそう言い出したので、キャスターが怪訝そうな表情で井野に視線を向ける。台本にはなく、このまま次のニュースに移る予定だったのだろう。キャスターがやや困惑した感じで井野に訊く。

『井野さん、まだ何か？』

『ええ。私どものネットワークを使えば、流小次郎に単独インタビューをすることも可能です。それをお伝えしておきたかっただけです』

『本当ですか？　それは実に興味深い。我々としても是非とも検討させていただきたい。では次のニュースです』

別のニュースになったので、前園はテレビを消した。隣に座る萌が無念そうな表情で言う。

「失敗したかも。素顔晒してもよかったかも。有名になるチャンスじゃん」

「駄目だよ、そんなの。また奴らに襲われても知らないよ」

横目で彼女を見る。今日も可愛い。帰国してから水商売を転々としていたが、悪い男に引っかかってばかりだったらしい。今も前の男の借金を抱えているが、ようやく完済の目途が立ったという。

「だってそのときはゾノちゃんが守ってくれるでしょ。ねえ、ゾノちゃん。この部屋に引っ越してきちゃ駄目？　ホテル暮らしって私の性に合わないのよ」

「引っ越すって、いきなりそんなこと言われても……」

前園はもう一度テレビを点け、画面を見る振りをしながら横目で萌の姿を見る。あの劇場で見た、彼女の肢体《したい》は目蓋《まぶた》に焼きついて離れない。前園はごくりと唾を呑み込んだ。

「かんぱーい」

前園はグラスを上げた。もう何度、乾杯したかわからないほどだ。前園は生ビールを飲む。こんなに旨いビールを飲んだのは久し振りだ。

「いやあ最高でした」五十嵐がジョッキをテーブルに置いて言った。「視聴率も高くて、プロデューサーも喜んでいました。番組が終わったあとも電話やＦＡＸがじゃんじゃん来ました。こんなことは初めてです」

深夜一時を過ぎている。昨日と同じく新橋のカラオケ店だった。昨日とは雰囲気が打って変わって、場も盛り上がっている。テーブルの上にも料理が並んでいた。

「それより井野さん。あの話は本当なんですか？　流さんにインタビューをするって話。プロデューサー、かなり乗り気でしたよ」

五十嵐にそう言われ、井野はお猪口《ちょこ》を置いて言った。井野はもう日本酒を飲んでいる。

「まあね。前園が手配するよ。こうなったら早い方がいい。明日のオンエアに間に合うようにできればいいのだが。流さん、明日のご予定は？」

井野に訊かれ、部屋の隅にちょこんと座ってカラオケの曲リストを眺めていた小次郎が顔も上げずに答えた。

「特にありません」

「じゃあ決まりだ。五十嵐さん、お願いします」

井野がジョッキ片手にそう言うと、五十嵐が大きくうなずいた。

「いいですね。今は完全にほかの局を出し抜いていますから、ここで突き放したいと思っていたところです。同じ局の別のニュース番組でも使わせてもらっていいですか？」

「もちろんですとも」

「それにしても」前園は横から口を出す。「井野さん、すっかり有名人ですね。まさか全国区のニュースに出ちゃうなんて、みんなびっくりしたんじゃありませんか？」

「ああ。楽屋に戻ってから携帯が鳴り続けていたよ。最初のうちはいちいち電話に出てたんだが、だんだん面倒臭くなってきて、今は無視だ、無視」

そう言っている間にもテーブルの上に置かれた井野の携帯電話は震えている。それを無視して、井野はさらに日本酒を飲む。

「でも前園、動画の方はもう削除されてしまったんだろ？」

「ええ。午後十一時くらいのことでした。いきなり削除されてしまいました」

番組が終わった直後から動画の再生件数はぐんぐん伸び、午後九時の段階で二万回を超えた。しかし午後十一時頃、突然例の動画は削除されてしまった。前園は何も操作していないので、運営側の判断だろうと想像がつく。警察などが動いたか、もしくは佐伯前知事が何らかの妨害工作をしたか、そのどちらかだろうと前園は踏んでいる。

しかし投稿サイトから動画が削除されたからといって、それがネット上から消えたわけではない。むしろあの動画の希少価値が一段と高まり、保存した者がそれをどこかに投稿し、それが繰り返されることによってネット上に拡散していくのだ。

「佐伯前知事がどう動くか。それが見物だな。おそらく明日、いやもう今夜あたりマスコミが動いているかもしれない」

ニュースではカットされたが、ネットにアップした動画には佐伯今朝雄、佐伯由紀雄の両名の名前がはっきり萌の口から語られている。マスコミが佐伯前知事のコメントをとりたがるのは必然の流れだった。佐伯はすでに政界を引退しており、さまざまな団体・協会の理事などをやっているようだった。

「でも前園」井野が続けて言った。「投稿者の名前、秀逸だったな。〈ショウ・マスト・ゴー・オン〉とは洒落が利いているぜ」

〈ショウ・マスト・ゴー・オン〉。英国のロックバンド、クイーンの曲だ。実はその曲は流小次郎が入場するときに流れるテーマ曲でもある。流小次郎ファンであるなら、その前奏が流れるだけで歓喜し、声を揃えて「な、が、れ。な、が、れ」とコールするはずだ。

「ねえ、ゾノちゃん。カシスオレンジ飲んでいい？」

「うん、いいよ。僕が頼んであげる」

隣に座る萌の希望を叶《かな》えるため、前園は電話の子機でカシスオレンジを注文する。その様子を見ていた井野が耳打ちしてきた。

「お前たち、もしかして付き合ってんのか？」

「そんなんじゃありませんよ」

前園は慌てて否定する。彼女が引っ越してきたいといったのは冗談だったらしく、あのあとすぐに萌はホテルに戻っていった。しかし前園は内心思っている。彼女を幸せにするのは僕以外にいないのではないか、と。

「あのう」ずっと黙っていた小次郎がおずおずと手を挙げる。「僭越《せんえつ》ながら、一曲唄ってもよろしいでしょうか？」

「どうぞどうぞ。いやあ嬉しいな。あの流小次郎の歌が聴けるんだ。こんなことは滅多にない」

井野が嬉しそうに笑い、それから電話の子機で生ビールを追加注文する。やがてイントロが流れ始め、小次郎は立ち上がってマイクを握る。曲は『壊れかけのＲａｄｉｏ』で、何とも切なく、甘い声だった。

隣で井野が何やら言っている。耳を近づけると、井野が声を張って言った。

「前園、俺は思うんだよ。世の中の大事なことは大抵がカラオケの個室で決まるんじゃないかってな」

翌日、早速小次郎のインタビューが決行された。場所は渋谷にある公園で、午前九時から打ち合わせや衣装合わせなどがおこなわれ、実際に撮影が始まったのは午後一時を過ぎていた。

前園も撮影を見学していた。当然、井野も一緒だ。今、小次郎は公園のベンチに座っており、彼の周囲にはカメラやライトを持った撮影クルーがいる。聞き手はディレクターの五十嵐だった。公園にいる近所の主婦らしき女性たちが、遠巻きに撮影の様子を眺めていた。

「流さん、このたびは我々の取材を受けていただき、感謝しております」五十嵐がそう切り出した。「ネットに投稿された動画の反響はどうですか？　ご友人などから反応はありましたか？」

「何もありません。というより友人なんていませんから」

「……そうですか。単刀直入に伺いますが、動画での発言はすべて真実なのでしょうか？」

「間違いありません。真実です。私は犯人ではありません。嵌《は》められたんです」

「誰に嵌められたんでしょうか？」

「わかりません。気がついたら、私は警察署の建物の中にいました。何も憶えていないんです」

佐伯前東京都知事が十年前の犯罪に関与している。その噂はすでにネット上に拡散している。当時、佐伯前知事は十二月の知事選で当選が危ういと言われていた。選挙戦を半年後に控えた夏、一連のプロレスバッシングが始まり、極めつけとなったのは流小次郎によるコンビニ立て籠もり事件だった。

佐伯前知事は都内でのプロレス興行を全面的に禁止するという条例を成立させると意気込み、それが都民の支持を集め、人気が回復傾向に向かったと政治学者は分析している。つまり佐伯前知事は息子の罪を小次郎に被せただけではなく、自身のイメージ回復のためにプロレスを利用したのだ。

こういった憶測はすでにネット上でもとり沙汰されているが、当の佐伯前知事は都内の病院に早々と入院してしまい、コンタクトのとれない状態らしい。息子の由紀雄はいまだにアメリカで暮らしているらしく、行方が摑めない。

「真犯人に何か一言、言いたいことはありますか？」

五十嵐にそう訊かれ、小次郎は視線を地面に落とした。二羽の鳩が小次郎の足元を歩いている。鳩を見る小次郎の姿が、九年間の刑務所暮らしを強いられた男の哀しみを体現しているように思われた。小次郎がゆっくり顔を上げ、首を横に振った。

「特に何も。今さら遅いです。法律的に私が犯人であることは覆っていないわけですし、これからもそうでしょう。九年間という歳月を無駄にしてしまった。それが一番悔しいですね」

「仮に流さんのおっしゃっていることが真実だとして、真犯人に対する恨みはないのですか？」

「ええ。ありません」

決してないとはいえない。しかし小次郎はそれどころではないのだ。余命半年を宣告されたばかりなのだから。復讐など自分の命に較べれば二の次だ。

「最後に流さん。今、どうしてもやりたいこと、もしくはカメラを通じて訴えたいことがあったら何なりとおっしゃってください」

五十嵐にマイクを向けられ、小次郎はうつむいたまま言う。

「二つあります。一つは私の積年のライバル、ファイヤー武蔵と決着をつけたい」

「えっ？」五十嵐が戸惑ったように言った。「残念ながら現在ではプロレスは自粛されています。流さんもご存じのことだと思うのですが……」

「私は自分の正直な気持ちを話しただけです。あの男とは——ファイヤー武蔵とだけは決着をつけなくてはならないのです」

そこまで話し、小次郎は口に手を当てて咳込んだ。顔色もよくないし、体調が芳しくないのだろう。前園は隣に立つ井野を見た。井野はうなずき、五十嵐のもとに歩み寄り、彼の背後に立った。何事か耳打ちされ、五十嵐が驚いたような表情で振り返って言った。

「井野さん、それって本当ですか？」

井野は黙ってうなずく。さらに五十嵐が訊く。

「今の話、ここでしちゃっていいんですか？」

井野が再びうなずいた。それを見た五十嵐がマイクを手に小次郎に向き直った。

「流さん。お体の具合が悪いとの話ですが、胃がんを患っているというのは事実でしょうか？」

「ええ」小次郎はうつむいたまま返事をした。「事実です。医者からは余命半年、もって一年と言われました。まあ若い頃からいろいろ無理をしてきた結果でしょう」

小次郎がまた咳込んだ。五十嵐は心配そうな表情でその姿を見てから、こちらに視線を向けてきた。続けても大丈夫なのか？　そんなことを訊かれている気がしたので、前園は小さくうなずいた。

小次郎が顔を上げた。そしてカメラを真っ直ぐ見る。カメラのレンズに視線を合わせるのは、これが初めてだった。

※

小梅は食い入るようにテレビを見ている。画面に映っているのは顔の青白い男だった。何かを憂うような表情は、見ている者の心をぐっと摑む。

夕方のニュースだった。ファイヤー武蔵は普段ならジムに行っている時間だが、ホテルの一室にいて、テレビの前から動かなかった。ニュース番組の冒頭で流小次郎のインタビューが始まり、気がつくと小梅も夢中で彼の言葉を聞いていた。

　思った以上に痩せていて、頬はこけている。しかしシャツから覗く二の腕などは筋肉が盛り上がっており、とても九年間も刑務所で過ごしたとは思えないほどの体格をしていた。

『……事実です。医者からは余命半年、もって一年と言われました。まあ若い頃からいろいろ無理をしてきた結果でしょう』

　テレビに映る流小次郎は咳込んでいる。この男が私の父親であろうとなかろうと、何て不幸な男なのだと同情してしまう。無実の罪で九年間も刑務所に服役し、いざ出所してきたら余命半年と宣告されてしまったのだ。

『あと一年しか生きられないと言われて、私の中で闘志が湧いてきたんです。あの男と闘いたい。そして倒したい。本当に、心の底からそう思うんです』

　流小次郎とテレビを通じて視線が合う。その目には悲しみはまったくなく、めらめらとした闘争心が宿っているように感じられる。

　小梅は振り返って、ファイヤー武蔵を見た。ファイヤーはソファにふんぞり返ってテレビを見ている。その顔つきから心境は伝わってこない。

『流さん。もう一つの言いたいこととは何でしょうか』

インタビューの質問が聞こえたので、小梅はテレビに視線を戻す。流小次郎がカメラを見て言った。

『私には娘がいます。今年で二十二歳になる娘です。名前はコウメといいます。死ぬ前に一度でいい。彼女に会いたい』

「えっ？」

思わず小梅はそう声を発していた。今、この男は何て言った？　私のことを娘といったのか。つまりこの男が私の本当の父親なのか。

小梅は振り返ってファイヤーを見たが、彼は黙ってテレビに視線を向けたままだった。流小次郎のインタビューは終わり、スタジオにいるキャスターが映っている。

『貴重なインタビューでした。まさか流小次郎氏ががんに冒されているとは思いませんでした。井野さん、今のインタビューですが……』

キャスターの言葉は小梅の耳に全然入ってこない。小梅は必死になって考える。流小次郎が一方的にそう言っているだけであって、彼が私の娘であるという確たる証拠はない。ファイヤー武蔵と一緒だ。そう主張しているだけなのだから。

「ファイヤーさん。流って人はこう言ってますけど、本当のところはどうなんですか？　どっちが私の本当のお父さんなの？」

ファイヤーは答えない。代わりに机で漢字ドリルをやっているオドチが声を上げた。

「小梅、できました。採点をお願いします」

「オドチ君は黙ってて。今はそれどころじゃないの」

すでにニュースはCMに入っていた。しかしファイヤー武蔵はソファに深くもたれたまま、腕を組んでテレビを見ている。何か考え込んでいるような顔つきだった。

「ねえ、ファイヤーさん。どうしたん……」

急にファイヤーが立ち上がり、パンパンパンと自分の頰を三度、両手で叩いた。それから小梅を見て言う。

「小梅、今すぐ支配人に連絡しろ。どこかの広間を押さえるんだ」

「支配人？　広間？　何をするつもりなんですか？」

「時間は二時間後の午後八時。マスコミ各社に連絡だ」

「だから何を……」

「決まってんだろうが、記者会見よ」とファイヤーは威勢よく言う。「よし、炎上だ」

それから二時間後、ホテルの大広間は報道陣でごった返していた。椅子が並べられ、そこに座った記者たちは膝の上にレコーダーを置き、手には手帳とペンを持っている。椅子席の後ろには脚立に乗ったカメラマンたちが控え、ファイヤー武蔵の登場を今や遅しと待ち受けている。

「本当に大丈夫なんですかね？」

小梅は隣にいる支配人に訊く。支配人はにこやかな笑みを浮かべて答えた。

「さあ。でもあのお方のことです。何か考えがあってのことなのでしょう」

しばらく待っていると広間の前方のドアからファイヤー武蔵が登場した。スーツをきっちりと着こなしている。その背後にはリッキーの姿もある。リッキーもスーツを着ていて、顔には銀色のマスクを被っていた。

フラッシュが一斉に焚《た》かれた。壇上にファイヤーは上がり、椅子に座る。テーブルの上のペットボトルの緑茶を開け、余裕の表情でファイヤー武蔵は喉を潤し、記者席を見渡してから言った。

「ええ、本日はお足元の悪い中」ファイヤーはそう切り出したが、外は雨など降っておらず、今日は梅雨の晴れ間だった。「突然のご連絡にもかかわらず、多数のご列席をたまわりまして、誠にありがとうございます。私は帝国プロレス代表、ファイヤー武蔵。そしてこちらは所属選手のマスク・ド・リッキーです」

リッキーが頭を下げる。ファイヤーのあとを継ぎ、リッキーはマイクに向かって話し始める。

「昨日から私ども帝国プロレスの元所属選手、流小次郎が世間をお騒がせしていることは皆様もすでにご存じだと思います。そのことに関して、我が帝国プロレス代表、ファイヤー武蔵から一言申し上げたい儀がございまして、この席を設けさせていただきました」

再びファイヤーが発言する。フラッシュは収まる気配がなく、むしろファイヤーが話し出した途端、さらに増えた気がした。

「さきほど夕方のニュースを拝見し、流小次郎の顔を久し振りに見ました。腸が煮えくり返るとはこのことを言うのでしょう。十年前、彼は事件を引き起こし、我々は彼を追放し、プロレスを自粛することを宣言いたしました。それが今になって無実を主張するなど、俺に言わせれば言語道断」

ファイヤー武蔵は拳をテーブルに打ちつける。一瞬だけ記者席には静寂が訪れたが、すぐに質問の嵐が相次いだ。「ファイヤーさんは小次郎さんの無実を信じていないってことですか？」「ファイヤーさん、流さんから連絡はあったんですか？」「お二人は何かお話しになったのでしょうか？」

ファイヤーはそれらの質問には答えずに悠々と続けた。

「皆さんは誤解されていると思いますが、そもそも俺と流小次郎はライバルなどではなく、言うなれば神と虫ケラ、主役と脇役、つまり俺の方が完全に上であって、あの男と対等に扱うマスコミが許せなかった」

ファイヤーはそこまで話し、ペットボトルの緑茶を掴んだ。しかしすでに飲み干してしまっていたらしく、リッキーが自分のペットボトルをそっとファイヤーの方に押しやった。

「一部の方はご存じかもしれないが、ここ最近、俺の仲間のレスラーたちが次々と何者かに襲われ、病院送りにされている」

記者席がざわめく。記者たちは互いの顔を見合わせ、小声で何やら囁いている。半数以上は初耳といった表情をしている。

「レスラー潰し。そう呼ばれている。俺の勘が正しければ、一連のレスラーを襲った犯人は流小次郎だ。自分を追放したプロレス界、いや俺に対する当てつけのつもりなのだろう。俺は今までそれを無視してきた。流は犯罪者だ。犯罪者に付き合っている暇は俺にはない。今もアメリカのマット界には俺の帰りを待ちわびるファンがいる。

しかし今日、あの男が余命半年と聞いて、まあ俺なりに思うところがあったというか、最後にその余命を縮めてやってもいいかなと思ったわけだ」

記者席がさらにざわつく。一人の記者が立ち上がり、レコーダー片手に大声で叫ぶ。「ファイヤーさん。それはつまり、流小次郎とあなたが……」

「ああ、そうだ」ファイヤー武蔵は不敵な笑みを浮かべて答える。「俺は奴と決着をつける。もちろんリングの上で」


会場内が騒然とした。小梅はちょうど広間の前方にあるドアの前で、支配人と肩を並べてその様子を窺っていた。記者たちの質問が乱れ飛ぶが、それぞれが勝手に口にしているため収拾がつかない事態となっていた。

「ファイヤーさん、プロレスで決着をつけるってことですか？」

「あなたが自粛を宣言したんですよね、ファイヤーさん」

「いつ？　どこでやるんですか？」

「テレビ中継などはお考えですか？」

「今さらプロレスなんて世間が許すとお考えですか？」

一分ほど混乱が続いたが、壇上で何も語らないファイヤーを見て、記者たちが少しずつ口を閉ざしていく。会場が静まるのを待ってから、ファイヤー武蔵がマイクを通じて言う。

「プロレスに決まってんだろ、プロレスに。プロレスラーがプロレスやらねえでどうするっていうんだよ、おい」

ドスの利いた声でファイヤーが記者席に目を向ける。その眼光があまりに鋭いせいか、記者席は水を打ったように静まり返る。ファイヤー武蔵は続けて言った。

「一週間後を予定している。場所は調整中だ。追って発表するから楽しみに待っていろ」

「すみません、ちょっとよろしいですか」そう言って最前列に座る記者の一人が手を挙げた。男は立ち上がり、やや緊張した様子でファイヤーに尋ねる。「つまりファイヤー武蔵対流小次郎の一騎打ち。そう考えてよろしいのでしょうか？　それはタイトルマッチになるのですか。現在、流小次郎の追放によってGDO世界ヘビー級のベルトは保持者なしとなっていますが」

「そうだ。シングルマッチだ。時間無制限一本勝負。ベルトのことは俺も考えていなかったが、お前の提案も悪くねえな。ただ俺はもっと重要なものをこの試合にかけようと思ってる」

一瞬だけファイヤーがこっちを見たような気がして、小梅は首を傾げる。何だろうか、この感じ。とてつもなく嫌な予感がして仕方がない。

「紹介しよう、蜂須賀小梅だ」

いきなり自分の名前を呼ばれ、小梅は背筋を伸ばした。隣を見ると支配人の姿がない。あのおじいちゃん、いつの間に……。

記者席に座る報道陣の目が一斉に自分に向けられるのを見て、小梅はうろたえる。思わずドアに向かって走っていたが、なぜかドアは押しても引いても開かない。何これ？　どういうこと？

「実はな、そこにいる娘こそ、流小次郎の一人娘かもしれない女だ」

ファイヤーの言葉に報道陣がどよめく。代表して最前列にいた記者が立ち上がって発言した。

「かもしれない、とはどういうことでしょうか？」

「そいつを説明すると長くなる」そう言いつつもファイヤーは説明を始めてしまう。

「この娘の母親、蜂須賀梅子は流小次郎と結婚する前、別のプロレスラーと付き合っていた。正確に言うなら、一時期ではあるが、流小次郎ともう一人のプロレスラーに二股かけていたというわけだ。つまりその別のプロレスラーの子供であっても不思議はない」

「その別のプロレスラーというのは？」

「この俺、ファイヤー武蔵だ」

おお、と記者席から声が上がる。余裕の笑みを浮かべて記者席を見渡してから、ファイヤーは壇上で立ち上がる。

「知っている者もいるかと思うが、俺には子供がいない。俺だって彼女の親であるなら、それを主張する権利があるはずだ」

「ちょっと待ってください」とさきほど発言した最前列の記者が手を挙げた。「そういうことでしたら、ＤＮＡ鑑定という方法が望ましいのではないでしょうか？　すぐに判定できると思いますが」

「馬鹿か、お前。そんなことしても面白くねえだろうが。いいか、俺も小次郎もプロレスラーなんだ。プロレスで決着をつけるのが筋ってもんだろ」

まさか――。小梅は内心悲鳴を上げる。何を言い出すのだ、この男は。しかし小梅の胸中など無視して、ファイヤー武蔵は断言するように言う。

「一週間後におこなわれる俺と流小次郎の一騎打ち。勝った方が蜂須賀小梅の父親になる。それでいこうと思う。俺からは以上だ。あとは追って発表する」

ファイヤーは立ち上がり、颯爽と歩き出す。さっきは開かなかったはずのドアをいとも簡単に開け、リッキーと一緒に広間から出ていってしまう。慌てて追いかけようとした小梅だったが、瞬く間に報道陣にとり囲まれてしまった。

「蜂須賀さん、今のお気持ちを聞かせてください」

「流小次郎さんに言いたいことはありますか?」

「あなた自身、どちらが本当のお父さんだと思っているんですか?」

フラッシュが眩《まぶ》しい。「ごめんなさい、ごめんなさい」と謝りながら、なぜ私が謝らなければいけないのだろうと思う。すべてファイヤーのせいなのだ。あの男の身勝手に振り回されているだけなのだ。

報道陣に頭を下げながら、小梅は必死になって広間のドアを目指した。

※

「……わかりました、手配してみます。ですが肝心のチケットが手に入らないことにはどうにもなりませんよ」

前園は携帯電話を耳に強く押し当てた。今、前園は東京駅の新幹線のホームにいる。構内アナウンスがうるさいのだ。

「そういうわけなんで、またあとでかけ直しますね」

前園は通話を切った。たしか十七番線ホームの三号車だと聞いている。すでに乗車は始まっているようで、新幹線のぞみが発車を待っていた。

ようやく前園は三号車の前まで辿り着いたが、ホームに彼はいなかった。もう乗ってしまったのだろうか。三号車の窓を覗き込もうとしたところで、背後から声をかけられた。

「前園さん」

振り向くと流小次郎が立っている。作務衣《さむえ》を着ており、手には風呂敷包みを持っているだけだ。まるで近所に買い物に行くような軽装だった。

「小次郎さん、本当に行っちゃうんですね」

「ええ。あと一週間、やれるだけやってみます」

ファイヤー武蔵が記者会見を開き、流小次郎と一騎打ちをおこなうと宣言したのは昨夜のことだった。仕事中にその知らせを井野から受けたとき、声が出ないほどの衝撃を受けた。一夜限りとはいえ、プロレスが復活するのだ。これほど驚いたことはないし、これほど嬉しい知らせもほかにない。

今日も朝から電話が鳴りっ放しだった。相手は井野で、一夜限りのプロレス復活に向け、どうにかして〈週刊リング〉も復活できないかと二人で画策しているのだ。かつての編集者仲間たちに連絡をとるのと並行して、掲載する媒体を検討しているところだった。フリーペーパーのような形をとるか、それともネットを使うべきかで井野と意見が分かれていた。いずれにしても無断で掲載することはＮＧなので、帝国プロレス側と交渉する必要があるのだが、その交渉窓口がわからない。やることが多過ぎて、飯を食べている時間さえない。

「小次郎さん、よかったらこれを」

さきほど売店で買ってきた弁当の袋を手渡す。幕の内弁当が五個、袋に入っている。小次郎はその袋を受けとって言った。

「お気遣い感謝しております、前園さん」

「本当にいいんですか？　僕、できれば同行したいのですけど」

山に籠もる。小次郎からそう連絡を受けたのは今朝のことだった。かつて修行した比叡山に籠もり、体と心を試合に向けて鍛え直すという話だった。山に籠もるといっても小次郎は胃がんを患っており、余命半年を宣告された身なのだ。同行を申し出たが、小次郎に断られた。

「ご心配には及びません。ドクターの許可は得ています。何かあったらすぐに病院に行くので、前園さんは自分がやるべきことに専念してください」

「そうですか……」

「あっ、そういえば」小次郎が思い出したように言う。「前園さん、マスク・ド・リッキーというレスラーを知っていますか？」

「もちろんです。プロレスファンで彼を知らない者などいませんよ」

マスク・ド・リッキー。帝国プロレスの鳥人と言われるレスラーで、ジュニアヘビー級では敵なしの天才レスラーだ。いや、日本でも同じ階級で彼の右に出る者はいない。

「リッキーは都内でトレーニングジムを経営しているようです。ファイヤーの腹心のような男ですが、話はわかる男です。彼に相談すればチケットの手配や取材の許可もすべてやってくれると思いますよ」

「本当ですか？　それは助かります。早速調べてみます」

マスク・ド・リッキーがトレーニングジムを経営しているとは初耳だった。昨夜の記者会見にはリッキーも同席していたので、彼を交渉窓口とするのはいいアイディアかもしれない。

まもなく発車するというアナウンスが聞こえ、小次郎は頭を下げて新幹線に乗り込んだ。発車のベルが鳴り響き、前園は窓の向こうにいる小次郎に向かって声をかけた。

「小次郎さん、頑張ってください。どうかご無理をなさらずに」

小次郎は笑みを浮かべている。ゆっくりと新幹線は動き出し、ホームから去っていく。完全に見えなくなるまで見送ってから、前園は近くにあったベンチに腰を下ろす。そこでようやく、前園は自分が涙していることに気がついた。

別に小次郎との別れが辛《つら》いわけではない。むしろこれほど嬉しいことはほかにない。前園はキヨスクの店頭に目を向け、そこに売れ残っている朝刊各紙を眺める。スポーツ紙はどれも一面はプロレスだった。その見出しは『プロレス、一夜限りの復活』だったり、『ファイヤー武蔵、プロレス再開宣言』だったりする。こうして再びプロレスがスポーツ紙の一面を飾る日を誰が予想したというのか。

そしてファイヤー武蔵との大一番を前にして、修行に旅立つ流小次郎を新幹線のホームで見送るなんて、それこそ夢を見ているかのようだ。プロレスから離れて、ひっそりと肩身が狭い思いをしてきた十年間の苦節が、すべて報われたような気がしてならないのだ。

だから涙は止まらない。前園は泣いた。声を上げて、笑いながら泣いた。

「ねえ、あのおじさん、どうして泣いてるの？」

通りかかった五歳くらいの女の子が、前園を指さして隣に立つ母親に訊いていた。

母親は困ったような顔をして、娘の手を引っ張ってホームを足早に立ち去っていく。

※

「いやあ、リングだ。正真正銘のリングだ」

そう言いながら、リッキーは早くも涙を流している。その隣でファイヤー武蔵が腕を組み、満足そうにうなずいた。

「涙を拭けや、リッキー。感触を確かめてみようじゃねえか」

ファイヤーは目の前に作られたリングに上り、そこで何度かジャンプをした。その様子を小梅はリングの下から眺めていた。あとから続いたリッキーも軽快なステップを踏み、ロープの張り具合を確認するかのように、何度かリングを往復した。

ここは新木場《しんきば》にある貸倉庫で、中央にはプロレスのリングが組まれていた。ファイヤーが馴染みの業者に注文し、ここに設置されたものだった。記者会見から二日がたっており、今日から試合当日までの間、ファイヤーたちはここで練習に励むようだった。

「オドチ、アイスなんて食ってねえで、お前も早く上がってこい」

ファイヤーにそう言われ、オドチは手にしていたアイスクリームを慌てて平らげて、リングに上がっていく。するといきなりファイヤーにドロップキックを浴びせられ、オドチは吹っ飛んだ。さらにファイヤーは容赦なくオドチを攻める。ブレーンバスター、ギロチンドロップと続け、ファイヤーは声をかけた。

「いいぞ、リッキー」

リッキーは軽やかにトップロープに上り、跳んだ。思わず小梅は息を呑んでいた。よくわからないが空中で一回転したあと、そのままオドチの胸元に急降下したのだ。ムーンサルト・プレスだった。ファイヤーが膝をつき、マットを叩く。

「ワン、ツー、スリー。はい、俺たちの勝ち」

意気揚々《ようよう》とファイヤーは立ち上がり、リッキーと一緒に手を上げた。オドチはリング上でぴくりとも動かない。これではいじめじゃないか。

「オドチ君、大丈夫？」

小梅がそう声をかけると、ファイヤーが当然だといった表情で答えた。

「心配するな、小梅。こいつはずっと俺のスパーリングパートナーを務めているんだ。そこらへんのレスラー以上に打たれ強いんだよ」

ファイヤーの言葉に嘘はなかった。何事もなかったかのようにオドチは立ち上がり、屈伸《くっしん》運動をしてから言う。

「ボス、アイスクリームをもう一本買ってきてもいいですか？」

「駄目だ。今から練習だ。お前もいよいよデビューさせてやる」

「結構です」

「遠慮するなよ、オドチ。お前には特上の相手を用意してやるからな」

「ファイヤーさん」とリッキーが口を挟んだ。「最終的に何試合になりそうですか？例のレスラー潰しのせいで、当てにできそうなレスラーはほとんど療養中ですよ」

レスラー潰し。現在までに五人のレスラーを血祭りに上げ、今もその正体はわからないらしい。ファイヤーは流小次郎の犯行だと断定しているようだが、それは確証があるわけでもなさそうだ。帝国プロレスのナンバー3と言われるバイソン蜂谷を始め、主力級のレスラーたちが襲われたようだった。かつて帝国プロレスは所属レスラーが三十人を超える大所帯のようだったが、第二の人生を歩み始めている者も多いという。

「四試合くらいになりそうだ」とファイヤーが言う。「本当なら俺と小次郎の一騎打ちだけでも十分だが、さすがに一試合だけだと客に悪いだろ。リッキー、お前にはセミファイナルを任せるぞ」

「いいですけど、俺の相手になりそうな奴、いますかね？」

「海外から連れてくるさ。すでに手配済みだ。明日の便で成田《なりた》に到着するぞ」

「誰ですか？」

リッキーがそう訊くと、ファイヤーは不敵な笑みを浮かべて答えた。

「ソル・アルタレスだ」

「マジっすか？」

「嘘など言わん。メキシコの鳥人、ソル・アルタレス対日本の鳥人、マスク・ド・リッキーの対決だ。ソルの野郎には貸しがあるんだよ。ベガスで五万ドルほど融通してやったことがある。それをちらつかせたら、奴めすぐに承知したぜ」

「ありがとうございます、ファイヤーさん」リッキーは涙ぐんでいる。本当によく泣く男だ。「生きているうちにソル・アルタレスと対戦できるなんて思ってもいませんでした」

プロレスがおこなわれることになり、マスコミも賑わっている。ファイヤーのもとには連日のように取材が入り、その対応に追われていた。その余波は小梅にも及んでおり、たまにホテルの前で待ち伏せされてマイクを向けられることもあったが、そういう場合には無言を貫き通すことにしていた。勝った方が私の父親になる。それは勝手にファイヤーが言っていることであり、小梅にとって受け入れられる話ではないのだが、世間ではすっかりそうなってしまっているのが不思議だった。まったくマスコミとは怖いものだ。

さらにプロレスにとって追い風になったのが、例の誘拐事件の真相だ。リッキーがマンションの壁を伝い、窓を蹴り破って中に入っていく動画が何者かによって公開されたのだ。人質を救出したのがファイヤー一派であることはすぐに知れ渡ることになり、当然ファイヤーもマスコミにマイクを向けられた。ファイヤーは余裕の表情で答えた。『今まで黙っていたことは謝る。身内の不始末は身内で解決しねえとな』

その一言でファイヤーに対する賛辞がネット上で寄せられ、さらにプロレス再開に対する期待が高まる結果になったのだ。

「でもよくスポンサーがつきましたよね」

感心するようにリッキーが言うと、ファイヤーが笑って答えた。

「白崎の奥さんのじいさんだよ。こないだ一緒に飯を食ったらなぜか気が合って、協力を申し出てくださった。リッキー、お前のお陰だ。駿って小僧、お前のジムで遊ばせてやってるんだってな。曾孫《ひまご》がスポーツをやるようになって、あのじいさん、喜んでたぞ」

「そうですか。それはよかった」

実は数日前、真帆から電話があって誘拐事件から息子を救ってくれたお礼がしたいという申し入れがあった。それを聞いたファイヤーが真帆に提案したのは、真帆の祖父との会食だった。記者会見のあった日の夜、二人は老舗《しにせ》の料亭で会食をして、ファイヤーは夜遅くに上機嫌でホテルに帰ってきた。

「おい、オドチ。どこに行く？　これからスパーリングをやるんだぞ」

いつの間にかオドチはリングから降り、倉庫から抜け出そうとしていた。まるで授業を抜け出そうとしている生徒のようだ。ファイヤーに呼ばれたオドチは頭をかいて言う。

「ボス、私はドリルの時間です」

「何をぬかしやがる。ドリルなんて後回しだ。早くリングに上がれ」

オドチは肩をすくめて、それからリングに向かって歩き出した。本当にオドチ君、デビューできるのかしら。小梅の心配をよそにリングの上ではスパーリングが開始された。

※

最近、夫の真一郎の帰りが早い。普段は夜の十一時過ぎくらいなのだが、ここ三日ほどは午後七時には帰宅してくる。早く帰った日くらいは駿と遊んでくれてもいいと真帆は思うのだが、食事をすると二階の書斎に引きこもったきり出てこない。

今日も食事が終わると二階に上がり、それから一階には下りてこなかった。午後十時が過ぎた頃、真帆は畳んだ洗濯物をクローゼットにしまうため、二階に上がった。夫の書斎のドアがわずかに開いているのが見えたので、真帆は足を止めて中の様子を窺う。

書斎といっても狭い。本来はウォークインクローゼットなのだが、この家を購入した際、真一郎がどうしても自分の書斎が欲しいと言い、ここを書斎代わりに使うことにしたのだった。

真一郎はパソコンに向かっていた。電気を点けておらず、パソコンの画面の光だけが灯っているので、真一郎の顔が幽霊のように白く照らされていて気持ちが悪い。いったいこれほど夢中になってどんなサイトを見ているのか。

不意に真一郎がこちらを向き、慌てた様子でパソコンの画面を閉じる。

「お、おい。驚かせるなって」

「何見てんの？」

「ん？」

「だからインターネットで何を見てるのよ」

「いいだろ。真帆には関係ないって」

「もしかしてアダルトサイトでも見てるの？　そういうのを見たいんだったらね、家の中ではやめてもらえるかしら？　もしも駿に見られたらどうすんのよ。教育上よくないわよ」

「違うって、そんなの見てないよ」

「じゃあ何を見てるっていうのよ」

真帆は思い切って書斎の中に足を踏み入れた。「おい、勝手に入ってくるなよ」と真一郎はうろたえたが、真帆は構わず手を伸ばしてノートPCの画面を開いて覗き込む。ネットオークションのようだった。顔を近づけて、画面を見る。

「プロレスのチケット？　あなた、プロレス見たいの？」

「悪いのかよ」

　そう言って真一郎は複雑な表情を浮かべた。恥じているようでもあるし、困っているようでもある。彼のこういう表情はあまり見たことがないから新鮮だった。どんなことがあっても冷静で、あまりうろたえたりしない男なのだ。

「ふーん。プロレス、好きなんだ。知らなかった」

「だってかっこ悪いだろ。カミングアウトしようと思ったこともあったけど、十年前にあの事件が起きて、つい言いそびれたというか……。あれだろ、主婦の間だと子供が悪いことをすると『プロレスラーみたいになっちゃうわよ』って注意するんだろ」

　真帆はマウスを操ってノートPCの画面を見た。例のファイヤー武蔵が宣言した一夜限りのプロレスのチケットだった。驚いたことに一枚三十万円ほどの高値がついている。

　ファイヤー武蔵がプロレスを復活させると記者会見で発表したのは三日前のことだった。真帆は翌朝のニュースでそれを知った。それ以来、ワイドショーはプロレス一色だ。あれほどプロレスをバッシングしていたマスコミも、手の平を返したようにプロレス復活に対して好意的な報道をするようになった。冤罪で服役していた余命半年のレスラーが、ファイヤー武蔵に挑むという、いかにもマスコミが好みそうなネタだ。しかも勝った方があの小梅という女の子の父親になるというのだ。真帆も若干の、いやかなり興味はある。

「頼む、真帆」いきなり真一郎がその場で頭を下げる。「お願いだから三十万円、貸してくれないか? どうしても観たいんだよ、今度の試合。観ないと俺、どうにかなっちまうかもしれない。頼む、真帆」

真一郎は自分の稼ぎはそっくり真帆に渡してくれており、真帆はそこから月に五万円の小遣いを真一郎に渡している。月に五万円なんて少ないと真帆自身は思うのだが、真一郎が文句を言うことはない。だがそれにしても——プロレスを観ないとどうにかなっちまうらしいが、どうなってしまうのか、それはそれで興味はある。

「ちょっといい?」

真帆はそう言って書斎から出た。二階の廊下を歩き、階段を降りて一階のリビングに向かう。怪訝そうな表情を浮かべながらも、真一郎は真帆のあとをついてくる。テレビ台の下にある戸棚を開け、そこから一枚の封筒をとり出す。それを真一郎に手渡した。

「これ、今日届いたの」

封筒を開けた真一郎は目を見開いた。

「嘘だろ。これ、プロレスのチケットじゃないか。どうしてうちにこんなものが届くんだよ」

「どうしてって言われてもねえ。説明するのが面倒なのよ」

そう言いながらも真帆はソファに座り、これまでの経緯を説明した。誘拐事件の裏に隠された真相と、授業参観へのファイヤー乱入事件。真一郎は驚きを隠せないといった表情で、口をあんぐりと開けて真帆の話に聞き入っていた。

「そんな大事なこと、なぜ俺に話してくれなかったんだよ」話を聞き終えた真一郎が抗議の声を上げる。「授業参観の事件くらい、俺だって知ってるよ。まさか駿のクラスだったなんて知らなかったよ。それに誘拐犯から駿を救ったのがファイヤー武蔵だったとは……」

「だってあなた、帰りも遅いし、まともに話す機会がないじゃないの」

「まあ……それはそうだけどさ」

「チケットは三枚入ってるわ。私と駿も一緒に行くから。あなた、マスク・ド・リッキーって知ってる？　駿、リッキーのファンなのよ」

駿はここ最近、真帆のスマートフォンを使って動画サイトでマスク・ド・リッキーの試合を見ているらしい。

「知ってるに決まってるじゃないか。俺を誰だと思っているんだよ」

なぜか真二郎は胸を張る。

「実はね、駿と二人でリッキーさんの経営しているジムに行ったのよ。そこで駿、ボルダリングをやって何か自信をつけたみたいで、今はフットサルをやってるのよ」

「フットサル？　本当かよ。俺、こう見えてサッカーにも詳しいんだぜ」

「嘘つくわけないじゃないの」

「詳しく教えてくれよ。駿はどこのポジションを任されてるんだ？　フォワードか？それともディフェンダーか？　いや待て。試合はいつだ？　親が応援に行ってもいいのか？」

「ちょっと待ってよ。私、あまりサッカーに詳しくないの。あなた、サッカーに詳しいならルール教えてよ」

「お安いご用だ。それより真帆、ビールでも飲まないか。何だか俺、嬉しくなってきた。プロレスのチケットも手に入ったし、駿がフットサルを始めたことを知ったし」

「仕方ないわね、一本だけよ。私もたまには飲もうかしら。たしかビーフジャーキーがあったはずよ」

そう言いながら、真帆は立ち上がる。自分の気分が高揚していることに真帆は気づいていた。久し振りに真一郎ときちんと話しただけじゃないか。なに喜んでんだろ、私。

※

後楽園《こうらくえん》近辺は多くの人で賑わっていた。記者時代でもこれほど賑わっている後楽園を見たことがない。幸運にもチケットを手に入れたプロレスファンが集結している。

遂に試合当日を迎え、前園は万感の思いで行き交う人たちを眺めていた。

チケットの入手は困難を極め、ネット上では高値で取り引きされていたようだった。たった三百枚だけ販売される当日券を求めて、三日前から徹夜組が出現したことをニュースが報じていた。前園は小次郎の助言に従い、マスク・ド・リッキーとコンタクトをとることに成功し、彼から報道許可を得ると同時に、チケットも入手することができた。特別リングサイドと言われる、リングに一番近い席だ。すでに入場は始まっているが、まだ前園はホールに足を踏み入れていない。

前園は東京ドームホテルの前で待っていた。こうしてここで待ち続けて、もう一時間が経過している。時刻は午後五時を回っており、試合開始の午後六時まで一時間を切っていた。

一台のタクシーが走ってきて、前園の目の前で停車した。後部座席のドアが開き、一人の男が降りてくる。新幹線のホームで見送ったときと変わらず、作務衣に身を包んでいた。持っている荷物も風呂敷包みだけだ。

「小次郎さん」

前園はそう声をかけたが、続ける言葉が見つからなかった。見た目はさほど変わらないが、小次郎の全身から妖気《ようき》というか、人を寄せつけないオーラのようなものが漂っている。

「お待たせしました、前園さん」妖しげなオーラとは程遠い、丁寧な口調で小次郎は言った。「いやね、電車で来ようと思っていたんですが、混んでいたのでタクシーで来てしまいました」

「とにかく急ぎましょう」

そう言って前園は歩き出す。小次郎もそれに従い、二人で肩を並べて後楽園ホールの入っているビルを目指す。数人のファンが小次郎に気づき、遠巻きにこちらを眺めているのがわかる。

「小次郎さん、体調は？」

前園がそう訊くと、小次郎は笑顔で答えた。

「問題ありません。完全に仕上がりました。今の私に勝てる者はいないはずです」

その言葉に嘘はないことは、小次郎の顔を見ただけでわかった。肌にもツヤがあり、とても余命半年の病人には見えない。研ぎ澄まされたようなオーラは、切れ味の鋭い日本刀を連想させる。

「小次郎さんのお陰で、リングサイドの特等席をリッキーさんから譲ってもらいました。感謝します」

「それはよかった」

結局、〈週刊リング〉はネットで復活することになった。かつての編集者に連絡をとり、井野を含めて五人の仲間が再結集していた。といってもチケットを入手できたのは前園一人だけだった。ただし井野は後日放送されるCS放送の解説者を引き受けることになり、解説席で試合を見ることになっていた。ほかの三人の仲間は新宿にある貸しオフィスに待機しており、試合が終了次第、そこに集結してネットに載せる記事を書く手はずになっていた。

ダフ屋が声を張り上げていた。後楽園ホールビルの前は人でごった返している。小次郎の存在感はやはり飛び抜けており、すぐにファンに気づかれてしまう。

「あれ、流じゃない？」

「うお、本物だよ。本物の流小次郎だよ」

「やっぱでけーな」

小次郎の存在に気づいても、ファンが近寄ってくることはない。それだけ小次郎が放つ雰囲気は異様だった。ファンは遠巻きに眺めているだけだ。これこそが、鬼神と畏れられた流小次郎の姿でもあった。

ビルの前に長蛇の列ができていた。しかし小次郎の姿を見た途端、その列は崩れて一本の道が出来上がる。まるでレッドカーペットを歩くハリウッド俳優さながらに、前園は小次郎と並んでファンの間を進んでいく。

「流さん、頑張ってください」

「応援してます、流さん」

小次郎は声のした方向に顔を向け、一瞥するだけだった。たとえばこれがファイヤー武蔵だったら、おそらく立ち止まって握手くらいするはずだし、言葉の一つや二つかけたかもしれない。しかし流小次郎はそうではない。軽々しくファンサービスなどしない男なのだ。

しかしこういった流小次郎というイメージが、彼の人となりとはかけ離れたものであることを、前園は彼と付き合い出して初めて知った。おそらく小次郎自身が作り上げたイメージなのだろう。そう前園は推測している。陽のファイヤー武蔵と対抗するために、作り上げたキャラクターなのだ。

「小次郎さん、頑張ってください」

前園は立ち止まり、小次郎に言葉をかけた。小次郎は何も答えなかったが、しかし目だけは前園を見て、こっくりとうなずいた。

ビルの中に入っていく小次郎を、前園はその場で見送った。


「駿、知ってるか？　今日リッキーと対戦するソル・アルタレスってレスラーはな、メキシコじゃ伝説的なレスラーなんだぞ」

前園に用意されたのは何と南側の最前列の席だった。すぐ前に青い柵があり、その向こうがリングだ。記者時代にも最前列で試合を見たことなどない。

「お父さん、リッキー、勝てるかな？」

「どうだろうな。何しろリッキーにはブランクがあるからな。あっ、ブランクというのは試合をしていない時間が長いってことだ。でも大丈夫だ、駿。リッキーはおそらくジュニアヘビーでは日本最強。負けるはずがないさ」

前園の右隣には三人の親子連れが座っている。前園の隣が美人の奥さんで、小学生くらいの子供を挟み、その向こうに父親が座っている。さきほどから父親が息子に向かってプロレス談義を熱く語っていた。

後楽園ホールは超満員だった。熱気がむんむんと漂っている。誰もが試合の開始を今か今かと待っていた。

「あっ、真帆さんじゃないですか」

そう言いながら近づいてくる女性がいた。その女性の顔を見て、前園は驚く。ファイヤー武蔵と流小次郎、どちらかの娘と言われている女性だ。たしか名前は蜂須賀小梅といったか。周囲の者も気づいたらしく、彼女を見ながらこそこそと話す輩《やから》もいるほどだ。

そんな視線を一切気にすることなく、小梅という女性は手にしたチケットを見て、それから空いている前園の左隣の席に腰を下ろした。それから前園の右隣に座る美人ママと話し始める。

「真帆さんも来てたんだ」

「小梅ちゃん、久し振りね。ファイヤーさんからチケットが送られてきたのよ。うちの子、すっかりリッキーファンになっちゃって。これ、うちの旦那ね」

紹介された旦那が小さく頭を下げた。「こんばんは。妻がお世話になっているようで」

「そんなことないです。お世話になっているのは私の方ですから。駿君、リッキーさん、絶対勝つから心配ないよ」

「本当？　お姉ちゃん」

「うん。だって対戦相手のソルって人、凄い二日酔いだもん」

「そうなの？」

真帆という美人ママに訊かれ、小梅という女性は答える。

「昨日ね、広尾のステーキハウスで決起集会を開いたんですよ。出場する全選手――流小次郎だけは来なかったけど、全員で集まってご飯食べたんです。ソルっておじさん、テキーラ飲みまくって速攻潰れてました」

さすがだ、と前園は感服する。この子、伊達《だて》じゃない。決起集会に呼ばれる、メキシコの鳥人をおじさんと呼ぶなど、到底真似できるものではない。

「あっ、佃さん」

小梅という女性が目の前を通りかかった男性に声をかけた。黒いパンツに白いポロシャツを着た男性だ。その男性には見憶えがある。帝国プロレスの専属レフェリー、佃だった。

「佃さん、すっかり体調もよくなったみたいですね」

「お陰様でね」佃は胸を張って答える。「何か嬉しくて仕方がないよ。またリングに上がれる日が来るとは夢にも思っていなかったから」

「佃さん、オドチ君は大丈夫ですか？」

「大丈夫じゃないよ。トイレに入ったきり出てこないし」

「オドチ君、本当に試合なんてできるのかなあ」

不安そうな面持ちで小梅という女性が言う。前園は手にしていたパンフレットを開く。今日の試合は全部で四試合だ。通常のプロレス興行で四試合というのは少ないが、それでも急に決まった大会なので文句はない。ファンであればメインのファイヤー武蔵対流小次郎の一試合のためにでも金を払うだろう。

四試合の中で、一人だけ前園も知らない名前があった。二試合目に登場するオドンチメルという選手だ。プロフィールを見るとモンゴル出身の元力士で、ずっとファイヤー武蔵の付き人をしていたらしい。今日がデビュー戦のようだ。

「真帆さん、聞いてくださいよ。オドチ君って本当に気が弱い子なんですよ。あんなんでプロレスができるわけないと……」

小梅という女性の声は館内アナウンスでかき消される。

間もなく第一試合が始まります。皆様、席についてお待ちくださいませ。

いよいよだ。いよいよ十年振りにプロレスが始まるのだ。前園は膝の上で拳を握り締めた。

※

痛えな、マジで。こいつら、本気じゃやねえかよ。

児玉雅夫は相手の攻撃を受け続けていた。すでに試合が始まり、十分が経過しようとしていた。すでに児玉雅夫は息が上がってしまっている。

光栄なことに記念すべきプロレス復活興行の第一試合を任されることになった。タッグを組むのは当然ながら松嶋光で、新幹線コンビの復活だった。といっても児玉も松嶋もレスラー潰しに襲撃され、その怪我が完治したとは言えない。児玉は折れた前歯がそのままになっているし、全身に負った打撲も痛い。松嶋に至っては肋骨《ろっこつ》にヒビが入っているようだ。しかしファイヤー武蔵直々に声をかけられては、断ることなどできやしない。児玉も松嶋も二つ返事でオファーを快諾した。

相手は往年の名コンビ、カナダ出身のオーウェン・ブラザーズだ。今、児玉の前に立っているのは兄のパトリック・オーウェンで、弟のアダム・オーウェンは場外で松嶋光と死闘を演じている。

実は昨夜、オーウェン兄弟とは一緒に飯を食べた。ファイヤー武蔵が主催した決起集会が広尾のステーキハウスを借り切っておこなわれ、そこで再会したのだった。二人とも三年前にプロレスを引退しており、兄のパトリックは父親の遺した牧場を経営していて、弟のアダムは兄の牧場から仕入れた牛乳をバターやチーズなどの乳製品に加工する工場を経営しているらしい。

パトリックの野郎、現役時代とそう変わらねえぜ。

そんなことを思いつつ、児玉はパトリック・オーウェンのエルボーを受け、その場に膝をついた。ちらりと場外に目を向けると、松嶋もアダムのヘッドバッドで倒れてしまったところだった。

情けねえな、俺も松嶋もよ。

プロレスを辞めてしまってからも、トレーニングは欠かしたことがなかった。それは松嶋も同じだったらしく、昨日新木場の廃工場内のリングで軽いスパーリングをやったのだが、意外に自分たちが動けることに驚いたものだった。しかし実際にリングに上がって試合をするのとはわけが違う。いかに自分が実戦から遠ざかっていたかを痛感させられた。

　不意に体が持ち上げられるのを感じる。パトリックが児玉の股の間に頭を入れ、そのまま肩車されてしまったのだ。前を見ると、弟のアダムがトップロープに上っている。

　あれを食らうのかよ、嫌だな。

　アダムが宙を跳び、ラリアットをしてくる。オーウェン・ブラザーズの必殺技、オーウェン・スプラッシュだ。胸板にラリアットを叩き込まれ、児玉は一回転してリングに落ちる。

　うお、危ねえ。頭から落ちるところだったぜ。

　パトリックの体が児玉にのしかかる。佃レフェリーの声が聞こえた。「ワン、ツー」場外から戻ってきた松嶋がパトリックに体当たりして、カウントを阻止した。さらに松嶋はアダムに対しても体当たりをして、アダムを場外に落とした。

　遅いぜ、相棒。

　そんなことを思いながら、児玉は松嶋に視線を向ける。向こうもこちらを見ていたので、視線が合った。

そろそろ決めちまうか？

そう心の中で語りかけると、松嶋がうなずくのが見えた。

プロレスはショウだ。勝つのは当然、十年振りに結成された新幹線コンビだ。

パトリックをロープに振る。ロープで勢いがつき、戻ってくるパトリックに向かって児玉は跳ぶ。視界の端に松嶋も跳んだのが映る。ダブル・ドロップキックだ。

見事に決まった。客が沸いているのがわかった。それに気をよくしたのか、松嶋がすくっと立ち上がり、ロープに跳んで助走をつけてから、場外にいるアダムに向かって宙を舞った。トペ・スイシーダだ。客がさらに沸くのが児玉にもわかった。

松嶋の野郎、調子乗りやがって。お前、肋骨にヒビ入ってんだぞ。

実はダブル・ドロップキックのあと、そのままスリーカウントを奪うつもりだった。しかし松嶋が派手な技を披露してしまった以上、このまま終わるわけにはいかない。もう一技、客に見せるのが真のプロフェッショナルというものだ。

「うおおおお」

児玉は腹の底から声を出す。客の大歓声が聞こえてくる。

気持ちいい。プロレスは最高だぜ。

※

「ママ、コジちゃんって人、絶対勝つの？」

「当たり前よ。コジちゃんが勝つに決まってんじゃないの」

小梅がトイレの洗面台で手を洗おうとすると、隣で手を洗っている親子の会話が耳に入った。子供は五、六歳の男の子で、ぎりぎり女性トイレに入ってきてもＯＫという年頃だった。母親の方は三十歳くらいで髪も茶色に染めており、どことなく水商売の匂いを感じさせる。

「コジちゃんって、すっごい強いんだから。でもファイヤーさんも強いからな。まあどっちが勝ってもいいんだよ」

鏡でメイクをチェックしてから、女性はハンドバッグを持って子供と一緒にトイレから出ていった。小梅は手を洗ってから、鏡を見て溜め息をつく。さきほど第二試合が終わったばかりだった。オドチのデビュー戦だった。相手はバイソン蜂谷という、あの日本橋の料理店で襲われたレスラーだった。あれほどの怪我を負ったというのに、彼がリングに立ったことが驚きだった。

試合は情けないものだった。控室で会ったのだが、バイソン蜂谷は怪我人といった感じで、足を引き摺《ず》って歩いているほどだった。そんな怪我人が相手だというのに、オドチは逃げ回るだけで何もしなかったのだ。しまいには土下座をして許しを乞う始末だった。

でかい図体をしてコミカルに逃げ回るその仕草は、客に受けていて館内は大爆笑に包まれた。まるでプロレスというより、コントのようだった。逃げ惑うオドチに腹を立て、バイソン蜂谷が追いかける。しかしオドチは逃げる。その繰り返しだった。最後には逃げ疲れたオドチがバイソン蜂谷に捕まってしまい、ブレーンバスター一発でカウントスリーを奪われた。

でもまあ、客の受けはよかったのだから、よしとするか。小梅はオドチのデビュー戦を勝手に評価してから手を洗う。ハンドバッグからハンカチを出して手を拭いていると、バッグの中に茶色い紙袋が入っていることに気がついた。いけない。すっかり忘れていた。

今朝のことだった。ファイヤーに頼まれ、栄養ドリンクを買ってくるように頼まれたのだ。ずっとバタバタしていて渡すのを忘れていた。

まだ間に合うかしら。慌ててバッグを持ち、小梅はトイレから出る。

トイレの前には列ができていた。ちょうど休憩時間に入っていたので、通路は人でごった返している。控室にはどうやって行ったらいいのだろう。試合前までそこにいたのだが、行き方を忘れてしまい、小梅は通路で立ち止まる。背後から声をかけられたのはそのときだった。

「あの、ちょっといいですか?」

振り返ると一人の男性が立っている。さきほど小梅の隣に座っていた男性だ。男は名刺を出しながら言った。

「私、前園といいます」

渡された名刺には〈週刊リング・編集者〉という肩書きが書かれていた。プロレス専門の雑誌記者というところだろうか。前園という男がたどたどしい口調で言った。

「蜂須賀小梅さんですね。お顔はテレビで拝見したことがあります。僕、実は縁があって流小次郎さんと親しくさせてもらっているんです」

「ごめんなさい、急いでいるので」

いったん男をその場に残し、歩き始めた小梅だったが、少し考えて立ち止まる。再び男のもとに戻り、小梅は言った。

「控室の場所、知ってます?」

「えっ？」前園という男はたじろいだような表情を浮かべたが、すぐにうなずいた。

「知ってます。何度も行ったことがありますから。どっち側ですか？」

「どっち側って言われても……。ファイヤーさんのいる方、かな」

「赤コーナーか。だったらこちらです。ご案内しますよ」

そう言って前園という男は歩き出す。彼のあとを追うように小梅も歩き始める。

「ファイヤーさんに何か用事でも？」

「ええ。お使いを頼まれていたんですけど、渡すの忘れちゃったんです」

「そうですか。やっぱり親しいんですね、ファイヤーさんと」

前園という男は『関係者以外立入禁止』と書かれたドアを開け、中に入っていく。そこは通路になっていた。前園という男がなぜか自慢げに言う。

「いつもはもっと人が多いんですよ。帝国プロレスは大所帯の団体なんで、試合当日はレスラーやら関係者やらでこの通路にも人がたくさんいます。でも今日はさすがに四試合しか組まれていないから閑散としてますね。まあ試合が終わったら取材陣が殺到するでしょうけど」

前園が一枚のドアの前で立ち止まった。そこには『ファイヤー武蔵様控室』と書かれた紙が貼られている。小梅はドアを開け、中を覗き込んだが誰もいない。

「おかしいな、誰もいない」

前園も確認するように控室の中を見て、それから首を傾げた。

「トイレにでも行っているんでしょうかね。どうしましょうか？　ぐるりと回ってみますか。どこかで出くわすかもしれませんし」

「そうですね」

控室のドアを閉めて、小梅は前園と並んで歩き出した。

「いませんねえ」

隣を歩く前園がそう言った。通路を歩きながら、目についたドアなどを開けてみたのだが、ファイヤー武蔵はどこにもいなかった。もうすぐ試合が始まるというのに、いったい彼はどこに行ってしまったのだろう。

観客席の方から歓声が聞こえてきた。どうやらリッキーの試合が始まったようだ。軽快なサウンドに観客が手拍子を合わせていた。多分リッキーの入場曲だ。

隣を見ると、いつの間にか前園の姿が消えている。振り返ると彼は立ち止まり、両耳に手をあてがっている。「どうかしましたか？」と小梅が尋ねると、前園が耳に手を当てたまま答える。

「人の話し声が聞こえたような気がするんですよ」

小梅も耳を澄ましてみるが、人の話し声など聞こえない。観客席からの歓声が聞こえてくるだけだった。

「あそこかな」

前園の目が通路脇の一枚のドアに向けられていた。そこはボイラー室のようだった。前園はドアに直接耳を押し当てて、大きくうなずいた。「ここだ。間違いない」

前園がドアを開けた。中は暗く、機械類が置かれている。前園が中に入ったので、小梅もあとに続く。たしかに人の話し声が聞こえてくる。

「……で、俺はファイヤーバードを決める。お前はそれをかわして、燕返しを狙う。しかし俺もそれをかわして、すかさずドロップキック。お前はダウン。最後にもう一発、渾身《こんしん》の力を込めてファイヤーバード。カウントスリー。これでどうだ？」

「ねえ、ファイヤー君。十年振りだよ。十年振りのプロレスなんだよ。もっと観客を盛り上げないと。ファイヤー君、何か新技とか開発してないの？」

「それがねえんだよ。お前はあるのかよ、小次郎」

「うん、ある。フライング燕返し。今日の試合で使っていいかな？」

「駄目だって。痛いんだろ、それ」

「心配ないってば。力の加減はするから」

「仕方ねえな。だったらお前の新技を受けてやる。それで俺は虫の息になる。観客は思うわけだ。『もしかして、ファイヤー武蔵は負けるのか』ってな」

話している二人のうち、一人はファイヤー武蔵であることは間違いない。もう一人は流小次郎か。つまり二人で今日の試合の打ち合わせをしているのだ。でもこの二人、死ぬほど仲が悪いんじゃなかったっけ。

「だが俺は立ち上がる。不屈の精神でな。お前は焦る。焦った顔、ちゃんと見せろよ。俺は平手を叩き込む。お前も応酬する。リングの中央で平手の打ち合いだ。盛り上がる観客。ボルテージは最高潮に達する。そこで俺は……。ん？　おい、誰かいるのか？」

突然、鋭い声が飛んできて、小梅は体を硬直させた。前にいる前園の背筋がピンと伸びるのがわかった。仕方ない。小梅は溜め息をついてから前に出て、奥に進みながら言った。

「すみません。お取り込み中のところ」

機械類の奥にちょっとしたスペースがあり、そこに二人の男がいた。段ボールのようなものに座っている。一人はファイヤー武蔵で、もう一人の男が流小次郎だった。

しかし小次郎の顔は暗くてよく見えない。

「何だ、小梅か。おい、お前は誰だ？」

ファイヤーに訊かれ、前園は答えた。その声は震えている。

「ま、前園といいます。〈週刊リング〉の元編集者です」

「ファイヤー君、この人は悪い人じゃないよ。とても信用できる人だから」

流小次郎らしき男がそう言うと、ファイヤー武蔵が明るい声で言った。

「そうか。お前が前園か。噂には聞いていたぜ。なかなかの働きっぷりだったようだな」

「そうなんだよ、ファイヤー君。陰のMVPは彼かもしれないよ」

流小次郎らしき男が立ち上がり、こちらに向かって歩いてくる。その姿を見て、小梅は息を呑んだ。込み上げてくるこの懐かしさはどう説明すればいいのだろう。

「やあ、小梅」流小次郎が近づいてきて、小梅の肩に手を置いた。「元気そうだね。心配かけて悪かった。母さんに似て、美人になったね」

頭をポンポンと叩かれるのを感じた。顔を上げるとファイヤー武蔵が立っている。

「というわけだ、小梅。流小次郎。この男がお前の正真正銘の父親ってわけだ」

「ちょ、ちょっと待って」と思わず小梅は声を発していた。「どういうこと？　今日の試合で勝った方が私のお父さんになるんじゃなかったの？」

小梅がそう訊くと、ファイヤーが答えた。

「その方が盛り上がるだろ。勝った方がお前の父親になる。マスコミも飛びついてきただろうが。さて、打ち合わせも済んだことだし、そろそろ控室に戻るとするか。小次郎、あとでリングでな」

「わかった。ファイヤー君、今日は頑張ろうね」

二人は熱い握手を交わす。小梅はその光景を見て驚かずにいられない。

「ファイヤーさん、質問があります」

歩き出したファイヤーに、前園が声をかけた。その声はどこか緊張しているようだった。

「何だ？」とファイヤーは振り返る。前園は言った。

「ど、どこまでがギミックなんですか？　もしや全部仕組まれていたってことですか？　誘拐事件も、僕と小次郎さんが出会ったのも」

「当たり前だ」

ファイヤー武蔵は胸を張り、笑みを浮かべて答えた。

※

ギミック。仕掛けのことだ。プロレス界の隠語でもある。たとえばリング上で繰り広げられる熾烈《しれつ》な抗争も、互いに憎み合っているわけではなく、それぞれがキャラクターを演じているだけなのだ。そういった客を盛り上げるために構図を作り上げることを、プロレス界ではギミックと言う。

自分が陰のＭＶＰである。そう小次郎に言われたとき、前園は気がついた。もしかして自分もギミックの一部だったのか、と。

前園はファイヤー武蔵に訊いた。

「つまりですよ。最初からファイヤーさんは小次郎さんの無実を知っていた。知っていたうえで小次郎さんの出所するタイミングを待っていた。そういうことですね」

「ああ、そうだ」ファイヤー武蔵は答えた。「十年前の事件が起きた直後、俺は小次郎と面会することができなかった。こいつが刑務所に入ってすぐ、俺は面会に行った。目を見ただけで、俺にはわかったよ。こいつは犯人じゃないってな。だから俺は小次郎が出所してくるのを待った。小次郎も俺の気持ちを汲《く》み、自分が冤罪であることを決して主張せず、ひたすら刑期が終わるのを待った。俺たちプロレスラーが小次郎の冤罪を晴らしても意味がねえ。やるのは第三者でなければならなかったんだ。世論を動かし、炎上させ、プロレスを復活させる。そういう雰囲気まで持っていくことが、この計画の肝だった」

　プロレスは世論に負けた。前園は長年そう思っていた。おそらくファイヤー武蔵もそう思っていたのだろう。だから今度は世論をこちら側に引き寄せて、見事にプロレスを復活させたのだ。

「前園。お前なら知っていると思うが、十年前、プロレス人気には翳《かげ》りがあった。地上波の試合放送は打ち切られ、人気は低迷していた。だから俺はあえてプロレスを自粛することに決めたんだ。俺と小次郎、二人の試合がなければプロレスを盛り上げることはできん。だから俺は十年間、雌伏《しふく》してときを待った。俺にとっちゃプロレスを盛り上げることが至上のテーマで、小次郎を嵌めた奴が誰であろうが関係ねえ。すべてはプロレスのためなんだよ」

　十年間という時間をかけたギミックだったということか。前園は絶句する。

「まずは誘拐事件を起こして、もう一度プロレスバッシングを再燃させる。一方、出所した小次郎は元編集者に接近し、自分が無実の罪で服役していたことを打ち明ける。さっきも言ったが、お前の働きは見事だった。俺は最低でも一ヵ月はかかると踏んでいたが、お前はたった数日で真相に辿り着き、しかも小次郎をテレビにまで出演させちまった。しかし小次郎が無実を訴えただけでは弱い。そこで小次郎には芝居を打ってもらった」

「えっ？　まさか」

前園は小次郎に目を向けた。小次郎が額をかきながら、小さく頭を下げてきた。

「お許しください、前園さん。私はまったくの健康体なんですよ」

「胃がんっていうのは嘘なんですか？」

「面目ない」

キャバクラ店で血を吐いたときの演技は真に迫っていたと言える。毒霧を吐くレスラーのように、口の中に赤いインクを仕込んであったというわけだ。おそらく四谷の峰田医院の先生もファイヤー武蔵に頼まれていたのだろう。

「全部仕組んでたわけじゃねえぞ」とファイヤー武蔵が自慢げに言う。「なかにはアドリブもある。たとえば授業参観がそうだ。誘拐事件を起こしただけでは、どこか弱い気がしていたんだ。そのとき誘拐事件の被害者である少年の授業参観があることを知った。そこに乗り込み、俺は教師にビンタをかます。俺の予想は当たって世間は大騒ぎだ。プロレスバッシングが過熱しただけでなく、俺が日本に帰国していることを世間に知らしめることもできたってわけだ」

セールだ。セールというのはプロレスの隠語で、相手の技を受けたレスラーが派手に吹っ飛んだり、大袈裟に痛がったりすることだ。セールというのは逆襲への引き金だ。いったん負の方向へとプロレスを導いておき、一気に正の方向へと持っていく。その反動が大きければ大きいほど、客の受けはいい。ファイヤー武蔵はそれを世間に対して仕掛けてみせたのだ。

「仕組んだのはそれだけじゃねえぞ。あの誘拐事件の被害者だって、最初から選ばれていたんだよ。白崎のじいさんが金持ちだってことは知ってた。あのじいさんが若い頃、石油ショックで会社が潰れそうになったことがあったらしい。そのとき街頭のテレビでプロレス中継を見て、勇気をもらったそうだ。そのインタビューを雑誌で見て知ってたから、俺は白崎家を巻き込むことに決めた。息子が誘拐されたとき、困った母親が〈便利屋ファイヤー〉を頼るように、裏で糸を引いたんだ。白崎のじいさんにスポンサーになってもらうのが目的だった」

白崎という名前に聞き憶えがある。たしか誘拐事件の被害者の名前だ。

「リッキーが駿を救出する動画を公開したのも俺だ。プロレスに流れを引き寄せるため、最初から計算していたことなんだ。そして仕上げは小梅だ。ファイヤー武蔵と流小次郎。どちらかの血を引く娘。彼女を巡って、俺と小次郎は対決する。盛り上がること間違いなしだ」

その通りの結果となった。連日のごとくマスコミでプロレスがとり上げられ、ちょっとした社会現象まで巻き起こっている。ファイヤーは続けて言った。

「一番割に合わねえのは、近藤たちだろうな。あいつらには汚れ役を押しつけてしまった。でもまあ奴らのことだ。今頃、ロシアに着く頃だ。金も渡してあるし、向こうで楽しく暮らすんだろうな」

近藤たちというのは元帝国プロレス所属で、誘拐犯の一味のことだ。彼らを逃がす算段はすべてファイヤー武蔵が手配したということだろう。

「一つだけ、俺のシナリオにはないことがある」ファイヤー武蔵が首を傾げて言う。「レスラー潰しさ。あれだけは俺の仕組んだもんじゃねえ。どこの誰だか知らねえが、余計な真似をしてくれたもんだぜ。だがバイソンが襲われて以来、レスラー潰しも鳴りをひそめている。このまま終わってくれればいいんだがな。そろそろリッキーの試合が終わる頃だろう。お前たち、俺と一緒に来い」

そう言ってファイヤーがボイラー室のドアに手をかけた。振り返って小次郎を見ると、彼は笑顔で頭を下げている。ファイヤーに声をかけられる。

「早く来い。小次郎はあとから出るから心配するな。俺と小次郎が仲よく歩いていちゃいかんだろ」

「仲、いいんですね」

「ん？　俺と小次郎か。あいつは俺の無二の親友だ」

ファイヤーはにんまりと笑った。

※

うお、やっぱり凄え。このおじさん、怪物だよ。

マスク・ド・リッキーこと真鍋陸にとって、ソル・アルタレスは伝説のレスラーだ。真鍋陸は今、リングの上に横たわっていた。トップロープに登ったソル・アルタレスが宙に舞った。フライング・ボディプレスだ。胸板に衝撃を感じ、一瞬だけ真鍋は呼吸ができなくなる。

「ワン、ツー」

佃レフェリーのカウントが聞こえ、真鍋は何とか肩を上げてスリーカウントを逃れた。

昨夜、ソル・アルタレスと決起集会で初めて会ったのだが、とても空中殺法を得意とするレスラーとは思えなかった。身長は真鍋とそれほど変わらないが、でっぷりと太っていたのだ。ピザ屋あたりの厨房に立っていそうな感じだった。しかも陽気なメキシカンを体現するように、ガハハと笑ってテキーラを飲みまくっていた。幻想が打ち砕かれたような気がした。このおじさん、こんなんで明日ちゃんと試合できるのかよ。内心そう思った。

ところが試合が始まると自分が浅はかだったことを痛感させられた。その体型から想像もできないほどリング上を機敏に動き回り、しかも体重があるため技の一発一発が重かった。

「ヘイ、ボーイ。ウェイクアップ」

頭上からソル・アルタレスの声が聞こえ、真鍋は立ち上がる。ボーイかよ。俺、こう見えても三十六歳だぜ。

立ち上がった瞬間、ロープに跳んだソル・アルタレスのフライング・クロスチョップを浴び、たまらず真鍋は場外にエスケープする。リング上を見上げると、ソル・アルタレスが助走をつけてこちらに向かって走ってくるのが見えた。本当にこのおじさん、無茶するぜ。

ソル・アルタレスが跳んでくる。トペ・スイシーダだ。その巨体を受け止め、真鍋は場外で転倒する。まるでヘビー級だ。痛いし重いし、しかも客が沸いているのが気に食わない。

真鍋は場外で大の字になっていた。思った以上にダメージがあるようだ。天井のスポットライトが眩しかった。トレーニングは欠かしたことがなかったとはいえ、この体中の痛みが懐かしい。プロレスやってんだな、と心の底から実感する。

小学生の頃、真鍋は学校でいじめられていた。真鍋は母子家庭で、母はスーパーマーケットのパートをしながら、夜は繁華街の飲み屋でホステスをしていた。真鍋は子供の頃から引っ込み思案で、しかも勉強もできなかった。同級生にいじめられ、帰宅しても家には誰もおらず、一人で泣いて過ごす暗い少年時代だった。

そんなある日、真鍋はテレビでプロレスを観た。二人の男が闘っていた。会場の雰囲気や実況アナウンサーの言葉から、長髪の男の方が人気があり、試合も優勢に進めていることがわかった。真鍋は長髪ではない方――坊主頭の修行僧のような男を応援した。その男こそが流小次郎で、長髪の男がファイヤー武蔵だった。下馬評を覆し、流小次郎は勝利した。その試合から真鍋は勇気をもらったような気がした。

その翌日、いつものように同級生からちょっかいを出されたが、真鍋の中に昨夜の流小次郎のファイトが印象に残っていたのか、思わず手を出していた。同級生の頭を叩いたのだ。しかしそれは倍になって返ってきて、いつもより酷くいじめられた。次の日も、その次の日も真鍋はやり返した。するといつしか同級生はちょっかいを出してこなくなった。初めての勝利だった。

高校卒業と同時に帝国プロレスに入門し、ファイヤー武蔵と会い、そして流小次郎にも会った。最初にファイヤー武蔵の付き人になったため、ファイヤーには可愛がってもらった。メキシコに修行に出してくれたのもファイヤーだし、覆面レスラーとして華々しいデビュー戦を用意してくれたのもファイヤーだ。子供の頃の恩人が流小次郎であるなら、大人になってからの恩人がファイヤー武蔵だ。その二人が今夜、対決する。無様な試合は見せられない。

真鍋は立ち上がり、再びリングに登る。ロープに手をかけたところで、ソル・アルタレスが反対側のロープに走り出すのが見えた。よくやるよ、あのおじさん。ソル・アルタレスはロープで勢いをつけ、そのまま真鍋に向かって突進してきた。

真鍋は両手でロープを握り、跳んだ。ロープを跳び越え、突進してきたソル・アルタレスにボディアタックを決める。そのままフォールを狙うが、カウントツーで返される。

「頑張れ、リッキー」

リングサイドから声援が聞こえる。多分駿の声だ。そういえば俺がいじめを克服したのも駿と同じくらいの年の頃だったっけ。そんなことを思いながら、真鍋は立ち上がってきたソル・アルタレスに向かってローリング・ソバットを放つ。ソル・アルタレスはみぞおちを押さえ、前屈みになった。すかさず真鍋はソル・アルタレスの胴に両手を回して、持ち上げる。パイルドライバーだ。

脳天を打ち、ソル・アルタレスはリング中央に横たわっている。マスクから覗く口元に笑みが浮かんでいるのが見えた。

「カモン、ボーイ」

息も絶え絶えにソル・アルタレスがそうつぶやいた。思った以上に疲労しているようだ。年齢は五十を超えているはずで、さすがに五十歳を超えてもプロレスをやり続ける気持ちは真鍋にはない。ファイヤー武蔵も流小次郎も、そしてこのおじさんも化け物だ。

真鍋はトップロープに駆け上がる。後楽園ホールの観客全員が自分を見ていることがわかる。人差し指を天に向かって突き上げると、さらに観客が沸いた。この瞬間が一番好きだ。プロレスやっててよかったと思える瞬間だ。

視界が涙でかすんでいる。ちらりと後ろを見ると、ソル・アルタレスはリング中央で横たわったままだった。再びプロレスができる喜びと、偉大なるメキシコの鳥人への敬意。この二つを胸に抱き、マスク・ド・リッキーこと真鍋陸は、勢いをつけて宙を舞った。

※

前園が控室に戻ると、すでにリッキーの試合は終わっていた。彼の試合を見られなかったのは残念だが、それ以上にファイヤーの口から聞かされた事実の方が衝撃的だった。もっとも、これは記事にできる話ではない。

ファイヤーが着替えるというので、前園は控室の前で小梅と二人で待っていた。ホールのスタッフらしき男がやって来て、控室のドアを叩いて、大声を張り上げた。

「ファイヤーさん。五分後に流さんの入場。それが終わり次第、ファイヤーさんの出番です」

「おう、任せとけ」

中からファイヤーが応じる声が聞こえてくる。ほどなくして控室のドアが開き、ファイヤー武蔵が姿を現す。白いガウンだった。背中の部分に炎をイメージさせる深紅の刺繡《ししゅう》が施されている。ファイヤーがタイトルマッチなどの大一番でしか着ることのないガウンだ。ファンの間ではホワイトガウンと呼ばれている。

ファイヤーは腕を組み、まるで瞑想《めいそう》でもするかのように静かにそのときを待っていた。やがてリングアナウンサーの声が聞こえてきた。

「青コーナーから、流小次郎選手の入場です」

クイーンの『ショウ・マスト・ゴー・オン』のイントロが流れ始めると、壁一枚を通じて控室のある通路にも、観客席の興奮と熱狂が伝わってくる。早くも流コールが湧き起こっていた。

前園はファイヤー武蔵に思い切って訊いてみることにする。これほど近くでファイヤー武蔵と接したことはないし、これからもないだろう。

「ファイヤーさん。ファイヤーさんにとってプロレスとは何ですか？」

ファイヤーが目を開けた。プロレスとは何ぞや。前園が編集者時代、インタビューの最後に必ずする質問だった。

「ビジネスだ。それ以上でもそれ以下でもねえ」

ファイヤーはそう言い切る。アメリカで成功を収めた、ファイヤーらしい回答だ。プロレスとはビジネスである。ここまで言い切れるレスラーというのも珍しい。

「でもな、前園とやら。俺は思うんだよ」ファイヤー武蔵が遠くを眺めるような目つきで言った。「プロレスはよ、花火でもある」

「花火、ですか？」

「そうだ。今日ここに来た客はな、それぞれ自分の人生を抱えて、悩んだり苦しんだりしているわけだろ。でもここに来て、俺たちのプロレスを観て、そういうことを忘れてスカッとして帰っていく。どうだ？　花火みてえだと思わないか。夏の夜空に一瞬だけ光る花火さ」

前園の目にも夏の打ち上げ花火が鮮やかに浮かぶようだった。一瞬だけ輝き、消えていく。

「ファイヤーさん、そろそろです」

スタッフの一人がやって来て、ファイヤーに告げる。スタッフはイヤホンマイクをしており、観客席に通じるドアに手をかけた。合図とともにドアを開ける手はずになっているのだろう。ファイヤー武蔵は両手で髪を撫でつけるようにして、自分の出番を待っていた。

「ファイヤーさん、お願いします」

スタッフの声にうなずいて、ファイヤー武蔵が歩き出した。

※

長い十年だったね、ファイヤー君。

流小次郎は赤コーナーに立つファイヤー武蔵を真正面から見つめていた。ファイヤーは余裕の表情を浮かべ、観客の声援に応《こた》えている。選手紹介も終わり、あとはゴングを待つだけだ。

気持ちは昂《たか》ぶっている。この日を待ち侘《わ》びていたのだ。余裕の表情を浮かべているが、ファイヤーの胸中も同じだろう。

ゴングが鳴ると同時にファイヤーがいきなり走り出すのが見えた。ほら、やっぱり。小次郎も駆け出し、ドロップキックを放つ。ファイヤーもドロップキックだった。二人の体が交錯し、もつれ合う。

立ち上がった小次郎はファイヤーの胸元にエルボーを叩き込む。ファイヤーは返す刀で張り手を放ってくる。痛い。刑務所内でもトレーニングを欠かしたことがなかったが、痛みだけは実際に技を受けないと体感できない。この痛みすら懐かしい。

エルボーと張り手の応酬が始まる。会場が一気に盛り上がるのを感じた。それにしてもファイヤーの張り手は痛い。遠慮というものを知らない男だ。しかしここで負けてはいけない気がした。渾身の力を込めてエルボーを打つと、ファイヤーがようやく膝をついた。

ファイヤーの首に腕を回し、絞め上げる。ヘッドロックだ。ふっと体が浮くのを感じ、天井のスポットライトが見えた。ヤバい。ファイヤー得意のバックドロップだ。受け身をとる。首筋から背中にかけて衝撃を感じたが、痛みをこらえて小次郎はすぐに立ち上がる。そして平然とした顔をして、ファイヤーを見下ろした。ファイヤーは片膝をついたまま、鼻に手を当てて余裕の笑みを浮かべた。やるじゃねえか、小次郎。そんなことを言いたげな顔つきだ。リングサイドで報道陣のフラッシュが一斉に焚かれるのを見て、小次郎は内心舌を巻く。さすがファイヤー武蔵、千両役者だ。マスコミが欲しい表情を瞬時に出すとは、まさに天才だ。

小次郎がローキックを放つと、ファイヤーは苦痛に顔を歪めた。さらに数発、ローキックを放ちファイヤーの動きが止まる。すでに自分の息が上がっていることに気がついた。この分だと長時間闘うのは難しいだろう。短期決戦だ。

小次郎はファイヤーの背中に回り込み、胴に手を回して持ち上げる。ジャーマン・スープレックスだ。しかしフォールにはいかず、すぐさま立ち上がってロープに走る。燕返しだ。

が、小次郎の燕返しを予期していたように、ファイヤーが跳んだ。ドロップキックで迎撃され、たまらず小次郎はダウンする。ファイヤーが腕ひしぎ逆十字固めを狙ってきたので、小次郎はそれを阻止した。寝技の攻防が始まった。

こうしてファイヤー武蔵と闘っていることが夢のようだ。体が、細胞の一つ一つが喜んでいるのを小次郎は感じていた。またプロレスができる喜び。しかも対戦相手はファイヤー武蔵なのだ。

実はファイヤーとは一度だけ、サシで飲んだことがある。今から三十年近く前のことだ。初めてファイヤーと一騎打ちで対決し、六十分時間切れドローの試合をした夜のことだ。

当時、ファイヤー武蔵は名実ともに帝国プロレスのエースに昇りつめていた。毎晩、メインイベントで外国人大物レスラーと対決し、勝利を収めていた。その押しも押されもせぬエースに嚙みついたのが小次郎だった。

赤坂のホテルの最上階のバーだった。下戸《げこ》のくせしてウィスキーを舐めながら、フファイヤーは顔を赤くして言ったものだ。嬉しいぜ、小次郎。帝国プロレスを俺一人で背負うのは正直しんどい。お前が来てくれて助かった。エースは一人よりも二人だ。頼むぜ、小次郎。

その日から、小次郎はファイヤーのライバルとなるため、練習を積み重ねた。馴れ合いは嫌だったので、ファイヤーと一緒に巡業のバスに乗ることも避けた。付き人を一人連れ、時刻表片手に電車を乗り継いで巡業先の地方会場に向かったものだ。あの頃が無性に懐かしい。

「小次郎、ギブアップ？」

佃レフェリーの声が耳元で聞こえた。気がつくとファイヤーにスリーパーホールドをかけられている。息が苦しい。小次郎は何とか足を伸ばして、ロープに足をかけた。

耳を摑まれ、起こされる。張り手を食らい、膝をつく。まだ終わりじゃねえぞ、目を覚ませよ、小次郎。そんなことをファイヤーに言われているような気がする。ああ、まだ終わらないよ。終わらせてたまるものか。

観客の声援が聞こえた。そのほとんどはファイヤー武蔵に対する声援だったが、そんなことには慣れていた。ファイヤー武蔵が輝けば、自分も輝く。それだけの話だ。

ファイヤーがコーナーポストに登るのが視界の隅に映った。歓声が大きくなる。狙っているのはファイヤーバードだろう。だがファイヤーバード一発でマットに沈む気はさらさらない。

さあ、来い。

小次郎が立ち上がったときだった。観客席で悲鳴のような声が聞こえた。コーナーポストに目を向けると、そこにいるはずのファイヤー武蔵が消え失せていた。

※

観客席にいた前園はその光景に目を疑った。

試合が開始されて十二分が経過したときのことだった。コーナーポストに登ったファイヤー武蔵を後ろから摑む男の姿があった。男はファイヤーを抱きかかえるようにして、そのまま場外に投げ飛ばしたのだ。後頭部から場外に落ちてしまい、ファイヤー武蔵はそのままぴくりとも動かなくなってしまった。

何が起きたのかわからない。そんなざわついた雰囲気の中、ファイヤーを投げ飛ばした男がリングに上がった。その男は第二試合で無様なデビュー戦を飾ったオドンチメルというモンゴル人選手だった。当惑したような表情で流小次郎はオドンチメルに目を向けている。

突如としてオドンチメルが小次郎に襲いかかる。とにかく流を応援しなければならない。会場はそんな雰囲気になり、流コールが湧き起こる。

オドンチメルの動きはさきほどと打って変わり、速く、そして力強かった。まるでボクシングのようなファイティングポーズから、重い張り手を連打する。小次郎も必死になってよけようとしているのだが、その速さについていけない。何十発もの張り手を受け、流小次郎の顔は無残《むざん》にも腫れ上がった。会場の流コールはぴたりと止まっていた。

「どうなってんの、いったい」

隣に座る小梅がつぶやくように言う。その通りだ、と前園も内心うなずく。これはどういうことなのだ。流小次郎の反応を見ていても、決してやらせとは思えなかった。完全なるハプニングに思われた。前園の視界の隅に、リッキーに肩を担がれ運ばれていくファイヤー武蔵の姿が映った。

佃レフェリーがオドンチメルの暴走を食い止めようと割って入ったが、オドンチメルの張り手を一発食らっただけで、佃レフェリーはダウンしてしまった。

オドンチメルの攻撃はなおも続く。小次郎は何とか立っているというグロッキー状態だった。まるでキックボクシングの選手のような見事なハイキックが小次郎の側頭部にヒットし、小次郎が電池の切れたロボットのように倒れ込んだ。オドンチメルは素早い動きで倒れた小次郎の右手をとり、そのまま腕ひしぎ逆十字固めを決める。腕がピンと伸び切っている。小次郎がギブアップの意思を告げるよう、左手でタップをしているのだが、試合を捌《さば》く佃レフェリーはリング外に落ちてしまっていた。

歓声が湧き起こる。リングの上に登場したのは試合を終えた選手たちだった。それに気づいたオドンチメルはすぐに小次郎を解放し、襲いかかってきた児玉雅夫に張り手を浴びせて、膝蹴りを入れる。松嶋光、バイソン蜂谷とあとに続くが、オドンチメルはまるで赤子の手をひねるかのように彼らの攻撃をかわし、カウンターの張り手をかまし、それぞれを場外に落としていく。

最後にリングに登場したのはリッキーだった。ファイヤーを控室に運び終え、戻ってきたのだろう。リッキーは軽快なステップからローリングソバットを放つ。みぞおちに入ったはずだが、オドンチメルはまったく動じず、逆に前に出てリッキーの顔面に張り手を叩き込む。リッキーはたまらずダウンした。

「嘘でしょ……」

隣にいる小梅がそう言ったきり絶句した。

ふらふらと立ち上がったリッキーに対し、オドンチメルはロープに跳んで助走をつける。その勢いのまま横に回転し、遠心力を存分に利用してリッキーの胸にエルボーを叩き込むと、観客席が大きくどよめいた。流小次郎の必殺技、燕返しだ。

リッキーはその場に倒れてしまい、ぴくりとも動かなくなった。オドンチメルは再び流小次郎のもとに歩いていき、彼の髪を摑んで立ち上がらせ、軽々と抱えて場外に向かって投げる。小次郎の体が宙に浮き、そのままリングサイドにあったテーブルのあたりに落下した。

ファイヤーが倒れ、流小次郎も完膚なきまでに叩きのめされてしまった。前園は声が出なかった。一つだけわかっていることといえば、何かただならぬことがリングで起きたということだけだ。

前園は思わず立ち上がっていた。こういうときに頼れるのはファイヤー武蔵をおいて他にいない。これが仕掛けなのか、それとも本当のハプニングなのか。彼なら知っているだろう。

控室に向かって歩き出した前園だったが、マイクがキーンと鳴る音が聞こえて足を止めた。振り返ってリングを見ると、オドンチメルがマイクを手にして観客席に向かって流暢《りゅうちょう》な日本語で告げた。

「皆さん、こんばんは。僕の名前はオドンチメル・オルガーバートルです。試合を台無しにしてしまって申し訳ありません」

　前園が控室に入ると、ファイヤー武蔵は峰田医師の診察を受けている最中だった。意識はあるようだ。ファイヤー武蔵はテレビの画面を見ながら苦々しい表情で言った。

「まさに獅子身中《しのしんちゅう》の虫とはこのことだな。まさかあいつがレスラー潰しだったとはな」

　レスラー潰し。何人かのレスラーを次々と襲った謎の人物だ。でもオドンチメルがレスラー潰しだったとして、その目的はいったい何なのだ。

「ここでは縫合は無理だな。とりあえず応急処置だけはしておいた。俺は小次郎の様子を見てくる。あっちの方が重傷だろうよ」

　そう言って峰田は控室から出て行く。頭に包帯を巻いたファイヤー武蔵がテレビに目を向けていた。控室にはテレビが備え付けられていて、固定カメラの映像を見ることができる。

館内がブーイングで包まれていた。マイクを持ったまま、オドンチメルは何も話そうとしなかった。

「ファイヤーさん、何がどうなっているんですか？」

前園がそう訊いても、ファイヤーは何も答えなかった。沈痛な面持ちで目を閉じていた。まだダメージが残っているのだろうか。前園は控室を出て、再び会場に戻る。

前園がドアを開けたとき、オドンチメルが話し出した。

「ええと、僕が来日したのは十五歳のときでした。モンゴルで相撲部屋にスカウトされ、来日しました。相撲は二年で辞めました。稽古がつらかったわけではなく、僕が強過ぎたからです。部屋の先輩たちは誰一人として僕には勝てませんでした。僕は強い。でも一番下っ端で、雑用などをこなさなければならない。それって変ですよね？だから相撲は辞めました」

百九十センチを超える長身に、鍛え抜かれた体。さきほどの動きを見ただけで、彼の類《たぐ》い稀《まれ》なる格闘センスは伝わってきた。

「でも僕は帰国しませんでした。当時、付き合っていた彼女がいたからです。名前はリーといい、看護師になることを夢見て中国から来日していた、二歳年上の女性でした。彼女を残して、帰国することなど僕には考えられませんでした」

場内はざわめいている。この男、何をいきなり語り出してんだよ。そんな雰囲気だった。しかしオドンチメルは構わず話し続ける。

「僕はバイトをしながら、キックボクシングジムに通っていました。彼女は昼間は学校で勉強して、夜はコンビニでバイトをしていました。貧しかったけど、二人でいれば何とかなる。そう思って二人で頑張っていたのです。そんなときです。彼女が働いていたコンビニで立て籠もり事件が発生しました。ちょうど彼女が夜勤をする日で、僕はニュースでそれを知りました」

まさか、と前園は内心叫ぶ。事件が発生した当時、流小次郎のほかに店内にいたのは佐伯由紀雄と大石萌、それから中国人留学生の三人だった。大石萌の証言を聞いていて、てっきり男のバイトだと思っていた。実は女性、しかもオドンチメルの恋人だったというわけか。

「立て籠もり犯の流小次郎は彼女を人質にとりました。翌朝、警察が突入して事件は解決しました。でもそれ以来、僕は彼女と会うことはできませんでした。彼女のアパートはいつの間にか引き払われていて、学校も退学していました。僕は警察に行き、彼女を捜してほしいと何度も頼みましたが、警察は僕を相手にしてくれませんでした。彼女は魔法のように姿を消してしまったんです」

大石萌の証言を思い出す。佐伯由紀雄は自分の罪を流小次郎になすりつけるため、電話で外部とやりとりしていたという。その相手とは父親の佐伯今朝雄だろう。佐伯前知事は中国語を話せる人物を呼び出し、リーという女性に取引を持ちかけた。おそらく金を渡し、早急に中国に帰国することを約束させ、この件に関して口をつぐむように工作したのだ。アパートの引き払いや学校の手続き、それから帰国するまでの潜伏先など、それらは佐伯前知事の息がかかった者たちが手配したと考えていい。

「僕は流小次郎を恨みました。彼があんな事件を起こさなければ、彼女は失踪なんてしなかったはずだった。流小次郎は警察に捕まって、僕自身の手で復讐することはできなかった。そんなとき、僕は記者会見を見ました。ファイヤー武蔵という男が、神妙な顔つきで頭を下げていました。この男と一緒にいれば、いずれ流小次郎に復讐できるチャンスがあるかもしれない。そう思って僕は彼に接近したんです。彼は僕を一目で気に入って付き人にしてくれました」

恋人を奪われた腹いせに、流小次郎への復讐を選んだのか。前園はリング上に立つオドンチメルに目を向ける。特に感情を露わにするわけではなく、彼は淡々と話している。

「流小次郎の出所が近づいてきたので、ファイヤー武蔵より一足早くアメリカから帰国した僕は行動に移しました。軽いウォーミングアップのつもりで、次々とレスラーを襲いました。でも弱かった。本当に弱かった。プロレスラーって弱いんですね」

オドンチメルがそう言うと、観客席から野次が飛んだ。「ふざけんな」とか「帰れ」とかそういった野次だ。空き缶などもリングに投げ込まれたが、オドンチメルは動じずに続ける。

「流小次郎が立て籠もり事件の犯人ではない。そう知ったとき、さすがに僕も迷いました。でも引き返すことはできなかった。僕は流小次郎を倒すことだけを夢見て、今日まで生きてきたようなものですから。でも、実際に闘ってみてがっかりしました。流小次郎はこの程度なのかってね」

野次は一段と激しくなる。すでにリング上には無数の空き缶や紙コップが転がっている。

「聞いてますか？　ファイヤーさん」マイク片手にオドンチメルがそう語りかける。「こうなったらもう、僕はあなたと闘いたい。あなたが現役最強なんでしょ？　プロレスは最強なんでしょ？　だったら今すぐ、ここで、僕と闘いましょうよ。勝った方が正真正銘のチャンピオンだ」

オドンチメルはマイクを場外に向かって放り投げ、それから足元に転がる空き缶や紙コップを足で払って場外に落とし始めた。背後に気配を感じ、振り返るとそこにはファイヤー武蔵が立っていた。ファイヤーは素っ気ない口調で言う。

「やらねえよ、俺は」

「えっ？」

「だってありゃ化けもんだぞ。あの小次郎を子供扱いだ。あいつに素質があることは俺も見抜いてた。いずれは俺の後継者になりえる男だ。そう思ってアメリカにも連れて行き、本場のトレーニングを体験させた。俺は知らず知らずのうちに奴を超一流のレスラーに鍛えちまったわけだ。二十歳若かったらまだしも、俺はもう五十八歳だ。あんな現役バリバリのマッチョ力士野郎に勝てるわけがない。勝てねえ戦はしねえ主義なんだよ、俺は」

理屈はわかる。オドンチメルが強いのは前園も理解できる。しかしここでファイヤー武蔵が出て行かずして、どう事態を収拾できるというのか。

「と言いたいところだが、ここは俺が出て行かないと示しがつかん。まったくついてねえ一日だぜ」

そう言ってファイヤー武蔵は自慢の長髪を撫で上げる。包帯は巻いたままだ。ファイヤーが近くに待機していたスタッフに告げる。

「音響に連絡。まずは俺のテーマ曲を流せ。俺が花道を半分ほど歩いたところで小次郎の曲に切り替えろ。いいな？」

「はい、了解です」

スタッフが威勢のいい返事をして、イヤホンマイクで何やら話し始める。この土壇場でファイヤー武蔵が考えた機転に前園は舌を巻く。流小次郎のテーマ曲を流すことにより、その仇を討つという構図を明らかにしようというのだ。

「準備できました」

スタッフがそう言ったと同時に、館内に音楽が流れ始める。ファイヤー武蔵のテーマ曲『ファイヤーバード・フォーエバー』だ。観客席が興奮に包まれ、早くもファイヤーコールの大合唱だ。ドアが開き、再びホワイトガウンを身にまとったファイヤー武蔵が花道を歩き始めると、館内は一際熱い歓声に包まれた。

※

「小梅ちゃん、どうだった？」

席に戻ると真帆が訊いてきた。小梅はうなずいた。「流小次郎、かなりの怪我を負ったみたいです」

リング上でオドチが話している間、小梅は医務室に足を運んでいた。そこには流小次郎が運び込まれており、峰田医師の診察を受けているところだった。特に顔面は紫色に変色するほどに腫れ上がっていて、とても正視できないほどだった。命に別状はないが、おそらく右腕は折れているだろう。峰田医師は深刻そうな顔つきでそう言っていた。

リングに目を向ける。オドチがリング中央で腕を組み、ファイヤー武蔵の登場を待ち受けていた。すると音楽が鳴り出し、観客席が歓声に包まれる。花道にスポットライトが当たっていた。

「来た。来たんだよ、ファイヤー武蔵が」

興奮気味にそう言っているのは真帆の旦那だった。隣に座る駿の肩を抱いて言う。

「もう心配ない。ファイヤー武蔵なら絶対勝てる。そういう男なんだよ、彼は」

不意に音楽が鳴り止《や》んだかと思うと、今度は別の曲が流れ始めた。さきほど流小次郎が入場してくるときに流れた音楽と同じだ。

「『ショウ・マスト・ゴー・オン』だ。小次郎の分まで闘う気なんだ」

真帆の旦那は歓喜の笑みを浮かべ、そう言った。真帆がやれやれといった感じで肩をすくめ、小梅の方を見て笑っていた。

さきほど場外に投げ飛ばされたときに傷を負ったのか、ファイヤー武蔵は頭に包帯を巻いている。リングの真下まで来たファイヤー武蔵が立ち止まり、膝をついた。まるで祈りを捧《ささ》げるかのように、額を自分の右膝に当てていた。おそらく彼は祈っているのだ。小梅にはそれがわかる。もってくれよ、俺の膝。彼はそう自分の膝に語りかけているに違いない。さきほど控室で見せてもらったが、ファイヤーの膝にはテーピングが幾重にも巻かれていた。

ファイヤーが立ち上がり、リングに上がる。ロープをくぐり抜け、白いガウンを脱いで場外に投げ捨てる。急遽組まれた試合のためか選手紹介もなく、いきなりゴングが鳴らされる。

両者が対峙する。先に仕掛けたのはオドチだった。ファイヤーの右膝に容赦なくローキックを叩き込むと、早くもファイヤーは苦痛で顔を歪めた。オドチは長年付き人をしているのだから、ファイヤーが右膝を痛めていることを知っているはずだ。

ファイヤーの動きが鈍くなったのを見て、今度はオドチは打撃を繰り出す。まるでボクシングのパンチのようなスピードで張り手をかましていく。ファイヤーは鼻血を流していた。意識が朦朧《もうろう》としているようで、目の焦点が定まっていない。

オドチがタックルをして、ファイヤーを倒す。そのまま馬乗りになり、何度も何度も上から張り手をする。ファイヤーは自分の頭を守るように両手でガードを固めているのだが、それでも持ちこたえることができなかった。真上から渾身の力を込めて、まるで餅でもつくかのようにオドチはファイヤーの顔面を執拗《しつよう》に叩きつけている。もはや試合というより、凄惨《せいさん》ないじめといった感じだった。ファイヤー武蔵は殴られ続けている。会場はしんと静まり返っていた。啜り泣くような声も聞こえてくる。子供には見せられないと思ったのか、真帆の旦那は駿を抱き締めるようにして、自分の胸に息子の顔を押しつけていた。

ふと気配を感じたので隣を見ると、いつの間にか前園が自分の席に戻っていた。彼は深刻そうな顔をして、リングに視線を送っている。小梅は前園に言った。

「もう無理。これ以上見てられない。止められないの？」

しかし前園は無言のまま、悔しそうに首を横に振るだけだった。

リングの上ではオドチが立ち上がり、ファイヤーの髪を摑んで強引に立ち上がらせていた。夢遊病者のようにふらふらと立っているファイヤーを残し、オドチはロープに跳んだ。横に一回転して、ファイヤーの首のあたりに肘を叩き込む。流小次郎の燕返しだ。

「ゲボッ」

血の固まりのようなものを吐き、ファイヤーはマットに沈む。死んでしまうのではないか。そう思ってしまうほどだ。同じことを思ったのか、リングから顔を背けている客の姿も目立った。その凄惨さに客たちは完全に引いてしまっている。

「ファ、イ、ヤ。ファ、イ、ヤ」

その声は隣から聞こえてきた。前園が一人立ち上がり、手を叩きながらつぶやくように唱えている。

小梅も立ち上がる。前園の声に合わせ、手を叩きながら声を出す。

「ファ、イ、ヤ。ファ、イ、ヤ」

次に立ち上がったのは真帆だった。小梅たちに合わせ、声を出す。「ファ、イ、ヤ。ファ、イ、ヤ」

夫の真一郎が駿を抱いたまま立ち上がり、ファイヤーコールを始めた。女性の声が後ろで聞こえたので、振り返るとさきほど化粧室で出会った水商売風の女性が、息子と手を繋いで声を発していた。

「ファ、イ、ヤ。ファ、イ、ヤ」

一際大きいファイヤーコールが聞こえてきた。西側のリングサイドの最前列で、解説者風の男が立ち上がり、声が嗄れんばかりに叫んでいる。

「ファ、イ、ヤ。ファ、イ、ヤ」

次に立ち上がったのは北側のリングサイド席にいた生真面目そうな男性だった。その顔に見憶えがあった。飯田という、駿君の担任の先生だ。彼の近くで立ち上がっているもう一人の男性は、あのホテルで会った若い刑事ではなかろうか。

ファイヤーコールは伝染していく。観客たちは次々と立ち上がり、ファイヤーコールを始めた。中には涙を流しながら、コールしている者もいた。

そのとき、会場の一角でどよめきが起きる。顔を向けると、青コーナーから男が歩いてくる。足を引き摺っているが、流小次郎に違いなかった。小次郎の登場に観客がどよめき、それが歓喜に変わっていく。

リングまで歩み寄った小次郎は、マットをバンバンと叩いた。顔面を腫らし、頭と右腕に包帯を巻いた痛々しい姿だったが、小次郎はマットを何度も何度も叩いている。

「起きろ、ファイヤー。立ち上がれ」

すでに会場内は大ファイヤーコールに包まれていた。うつ伏せに倒れているファイヤー武蔵の体が、何かに反応するようにピクリと動く。そしてファイヤー武蔵は両手を突き、右膝を立てる。

動けるのか？　小梅は内心驚いた。もはや立つだけの力も残っていなさそうなのに。

流小次郎はマットを叩き続けている。わずか数秒のことだったが、流小次郎が笑ったような気がした。いや、見間違いではない。

オドチはリングの中央で仁王立ちになり、ファイヤー武蔵が立ち上がるのを待っていた。小梅はオドチに向かって叫ぶ。

「やめてよ、オドチ君」

小梅の叫びは周囲のファイヤーコールにかき消されるが、オドチの耳には届いたようだった。険しい顔をしているオドチが、一瞬だけ口元を緩ませたように感じた。えっ？　なぜ？

ファイヤー武蔵が痛めているはずの右膝に手を置いた。その視線が自分に向けられていることに小梅は気がついた。まさか――。

ファイヤー武蔵はにんまりと笑い、そして立ち上がった。

本書は二〇一六年四月、小社より単行本として刊行されました。

|著者|横関 大　1975年、静岡県生まれ。武蔵大学人文学部卒業。2010年『再会』で第56回江戸川乱歩賞を受賞しデビュー。著作として、フジテレビ系連続ドラマおよび2021年映画化「ルパンの娘」原作の『ルパンの娘』『ルパンの帰還』『ホームズの娘』『ルパンの星』、TBS系連続ドラマ「キワドい２人」原作の『K2　池袋署刑事課　神崎・黒木』をはじめ、『グッバイ・ヒーロー』『チェインギャングは忘れない』『沈黙のエール』『スマイルメイカー』（以上、講談社文庫）、『ピエロがいる街』『仮面の君に告ぐ』『誘拐屋のエチケット』『帰ってきたK2　池袋署刑事課　神崎・黒木』（以上、講談社）、『偽りのシスター』（幻冬舎文庫）、『マシュマロ・ナイン』（角川文庫）、『いのちの人形』（KADOKAWA）、『彼女たちの犯罪』（幻冬舎）、『アカツキのGメン』（双葉文庫）がある。

炎上《えんじょう》チャンピオン

横関《よこぜき》 大《だい》

© Dai Yokozeki 2021

講談社文庫

定価はカバーに
表示してあります

2021年１月15日第１刷発行

発行者――渡瀬昌彦
発行所――株式会社　講談社
東京都文京区音羽2-12-21　〒112-8001
電話　出版（03）5395-3510
　　　販売（03）5395-5817
　　　業務（03）5395-3615

Printed in Japan

デザイン―菊地信義
本文データ制作―講談社デジタル製作
印刷―――豊国印刷株式会社
製本―――株式会社国宝社

ISBN978-4-06-522159-4

講談社文庫刊行の辞

二十一世紀の到来を目睫に望みながら、われわれはいま、人類史上かつて例を見ない巨大な転換期をむかえようとしている。

世界も、日本も、激動の予兆に対する期待とおののきを内に蔵して、未知の時代に歩み入ろうとしている。このときにあたり、創業の人野間清治の「ナショナル・エデュケイター」への志を現代に甦らせようと意図して、われわれはここに古今の文芸作品はいうまでもなく、ひろく人文・社会・自然の諸科学から東西の名著を網羅する、新しい綜合文庫の発刊を決意した。

激動の転換期はまた断絶の時代である。われわれは戦後二十五年間の出版文化のありかたへの深い反省をこめて、この断絶の時代にあえて人間的な持続を求めようとする。いたずらに浮薄な商業主義のあだ花を追い求めることなく、長期にわたって良書に生命をあたえようとつとめるところにしか、今後の出版文化の真の繁栄はあり得ないと信じるからである。

同時にわれわれはこの綜合文庫の刊行を通じて、人文・社会・自然の諸科学が、結局人間の学にほかならないことを立証しようと願っている。かつて知識とは、「汝自身を知る」ことにつきていた。現代社会の瑣末な情報の氾濫のなかから、力強い知識の源泉を掘り起し、技術文明のただなかに、生きた人間の姿を復活させること。それこそわれわれの切なる希求である。

われわれは権威に盲従せず、俗流に媚びることなく、渾然一体となって日本の「草の根」をかたちづくる若く新しい世代の人々に、心をこめてこの新しい綜合文庫をおくり届けたい。それは知識の泉であるとともに感受性のふるさとであり、もっとも有機的に組織され、社会に開かれた万人のための大学をめざしている。大方の支援と協力を衷心より切望してやまない。

一九七一年七月

野間省一

講談社文庫 最新刊

石田衣良
初めて彼を買った日
「娼年」シリーズのプレストーリーとなる表題作を含む8編を収めた、魅惑の短編集！

山中伸弥　平尾誠二・惠子
友　情
〈平尾誠二と山中伸弥「最後の約束」〉
親友・山中伸弥と妻による平尾誠二のがん闘病記。「僕は山中先生を信じると決めたんや」

有沢ゆう希
原作：金田一蓮十郎
脚本：徳永友一
小説　ライアー×ライアー
義理の弟が恋したのは、JKのフリした〝私〟？　2人なのに三角関係な新感覚ラブストーリー！

岡本さとる
駕籠屋《かごや》春秋　新三《しんざ》と太十《たじゅう》
悩めるお客に美男の駕籠舁《か》き二人が一肌脱いで……。人情と爽快感が溢れる時代小説開幕！

高田崇史
鬼棲む国、出雲
〈古事記異聞〉
出雲神話に隠された、教科書に載らない「敗者の歴史」を描く歴史ミステリー新シリーズ。

神楽坂　淳
帰蝶さまがヤバい　1
斎藤道三の娘・帰蝶が、自ら織田信長に嫁ぐことを決めた。新機軸・恋愛歴史小説！

斎藤千輪
神楽坂つきみ茶屋
〈禁断の盃《さかずき》と絶品江戸レシピ〉
幼馴染に憑《つ》いたのは、江戸時代の料理人!?　面白さ天下一品の絶品グルメ小説シリーズ、開幕！

本多孝好
チェーン・ポイズン
〈新装版〉
「その自殺、一年待ってくれませんか？」生きる意味を問いかける、驚きのミステリー。

横関　大
炎上チャンピオン
元プロレスラーが次々と襲撃される謎の事件に、夢を失っていた中年男が立ち上がる！

坪内祐三

慶応三年生まれ　七人の旋毛《つむじ》曲り

漱石・外骨・熊楠・露伴・子規・紅葉・緑雨とその時代

解説＝森山裕之　年譜＝佐久間文子

つＬ１

幕末動乱期、同じ年に生を享けた漱石、外骨、熊楠、露伴、子規、紅葉、緑雨。膨大な文献を読み込み、咀嚼し、明治前期文人群像を自在な筆致で綴った傑作評論。

978-4-06-522275-1

十返 肇

「文壇」の崩壊　坪内祐三編

解説＝坪内祐三　年譜＝編集部

とＪ１

昭和という激動の時代の文学の現場に、生き証人として立ち会い続けた希有なる評論家、十返肇——。今なお先駆的かつ本質的な、知られざる豊饒の文芸批評群。

978-4-06-290307-3

講談社文庫　目録

堀川惠子　永山則夫〈封印された鑑定記録〉
堀川惠子　教誨師
堀川惠子　戦禍に生きた演劇人たち〈演出家・八田元夫と「桜隊」の悲劇〉
堀川惠子
小笠原信之　チンチン電車と女学生〈1945年8月6日・ヒロシマ〉
誉田哲也　Qros《キュロス》の女
松本清張　草の陰刻
松本清張　黄色い風土
松本清張　黒い樹海
松本清張　連環
松本清張　花氷
松本清張　ガラスの城
松本清張　殺人行おくのほそ道(上)(下)
松本清張　塗られた本
松本清張　熱い絹(上)(下)
松本清張　邪馬台国 清張通史①
松本清張　空白の世紀 清張通史②
松本清張　カミと青銅の迷路 清張通史③
松本清張　天皇と豪族 清張通史④
松本清張　壬申の乱 清張通史⑤
松本清張　古代の終焉 清張通史⑥
松本清張　新装版 増上寺刃傷
松本清張　新装版 紅刷り江戸噂
松本清張　大奥婦女記〈レジェンド歴史時代小説〉
松本清張他　日本史七つの謎
松谷みよ子　ちいさいモモちゃん
松谷みよ子　モモちゃんとアカネちゃん
松谷みよ子　アカネちゃんの涙の海
眉村　卓　ねらわれた学園
眉村　卓　なぞの転校生
麻耶雄嵩　翼ある闇〈メルカトル鮎最後の事件〉
麻耶雄嵩　痾《あ》
麻耶雄嵩　メルカトルかく語りき
麻耶雄嵩　神様ゲーム
町田　康　耳そぎ饅頭
町田　康　権現の踊り子
町田　康　浄土
町田　康　猫にかまけて
町田　康　猫のあしあと
町田　康　猫とあほんだら
町田　康　猫のよびごえ
町田　康　真実真正日記
町田　康　宿屋めぐり
町田　康　人間小唄
町田　康　スピンク日記
町田　康　スピンク合財帖
町田　康　スピンクの壺
町田　康　スピンクの笑顔
町田　康　ホサナ
舞城王太郎　煙か土か食い物〈Smoke, Soil or Sacrifices〉
舞城王太郎　世界は密室でできている。〈THE WORLD IS MADE OUT OF CLOSED ROOMS〉
舞城王太郎　好き好き大好き超愛してる。
舞城王太郎　イキルキス
舞城王太郎　短篇五芒星
真山　仁　虚像の砦
真山　仁　新装版 ハゲタカ(上)(下)
真山　仁　新装版 ハゲタカII(上)(下)
真山　仁　レッドゾーン(上)(下)

宮本　輝　新装版 二十歳《はたち》の火影《ほかげ》
宮本　輝　新装版 命の器
宮本　輝　新装版 避暑地の猫
宮本　輝　新装版 ここに地終わり 海始まる(上)(下)
宮本　輝　新装版 花の降る午後(上)(下)
宮本　輝　新装版 オレンジの壺(上)(下)
宮本　輝　にぎやかな天地(上)(下)
宮本　輝　新装版 朝の歓び(上)(下)
宮城谷昌光　侠骨記
宮城谷昌光　夏姫春秋(上)(下)
宮城谷昌光　花の歳月
宮城谷昌光　重耳《ちょうじ》(全三冊)
宮城谷昌光　介《かい》子《し》推《すい》
宮城谷昌光　孟嘗君 全五冊
宮城谷昌光　春秋の名君
宮城谷昌光　子産(上)(下)
宮城谷昌光　湖底の城〈呉越春秋〉一
宮城谷昌光　湖底の城〈呉越春秋〉二
宮城谷昌光　湖底の城〈呉越春秋〉三
宮城谷昌光　湖底の城〈呉越春秋〉四
宮城谷昌光　湖底の城〈呉越春秋〉五
宮城谷昌光　湖底の城〈呉越春秋〉六
宮城谷昌光　湖底の城〈呉越春秋〉七
宮城谷昌光　湖底の城〈呉越春秋〉八
宮城谷昌光　湖底の城　九
水木しげる　コミック昭和史1〈関東大震災～満州事変〉
水木しげる　コミック昭和史2〈満州事変～日中全面戦争〉
水木しげる　コミック昭和史3〈日中全面戦争～太平洋戦争開始〉
水木しげる　コミック昭和史4〈太平洋戦争前半〉
水木しげる　コミック昭和史5〈太平洋戦争後半〉
水木しげる　コミック昭和史6〈終戦から朝鮮戦争〉
水木しげる　コミック昭和史7〈講和から復興〉
水木しげる　コミック昭和史8〈高度成長以降〉
水木しげる　総員玉砕せよ！
水木しげる　敗走記
水木しげる　白い旗
水木しげる　姑《クー》娘《ニャン》
水木しげる　決定版 日本妖怪大全〈妖怪・あの世・神様〉
水木しげる　ほんまにオレはアホやろか
宮部みゆき　ステップファザー・ステップ
宮部みゆき　新装版 震える岩〈霊験お初捕物控〉
宮部みゆき　新装版 天狗風〈霊験お初捕物控〉
宮部みゆき　ICO《イコ》—霧の城—(上)(下)
宮部みゆき　ぼんくら(上)(下)
宮部みゆき　新装版 日暮らし(上)(下)
宮部みゆき　おまえさん(上)(下)
宮部みゆき　小暮写眞館(上)(下)
宮子あずさ　看護婦が見つめた人間が死ぬということ
宮子あずさ　看護婦が見つめた人間が病むということ
宮子あずさ　ナースコール
宮本昌孝　家康、死す(上)(下)
三津田信三　忌《い》館《かん》〈ホラー作家の棲む家〉
三津田信三　作者不詳〈ミステリ作家の読む本〉(上)(下)
三津田信三　蛇《じゃ》棺《かん》葬《そう》
三津田信三　百《ひゃく》蛇《じゃ》堂《どう》〈怪談作家の語る話〉
三津田信三　厭魅《まじもの》の如き憑くもの
三津田信三　凶鳥《まがとり》の如き忌むもの

村田沙耶香　殺人出産
村瀬秀信　気がつけばチェーン店ばかりでメシを食べている
村瀬秀信　それでも気がつけばチェーン店ばかりでメシを食べている
室積　光　ツボ押しの達人
室積　光　ツボ押しの達人 下山編
森村誠一　悪道
森村誠一　悪道 西国謀反
森村誠一　悪道 御三家の刺客
森村誠一　悪道 五右衛門の復讐
森村誠一　悪道 最後の密命
森村誠一　ねこの証明
毛利恒之　月光の夏
森　博嗣　すべてがFになる〈THE PERFECT INSIDER〉
森　博嗣　冷たい密室と博士たち〈DOCTORS IN ISOLATED ROOM〉
森　博嗣　笑わない数学者〈MATHEMATICAL GOODBYE〉
森　博嗣　詩的私的ジャック〈JACK THE POETICAL PRIVATE〉
森　博嗣　封印再度〈WHO INSIDE〉
森　博嗣　幻惑の死と使途〈ILLUSION ACTS LIKE MAGIC〉
森　博嗣　夏のレプリカ〈REPLACEABLE SUMMER〉
森　博嗣　今はもうない〈SWITCH BACK〉
森　博嗣　数奇にして模型〈NUMERICAL MODELS〉
森　博嗣　有限と微小のパン〈THE PERFECT OUTSIDER〉
森　博嗣　黒猫の三角〈Delta in the Darkness〉
森　博嗣　人形式モナリザ〈Shape of Things Human〉
森　博嗣　月は幽咽のデバイス〈The Sound Walks When the Moon Talks〉
森　博嗣　夢・出逢い・魔性〈You May Die in My Show〉
森　博嗣　魔剣天翔〈Cockpit on knife Edge〉
森　博嗣　恋恋蓮歩の演習〈A Sea of Deceits〉
森　博嗣　六人の超音波科学者〈Six Supersonic Scientists〉
森　博嗣　捩れ屋敷の利鈍〈The Riddle in Torsional Nest〉
森　博嗣　朽ちる散る落ちる〈Rot off and Drop away〉
森　博嗣　赤緑黒白〈Red Green Black and White〉
森　博嗣　四季 春～冬
森　博嗣　φ《ファイ》は壊れたね〈PATH CONNECTED φ BROKE〉
森　博嗣　θ《シータ》は遊んでくれたよ〈ANOTHER PLAYMATE θ〉
森　博嗣　τ《タウ》になるまで待って〈PLEASE STAY UNTIL τ〉
森　博嗣　ε《イプシロン》に誓って〈SWEARING ON SOLEMN ε〉
森　博嗣　λ《ラムダ》に歯がない〈λ HAS NO TEETH〉
森　博嗣　η《イータ》なのに夢のよう〈DREAMILY IN SPITE OF η〉
森　博嗣　目薬α《アルファ》で殺菌します〈DISINFECTANT α FOR THE EYES〉
森　博嗣　ジグβ《ベータ》は神ですか〈JIG β KNOWS HEAVEN〉
森　博嗣　キウイγ《ガンマ》は時計仕掛け〈KIWI γ IN CLOCKWORK〉
森　博嗣　χ《カイ》の悲劇〈THE TRAGEDY OF χ〉
森　博嗣　イナイ×イナイ〈PEEKABOO〉
森　博嗣　キラレ×キラレ〈CUTTHROAT〉
森　博嗣　タカイ×タカイ〈CRUCIFIXION〉
森　博嗣　ムカシ×ムカシ〈REMINISCENCE〉
森　博嗣　サイタ×サイタ〈EXPLOSIVE〉
森　博嗣　ダマシ×ダマシ〈SWINDLER〉
森　博嗣　女王の百年密室〈GOD SAVE THE QUEEN〉
森　博嗣　迷宮百年の睡魔〈LABYRINTH IN ARM OF MORPHEUS〉
森　博嗣　赤目姫の潮解〈LADY SCARLET EYES AND HER DELIQUESCENCE〉
森　博嗣　まどろみ消去〈MISSING UNDER THE MISTLETOE〉
森　博嗣　地球儀のスライス〈A SLICE OF TERRESTRIAL GLOBE〉
森　博嗣　今夜はパラシュート博物館へ〈THE LAST DIVE TO PARACHUTE MUSEUM〉
森　博嗣　虚空の逆マトリクス〈INVERSE OF VOID MATRIX〉
森　博嗣　レタス・フライ〈Lettuce Fry〉

講談社文庫　目録

2020年12月15日現在